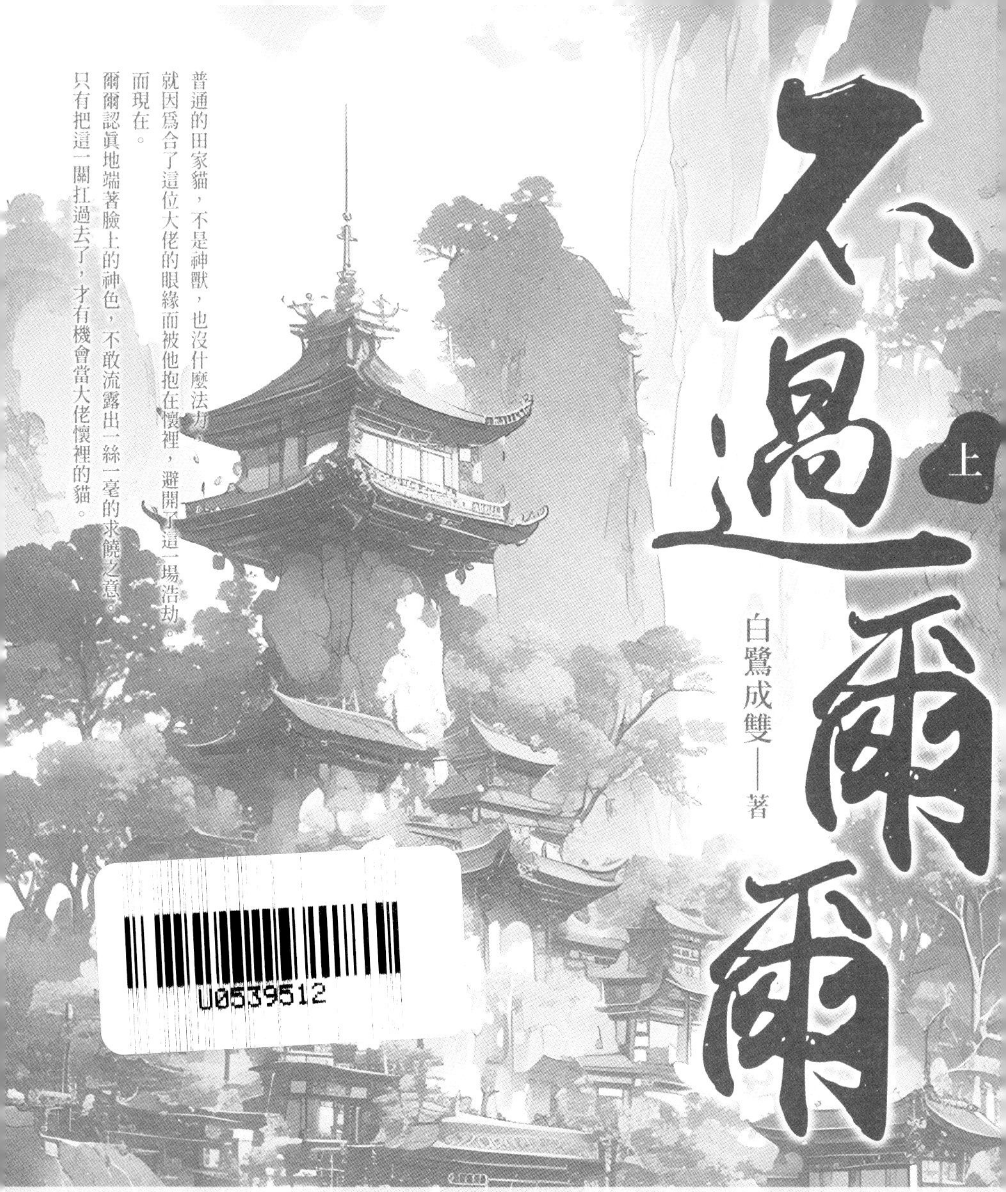

不過爾爾 上

白鷺成雙——著

普通的田家貓，不是神獸，也沒什麼法力。
就因爲合了這位大佬的眼緣而被他抱在懷裡，避開了這一場浩劫。
而現在。
爾爾認眞地端著臉上的神色，不敢流露出一絲一毫的求饒之意。
只有把這一關扛過去了，才有機會當大佬懷裡的貓。

絕世無雙冷峻上神 × 軟糯可愛貌美小仙

人氣古風大神「白鷺成雙」再譜愛恨華章

情深不負，緣起緣滅——一字一句皆撼心弦

★隨書附贈《不過爾爾》典藏明信片，一紙書信，情寄心間

目錄

第1章　前頭好像有些異樣

前頭好像有些異樣。

爾爾騎著小毛驢，抬眼打量。

落霞與孤鶩齊飛，秋水共長天一色，本該是個極宜吐納修煉的黃昏，但東邊竟有一陣紅霧透出南天，裹挾著什麼物件翻捲飛滾。

太和仙師說過，這九霄之上有無數奇珍異寶，能不能得獲天運修為大進，全靠自己造化。

換句話說就是，看見寶貝一定要先下手為強！

興奮地扯了扯驢耳朵，爾爾當即捏訣：「天地隨我意，水門靈界生——」

話音落，結界成，四周遮天蔽日，不聞外頭聲息。

前頭的紅霧似乎是有所察覺，翻身就欲逃竄，爾爾當即拍驢而起，動作俐落地掏出千絲網，飛身朝紅霧猛地一擲。

抓住了。

網絲勾著寶貝，沉甸甸的，爾爾想收網，一拉卻發現有點沉。

「還是個大寶貝。」她嘀咕，將收網的繩結往手掌上一纏，然後使勁一拽。

「唰」地一聲。

千絲網裡出現了一張猙獰青白的臉，泛著血絲的眼珠從凌亂的髮絲間望出來，正好與她四目相對。

爾爾：「……」

這算什麼奇珍異寶。

場面有些尷尬，爾爾沉默，裝作什麼也沒發生，反手就要把這玩意兒塞回去。

就這一刹，網中的眼珠子動了。

被血絲抓著的瞳孔，像年久失修的門軸，發出嘎巴嘎巴的聲響，慢慢地映出她的影子。說時遲那時快，一隻青色的手猛地張開，五指青筋暴起，穿過千絲網，一把就拽住了她的手腕。

「啊啊啊——」

爾爾慘叫，抄起隨身的法器就往上砸，企圖將這玩意兒甩開，然而狠狠幾下砸打，這手紋絲不動，不僅不動，還加重了力道，滿溢的白光從指間滲入她的肌膚，又痛又癢。

這肯定是要吸食她的靈氣。

驚慌之後，爾爾飛快地祭出防禦術，想封閉自己全身經脈以自保。

結果她剛封上曲池穴，耳蝸裡就聽得「啵」地幾聲響。

周身大穴都被這白光衝開了。

於修仙之人而言，被衝穴是大忌，意味著對方實力遠在自己之上，性命不由自己做主。爾爾方才還只是驚慌，眼下是真的絕望了。

連個鬼祟的修為都比她高，她還上九霄做什麼，老實在洞府裡等死還能多活一百年呢。

要不現在自盡?還能給自己留個臉面。

可她怕疼，下不去手毀自己的結元。

爾爾這叫一個糾結，小臉都皺成了一團。

就在此時，一道火紅的袖袍突然橫空而來，挾焰帶雷，猛地劈開了那隻陰手。

這動作太過乾淨淩厲，爾爾還沒反應過來，抓著她的手便斷了，殘肢飛快地融化在烈火之中，連點灰也沒剩下。

等她低頭去看的時候，便只看見了袖袍上的金烏花紋。

烈烈而展，霸道炙熱。

心裡猛地一跳，她回頭。

紅色的袖袍落下，露出主人的模樣，金烏做冠束其髮，天光臨身照其服，來人踏著火雲，長袍曳地，指尖殺氣未散，一派淩厲肅殺。

天降救星啊。

爾爾那叫一個感激涕零，張手就想撲過去抱大腿。

結果頭一抬，她愣了。

額間一點金紅，雙眸靄色沉沉，面前這人將目光從千絲網上收回來，慢慢落在了她的頭頂，瞳孔裡映出她錯愕的神情，無波無瀾。

是他。

爾爾傻眼了。

眼前浮現出一場毀天滅地的神火，滿目瘡痍的廢墟之上，有人漠然回眸。

漆黑的眼瞳泛著一層靏色，漫不經心地掃過滿地的神仙屍身，落在還剩半口氣的她身上。

殘忍又暴戾。

是他。

打了個寒顫，爾爾停下了步子。

眼前的離燁上神尚未入魔，靏色的眼眸也還未被戾氣侵蝕，只是稍顯冷漠地看著她。

「讓開。」

爾爾連連退開三大步，狗腿地側身作請。

大佬您先走。

離燁倒不是要走，他站在她那還捆著東西的千絲網面前，飛快地抬起了手。

火光乍出，映亮了他的臉側，網中的東西如雲煙一般消散，連最後一縷殘魂都被他捏了個粉碎。

乾淨了。

收攏袖口，離燁眉目稍緩，看向旁邊這人。

一個修為低微的小仙，穿得花裡胡哨，長得也花裡胡哨，若是平時，他連看也懶得看一眼。

但眼下——

他朝她跨了兩步。

爾爾正沉浸在見到了傳說中大人物的震撼中，乍見大佬朝自己過來，膝蓋一軟，差點當場給他磕頭行禮。

結果大佬突然伸手，捏住了她剛剛被鬼祟傷過的手腕。

與此同時，四周結界「呯」地一聲炸裂開來，像人間的煙火一般泛著光朝天邊褪落。

「離燁！」有人怒喝。

爾爾還沒來得及想明白大佬這舉動是何意，就被這帶著極強仙氣的聲音震得喉嚨一甜，「哇」地吐出一口血。

一道火光落在她眉心，替她護住了心脈。

爾爾意外地抬頭，卻看見大佬漠然著臉，迎上了氣勢洶洶的來者。

「你竟敢在這九霄仙門設界殺人！」

震桓公暴跳如雷，帶著三千仙人將他們團團圍住，無數法器見光、靈獸低吼，強大的殺氣滌蕩了這一方晚霞，方圓十里之內布滿陰雲，隱隱有天雷之聲。

爾爾哪裡見過這種場面，腿軟得有點站不住，靠著大佬就滑坐了下去。

而大佬，不愧是大佬，面對這通天的威壓，依舊站得神情俊秀，風姿雅詳，甚至一臉坦然地問：「震桓公何出此言。」

「你還想狡辯，方才此處有異象，眾仙家都是瞧見了的，你為掩人耳目，竟還公然設下結界。」

「設結界便是殺人？」

「不殺人為何要設！」

劍拔弩張，雙方對峙，震桓公牽著凶惡的神獸，離燁牽著發呆的爾爾，大戰似乎一觸即發。

然而爾爾就在這時候開口了：「結界是我設的。」

對面這群神仙怔了怔，顯然是剛剛才注意到旁邊還有個人。

「你？」震桓公狐疑地打量。

離燁低頭，就見這小仙一隻手被他捏著，另一隻手死死地拽著他的衣袍，像是有什麼撐腰了一般，壯著膽子地道：「我乃太和仙師座下弟子，今日剛上九霄，方才是見此地有仙氣，才設結界想抓寶貝，不曾想……」

離燁捏了捏她的手腕。

這小仙倒是識趣，察覺到他的意思，立馬話鋒一轉：「不曾想竟是衝撞了上神。」

說罷仰頭，黑白分明的眼朝他望上來，滿臉都是諂媚。

如果跟對面神獸一樣有尾巴，她肯定也搖起來了。

不輕不重地嗤了一聲，離燁收回了掐在她命門上的氣力。

大佬滿意了，周圍這漫天神佛自然是不肯甘休。

爾爾甚至能清楚聽見他們的議論聲。

「結界上是這小仙的氣息，但坎澤失蹤，離燁不可能毫無干係。」

「他不認，你奈他何？」

「我九霄之上皆是光明磊落之人，沒想到會出這麼一位……」

悉悉索索說了半晌，又有人皺眉問爾爾：「妳方才，當真只看見了離燁上神？」

「是。」爾爾想也不想就點頭。

神獸在四周搜了一圈，五光十色的仙術也在周圍落下，氣氛緊繃。

然而忙活了半個時辰，也沒有找到一絲坎澤的氣息。

震桓公很是不甘，但也只能收回神獸，朝離燁拱手：「誤會一場，還請上神見諒。」

離燁看也未看他，捏著爾爾就走，四周神仙退開一條路，他漠然穿行而過，烈烈的衣袍拂開仙雲，隱入晚霞。

一切都很合乎邏輯。

爾爾跟在大佬身邊，只感嘆大佬果然跟其他神仙關係都不好，不然也不至於毀天滅地，殺得他們一個不留。

不過走著走著，她突然覺得哪裡不對勁。

大佬為什麼抓她手腕？

這位可絕不是什麼見色起意之徒，更不是個願意與人親近的性子，方才情況緊急，她沒來得及細想。眼下無事，只覺得腕上那隻手臂烙鐵還燙。

「上、上神？」爾爾掙了掙。

離燁回神，慢悠悠地鬆了手。

一絲古怪的氣息從她手腕上的傷口溢出來，霧濛濛的，撲了爾爾滿眼。
饒是修為再低，爾爾也察覺了。
這不是鬼祟該有的氣息。
方才那些神仙在找的人，是坎氏的掌門，水象修為境界最高的坎澤。
百年之後離燁之所以能覆滅天地，與坎氏的沒落有直接的關係。
那坎氏是怎麼沒落的？
眼前的水氣裡好像有答案，爾爾抖了抖，抓著大佬衣角的手終於是鬆開了。
離燁一直拿餘光覷著她。
他看見這隻一直啃草的小兔子突然豎起了耳朵，警覺地皺了皺鼻尖，料她是猜到了什麼，不由地哼笑。
修為嘛，渾身上下就幾百年，他走路不小心都能踩死。可這腦袋倒是機靈，他甚至能聽見她腦軲轆咔吧咔吧直轉的動靜。
不過，既然猜到了，那也是時候送她上路了。
剛來九霄的小仙，魂歸天地也是不會有人在意的。
漫不經心地抬手，離燁聚起了一小簇神火。
「上神！」
腿上沒由來地一重。

離燁低頭，就見方才還豎耳朵的小兔子，眼下正死死地抱住他的腿，抬頭看向他，滿眼都是閃閃發光的星辰。

「小仙初來乍到，誰也不識得，又蒙受上神救命之恩，不知上神門下，可還收徒？」

第2章　想做大佬的貓

離燁活了八萬年，沒少破殺戒。

他見過各種各樣向他求饒的臉，憎恨的、絕望的、不甘的，每一張都很猙獰。

但眼前這個人，沒有皺臉，也沒有嚎啕，只仰頭看著他，露出一雙充滿期盼的眸子。

「太和仙師說了，只要我上了九霄，就能另拜高門。這五行仙門一共十宗，我思來想去，怎麼也是上神您這一宗最為厲害。」

離為火，且為上丙驕陽之火，燈燭之輝不能與之相較也。

五行相剋，只要坎氏沒落，離氏就是橫行一方的存在。

最重要的是，爾爾心想，如果能拜他為師，一日為師終身為父，離燁就算再想毀滅一切，那虎毒還不食子呢。

多一個爹還多一條命，怎麼都是她賺翻了。

「妳。」離燁喊了她一聲。

正想得高興，爾爾興沖沖地答：「怎麼了爹？」

離燁：？

飛快地打了下嘴巴，爾爾端正地在他腳邊跪好：「小仙在。」

指尖的神火毫不避諱地透露出殺氣，離燁垂手，將火放在她眼前：「妳看不出我是何意？」

「回上神。」爾爾乖巧地答，「小仙明白，上神想殺我滅口。」

「……」

話是說得沒錯，但這語氣裡沒有半點害怕之意。

離燁不悅，他低眸打量這個人，覺得很不盡興。

神火偃熄，離燁收攏手：「那現在呢，我是何意？」

「……」

爾爾覺得他有點毛病。

但是轉念一想，要毀滅天地的人，指定不是什麼正常人，反覆無常陰晴不定那就是家常便飯，她既然知道結局，那就破罐子破摔，死馬當活馬醫了。

於是她誠懇地看向他：「上神是看在小仙乖巧的份上，決定相信小仙一回。」

離燁闔眼：「信妳何事？」

「信小仙真心一片，絕不會出賣上神。」爾爾握拳，眼神堅定，「小仙既拜上神門下，便與上神生死與共，任是天打雷劈，小仙也不會做出半點對上神不利之事。」

說罷，十分乾脆俐落地掏出了一顆東珠，雙手捧到他眼皮子底下：「懇請上神青睞。」

修仙嘛，結元乃本根，肉身凡胎易傷著，所以結元一般都放在法器裡。

但是，離燁就沒見過這麼華而不實的法器。

一顆珠子能做什麼，彈鳥雀？

嫌棄萬分，離燁還是將它撚了起來。

把結元的宿主交給他，意思是死生由他決斷，今日所見所聞，她必定不會說出去。

只是——

離燁抬了抬眼皮：「死人比任何保證都妥當。」

「話是這麼說。」爾爾彎了彎眼尾，伸出纖細的手指與他盤算，「但小仙要是死了，就只是個不會洩露祕密的死人，無趣又乏味。而上神若是肯高抬貴手放小仙一馬，那小仙便會是個不會洩露祕密的活物，能在上神跟前伺候，給上神做個消遣。」

他從來不缺消遣。

離燁有些不以為然，他不需要有人在跟前礙眼，也不需要旁人伺候，他收了神火，單純是因為她不怕這個。

所以，下一瞬，他化出了一把鋒利的長刀，刀口懸在她額頭之上，銀白的刀身泛著刺眼的光，正好照在她的眉心。

爾爾眨了眨眼。

她知道這位大佬生性殘暴，動輒會起殺心，但她更知道，與他哭著求饒亦或是頑強抵抗的人，沒有一個能活下來。

於是，哪怕心裡有點慫，她也望著刀刃沒退。

下一瞬，長刀變成了一道天雷，震天動地地落下來，卻在離她頭頂一丈遠的地方戛然而止。

再下一瞬，雷變成了一頭凶殘的巨獸、一支穿越破月的箭、一條陰毒的蛟蛇。

牠們來勢洶洶，似乎頃刻就能把爾爾弄死，卻又都在千鈞一髮之際停住。

爾爾咧嘴一笑，露出一排齊整的白牙。

她就知道。

雖然修煉之事上一直不太上進，但爾爾也算受上天眷顧，開得最晚的天竅，竟讓她做了個預示夢。

夢裡的離燁將諸天神佛一一殺盡，歸天地於混沌，她這個連封號也沒有的小仙，自然也受了池魚之殃。

爾爾不了解離燁是個什麼樣的人，但她記得很清楚，哭著向他求饒的神仙死在最前頭，一臉平靜的人反而被他留到了最後一刻。

而她，屏氣凝神地裝死，也在最後被他發現，一道神火打散了千年修為，沒於天地。

在魂飛魄散的最後一刻，爾爾想的不是別的，而是真羨慕離燁懷裡抱著的那隻貓。

普通的田家貓，不是神獸，也沒什麼法力，就因為合了這位大佬的眼緣而被他抱在懷裡，避開了這一場浩劫。

而現在。

爾爾認真地端著臉上的神色，不敢流露出一絲一毫的求饒之意。

只有把這一關扛過去了，才有機會當大佬懷裡的貓。

離燁沒有留情，變出來的東西越來越厲害，麒麟玄武，妖獸修羅，每一隻都來勢洶洶，鱗片上的黏液鮮活萬分，齒爪間殺氣騰騰，幾乎要戳到她的眼珠子。

可面前這個小仙竟還是不怕，不但不怕，甚至一臉崇拜地雙手捂心：「上神的仙術好生厲害。」

離燁：「……」

「這個強盛的殺氣，光是障眼法可不成，上神一定是灌入了仙力，可太和仙師說，沒有千年的修為，是不能隨意讓仙力凝氣離體的，您一定苦練了良久。」

千年的修為？

離燁心裡冷笑，果然是沒見過世面的小仙。

沒見過世面就算了，話還多，一邊望著他的幻術，一邊喋喋不休。

「這個我可以學嗎？太威風了，哪怕不殺人，飛出這百十來把劍放在身後，也氣派。」

「您真是我見過最厲害的神仙，鳳凰都能變。」

「您會變龍嗎？我聽仙師說，龍是九霄上最厲害的神獸，一般的障眼法壓根變不出來。」

「哇，真的能變龍！」

「……」

離燁也不知道怎麼回事，本是想用幻術將她嚇死的，可到後來，自己竟像街上捏糖人的，一個個的變神獸給她看。

他變一個，她就驚叫一聲，咋咋呼呼的，滿眼都是崇拜，搞得他越變越起勁。

意識到自己在做什麼，離燁眼神一沉。

眼前的幻象瞬間消失。

爾爾看得正高興，冷不防沒了，眉梢一耷拉：「沒有了哦？」

還失望起來了？離燁氣不打一處來，也懶得在意她怕不怕了，揮手就想直接把她劈死。

結果還不等他落掌，面前的小仙晃了晃，身子一軟，竟「唰」地從行雲上墜了下去。

第3章　沒見過世面的小仙

爾爾這個姑娘，是被嬌慣著長大的。

在人間便是帝姬，養尊處優了十八年，吃穿用度都極盡奢靡。到了太和仙師座下，更是因為模樣喜人，深受師哥師姐疼愛，從來沒為修煉之事發過愁。

換句話而言，她這八百年的修為水分極大，身子骨也比尋常神仙脆弱不少，方才被來路不明的東西衝撞過周身經脈，體內已經亂成一團，再被離燁這麼一嚇，氣血上衝，驀地便失去了意識。

從雲上掉下去的時候，輕飄飄的，像紙片兒一樣單薄。

離燁是不想接的，他反正要殺人滅口，讓她直接摔下去，還省了動手的力氣。

但他沒有想到，這小仙墜著墜著，手腕上殘餘的陰氣突然像被點燃的檀香，乳白色的煙霧漫溢出來，繾綣嫋嫋地將她整個人裹住。

墜落的趨勢戛然而止，煙霧托著她，似是在猶豫什麼。

臉色微變，離燁飛快地出了手。

炙熱的火光撲騰翻滾，正衝而來，那乳白色的煙霧像是見了鬼一般，立馬消失得無影無蹤。

還想躲？離燁冷笑，反手抓回這小仙，一把捏住她的手腕。

他就知道坎澤那個老賊沒那麼容易與他認輸，但不曾想竟捨得自己萬年的神魂，與他玩這一齣金蟬脫殼。

「滾出來。」離燁瞇眼。

面前的小仙昏睡不醒，被他掐著腰身拎著，小臉蒼白，一動不動。

離燁不耐煩了，以離火之氣灌進她的百會穴，打算來個甕中捉鼈。

結果一探，他怔了怔。

空的？

但凡是個神仙，身子裡就該有真氣，這位倒是好，丹田裡空空如也，就連經脈也有許多未通之處。

怎麼上的九霄？

眼神複雜地看了看她，離燁繼續探查。

然而，探遍她所有的經脈，坎澤的氣息也再也沒出現過，方才的白霧好像只是他的錯覺，手裡這個小仙，當真是又弱又乾淨。

坎澤那老賊別的本事沒有，藏匿的功夫真是一絕。

怒氣上湧，離燁掐了掐爾爾的腰。

他向來信奉斬草除根，所以這小仙是一定要死的。

可現在，坎澤的結元藏在她身上，若在沒抓住的情況下直接殺了她，便等於破開宿主，還了結元自由，屆時那結元便可自由來去，吸食天地靈氣，更快結出新的神魂。

但若不殺，只要這小仙活著，坎澤就有捲土重來的那一天。

離燁冷眼看向手裡的小仙。

昏迷中的爾爾正在一片溫泉裡泡著。

太和仙師崇尚節儉，仙門裡自然是不會有溫泉這種東西，她念了幾百年了，終於有機會泡一泡，自然是撒開丫子翻騰。

正翻得高興，突然就覺得腰疼。

爾爾最怕疼了，當即皺了臉小聲哼唧，可還沒哼兩聲，嘴巴就被一塊烤肉捂住了。

這肉真香啊，她高興地張嘴就想咬，可啊嗚好幾口，牙齒也碰不到，氣憤之下，爾爾伸出舌頭捲了捲，想把那肉捲進來吃結果剛舔兩下，那烤肉就是一僵。

緊接著四周就迅速地涼了下來，一股子殺氣開始無聲地蔓延。

冷不防地察覺到了危險，爾爾腦袋一聳就想躲，但腰上實在太疼了，疼得她再怎麼躲，也還是三魂七魄歸位，倏地醒了過來。

溫泉沒了，四周的光也消失，高聳的黑色石柱沉默地矗立在四周，顯得這宮殿格外的空曠。

爾爾動了動身子，發現自己正坐在一個人的懷裡，那人火紅的袖袍鋪落在寬大的王座上，一手撐著額，一手捏著她的腰。

「醒得倒是快。」他開口，靄色的眼眸落在她的臉上，冰涼陰晦。

爾爾愣了愣，看看他又看看自己的腰，不提這殺氣，先委屈地扁起了嘴角：「你掐我做什麼。」

「我還可以殺了妳。」

「我知道。」爾爾不甚在意地擺手，然後掰開他的手指，眼淚汪汪，「那也不能掐我。」

「……」

修為低的小仙是不是腦子也不好使，都能殺，為什麼不能掐？

離燁很不能理解，眉峰皺起。

尋常小仙見著他是避之唯恐不及的，被他威脅兩句，都得回去閉關幾百年。

結果這個小仙倒是好，醒來就開始捂著腰哀哀叫喚，不但沒有怕他，反而在他懷裡找了個舒服的角度靠坐好，眨巴著眼問：「這兒有熱水麼？」

離燁：？

這裡是離氏仙門，又不是客棧。

「沒有。」

「啊。」爾爾耷拉了腦袋，「可是我腰疼。」

「死了就不疼了。」

「知道了知道了。」

爾爾從他懷裡爬下去，絲毫沒把他的威脅放在心上，只皺著鼻尖打量四周：「怎麼這麼空，什麼都沒有。」

她嘚吧嘚吧跑去左邊的空地，伸手比劃了一個圈：「能在這兒給我弄個浴桶麼，泡一會兒我就好了。」

「不能。」

「那湯婆子呢？」

「沒有。」

「……」爾爾用極度失望的眼神看向他，彷彿在說，修為這麼高的人，竟搞不定這點東西。

離燁額角直跳。

他想不明白自己已經流露出這麼明顯的殺心了，她為什麼不害怕，雖然他的確決定留下她，好抓住坎澤的結元，但在她眼裡，他應該是個殺人不眨眼的魔神。

她憑什麼還想泡澡？

「你是不是傷著哪兒了，還沒好，不便動用太多真氣？」爾爾想了好一會兒，體貼地道，「那我自己變一個。」

說著，雙手捏訣，嘴裡念念有詞。

離燁皺眉看著。

一炷香之後，空曠的宮殿裡「嘭」地出現了一個小木盆，巴掌大，還沒有裝水。

爾爾卻像是很滿意，拍了拍手誇獎自己：「又精進了。」

離燁：「……」

八百年的修煉都修臉皮上了？

嗤了一聲，他抬起了袖袍。

轟隆──

宮殿的半塊地面裂開、下沉，一眼泉水翻湧而上，頃刻間溫泉落成，池邊平整，生出野花，池中熱氣騰騰，水霧繚繞。

爾爾瞪大了眼。

還，還能弄出溫泉來的？

她雙手捂心，滿眼亮晶晶地回頭，仰望王座上的那位大佬。

這個眼神顯然比先前那個眼神讓人受用。

離燁輕哼，不屑地拍了拍袖袍。

沒見過世面。

第4章　冷血無情的上神

沒見過世面的爾爾繞著溫泉轉了三圈，唸唸叨叨地設下了障眼結界。

雖說修仙之人沒凡間那種嚴苛的男女之防，但當著人家面泡溫泉實在太囂張了，爾爾一邊捏訣，一邊朝王座上的大佬傻笑。

然後等結界落成，她扭頭撒丫子就撲騰進了池子裡。

「嘭——」雪白的水花濺得老高。

這種愜意的感覺真是久違了，爾爾以狗爬式在池子裡游了兩個來回，然後滿足地趴在池邊嘆氣。

溫泉太舒服了，真好。

醒來竟然還活著，真好。

離當大佬懷中貓的目標又近了一步，真好！

興奮地扭動腰身，爾爾一邊搓澡，一邊哼起了小曲兒，哼到高處走了調，還不好意思地朝大佬的方向看了一眼。

有結界擋著，大佬看不見溫泉裡的風光，似乎是無聊了，撐著眉骨在小憩。

收回目光，爾爾繼續放肆地撲騰。

……

離燁伸手掐了掐眉心。

他見過很多修為低的小仙，但修為低還對自己這麼有自信的，面前這位是頭一個。

分明連個澡盆都變不出來，誰給她的自信能用障眼結界擋住他？

不過擋不住也沒什麼好看的。

目光地掃過那瘦不拉幾的身板，離燁有點嫌棄，看這筋骨，別說內修了，就外修怕也只是皮毛。

視線往下，他瞥見她的腰。

白白嫩嫩的一截，上面有幾塊手指形狀的淤青。

離燁有點不敢置信。

他看了看自己的手，又看了看她。

分明沒用什麼勁，竟能傷成這樣？

他收回方才的話，別說皮毛了，這小仙壓根是沒有外修過，白活幾百年，定是都在偷懶享樂。

就這樣的資質，竟然還想讓他收下為徒。

等個幾萬年吧。

暗自搖頭，離燁不打算再看，揮手就要替她將那七零八落的結界給補上。

然而就在此時，溫泉裡撲騰的小東西突然顫了顫，一縷乳白的霧氣悄悄自她手腕溢出，欲與外頭的水霧融合。

眼神一凜，離燁當即拍座而起。

爾爾正洗得開心，冷不防就見一道身影朝她撲來，劈手抓住她的手腕，將她整個人拽出了溫泉。

「哇——」她尖叫，反應極快地扯過那火紅的袖袍，擋在了自己身前。

「你你你……」她瞪眼看向面前的人，又驚又怒，「你做什麼！」

面前這人一臉陰翳，不僅沒有因為這冒失的舉動表示愧疚，反而將真氣灌進了她的經脈。

爾爾被這炙熱的氣息給嚇住了，僵硬著身子一動不敢動，感覺它自百會穴一路往下，如岩漿一般灼燒著她的血脈，直至腰眼。

福至心靈的，她突然問：「您在找東西？」

面前這人一頓。

接著，炙熱的氣息衝開了她的中極和曲骨穴。

爾爾修煉不努力，中極和曲骨兩穴一直封閉難開，乍然受大佬相助，頓時覺得靈臺大清，方才看著還普普通通的池水，眼下再觀，竟浮著一層上等神力。

她大喜，也顧不得什麼冒犯不冒犯了，立馬抱著大佬的胳膊喊：「多謝師父指點。」

離燁：？

他只是怕她發現坎澤的存在，以此來要脅他，所以才裝作是替她打通經脈，結果怎麼的，就撿了個便宜徒弟了？

這便宜徒弟還一副很感動的樣子，仰頭看著他，眼眶都紅了：「師父竟能幫我至此，我也不能讓師父失望！」

「……」他有什麼失望的餘地嗎。

再度讓坎澤在眼皮子底下溜走，離燁有些煩躁，他甩開這小仙的手，悶聲道：「別叫我師父。」

「好的師父，沒問題師父。」爾爾咚地跳回溫泉裡，只露了個腦袋望著他，秀氣的小臉有點發紅。

九霄的神仙都好過分哦，收徒竟然要看人家身子。

不過，就這麼一眼便送她兩百年的修為，怎麼算也是大佬更吃虧一點吧。

興奮地捏訣，爾爾借著穴位初開，直接以池中神力為食，想充盈穴道。

然而，可能是大佬的神力太強了，她吃起來有些費勁，身體裡好像有什麼東西在痛苦地衝撞，她才紅了片刻的小臉，沒一會兒就疼得發白。

世上無難事，只要肯放棄。

爾爾當即就放棄了。

她怕疼，修為高不高的無所謂，自己活得舒坦最重要。

離燁站在池邊看著，突然開口道：「把這一池的東西煉完。」

背脊一涼，爾爾哭喪著臉扭頭：「全部嗎？」

離燁面無表情地點頭。

行吧，爾爾想，在這兒可不比太和仙門，人在屋簷下，該低頭就要低頭。

於是她端起小手，愁眉苦臉地繼續吐納。

離燁安靜地瞧著，就見這小仙身上火光遊走，循遍四肢百骸。

乳白色的霧氣不適地冒了個頭，但剛伸出一小縷，觸及外頭他的氣息，立馬就縮了回去。

很好。

離燁終於舒展開了眉。

他抓不著沒關係，坎澤也別想借人重生，只要這小仙修習離門的仙術，水火相剋，她越強，坎澤就會越弱。

如此百年，坎澤也不能再構成他的威脅。

終於在一團亂麻裡找到出路，離燁心情極好，連帶看這不中用的小仙都順眼了兩分。

只不過。

她也太不中用了一點，他這一池的神力，被她吐納一個時辰，竟只吸收了一成。

一成是什麼概念？拿沒嘴的壺從高處往杯子裡倒，也該盛進五六成，這小東西是連個杯子也不如，上好的神力放眼前都吃不進。

離燁剛鬆開的眉頭又皺起來了。

就這玩意兒？他徒弟？

見鬼的徒弟。

爾爾修煉一番，只覺得自己修為大進，睜眼的時候眼前都清明了許多。

抬手擦了擦額上的香汗，她舒了口氣：「我太不容易了，可以休息一會兒。」

說罷就抓住了池邊的石頭，想上岸。

一道火紅的袖袍飛過來，毫不留情地將她掃了回去。

「全部。」離燁冷聲重複。

爾爾從水裡浮出腦袋，看了看他的方向，有點委屈。

她已經比之前努力很多了，也該誇誇她嘛。

離燁冷漠地坐在王座上，不但沒有要誇的意思，反而是做好了她再爬上來就把她掃回溫泉中央的準備。

冷血，無情。

第5章　我是坎澤

換做別人，又掐她又凶她，還要逼她練功，爾爾定是要撂挑子不幹的。

誰還不是個小寶貝了！

但是，面對這位大佬，爾爾完全不敢造次，只哀怨地看了他一眼，就乖乖滾到溫泉裡重新捏訣。

不就難受了點，練吧練吧，總比灰飛煙滅來得好。往好處想，她這樣也算是大佬親手教出來的徒弟了，相當於半個親女兒，百年之後大佬一手抱著貓，還有一隻手可以抱著她。

多美好的畫面啊。

爾爾憧憬地舔了舔嘴唇。

「我猜他不會這麼輕易放過妳。」有人嘆息。

誰？

爾爾大驚，慌忙收起思緒。

神仙也是注重隱私的，讀心術在九霄上一向是禁術，且早已失傳了幾萬年，怎麼會有人堂而皇之地與她的神思搭話。

警惕地睜開眼，爾爾左右看了看。

霧氣氤氳，上丙宮裡一片寂靜，只有她動彈而帶起的水花潺潺迴響。遠處的王座上，離燁頭也沒抬地在調息。

似乎是察覺到她的走神，他抬眼，不悅地看了過來。

爾爾嚇得立馬閉上了眼。

不是他，大佬的聲音低沉陰暗一些，而這個聲音清越明朗，如山風夾春雨，雖是來路不明，但聽著也怪舒服的。

腦海裡響起了輕輕的笑聲：「真會誇人。」

他知道她在想什麼？爾爾懵逼。

「嗯，知道。」

……連這個也知道？

「都知道。」

爾爾……

九霄上好可怕，她想回太和仙門！

「妳回不去。」那聲音平靜地道，「登上九霄，就再回不得凡間仙府。」

「……」道理她都明白，但這到底是個什麼東西在說話？

那聲音溫溫柔柔地答：「我是坎澤。」

哦，坎澤。

爾爾撇嘴，我還砍樹呢。

等等，坎澤？

一個激靈，爾爾坐直了身板。

這不就是震桓公他們在找的人麼，她以為已經死在離煒大佬的魔爪之下了，怎麼竟然在跟她說話？

腦海裡飛快回想起先前自己手腕被鬼祟抓住的畫面，爾爾飛快按下暫停，三指擴大那隻蒼白的手，仔細看了看。

純白的光從那隻陰手裡滲入了她的肌膚，當時她又驚又怕，以為在被吸食靈氣。

眼下再想，她身上能有多少靈氣可吸，這東西分明是在偷渡——在離煒的眼皮子底下，借著她這個突然闖入者的掩護，把自己的結元偷偷塞到了她的身體裡。

怪不得能聽見她在想什麼。

爾爾皺眉，心情有點複雜。

坎澤的結元誒，那可是上萬年的修為，白塞給她，無疑是天上掉餡餅。

但現在的問題是，離煒大佬和坎澤是死對頭，那就相當於巨大的餡餅裡夾的全是大佬不喜歡的香菜。

她哪有膽子吃。

打了個小哆嗦，爾爾搖頭。

快走吧快走吧，咱們不是一路人，人生有夢各自精彩吧。

離燁遙遙看著，就見池子裡那小東西一會兒皺眉，一會兒嘆氣，小腦袋不停搖晃，嘴唇還囁嚅不休，不知道在叨咕什麼。

怪不得修煉慢。

只是，這上丙宮裡什麼都沒有，她到底有什麼好三心二意的？

爾爾還在苦口婆心地勸坎澤。

——跟我裝死沒用啊，我就是堆廢柴，自己保命都夠嗆，哪能保住您，萬一我磕著碰著，您也跟著遭罪，何苦來哉？

——要不給您分顆守魂珠吧，太和仙門出品的，最漂亮的結元宿主，比我要結實點，我可脆弱了。

坎澤還是沒有回話。

爾爾皺了臉，眼睛虛開條縫，朝離燁的方向瞥了一眼。

大佬正居高臨下地看著她，像岩漿灼燒後的山石，沉默但懾人。

她縮了縮脖子，心虛極了。

去坦白從寬？

以大佬這個趕盡殺絕的性子，肯定二話不說直接宰了她，以絕後患。

那瞞著？

瞞得住嗎，被發現了豈不是死得更慘？

扭了扭腰身，爾爾左想右想，還是決定先把這一池神力吐納完，再上岸找機會試探試探。

在她的計畫裡，大概三個時辰後就可以上岸了。

然而，殘忍的事實告訴爾爾，就她這個資質，三日整，半個時辰也不能少。

三日後睜開眼，離燁大佬已經又升了三個境界，而她從溫泉裡爬出來，僅僅是周身血脈更通暢了兩分。

離燁看她的眼神那叫一個恨鐵不成鋼。

爾爾沒有覺得不好意思，她對自己沒什麼期待，反而覺得自己能堅持吐納完這麼一大池子，實在是可歌可泣可喜可賀。

於是她裹上衣裙咚咚咚地就跑到了離燁跟前。

「師父。」

離燁掃了一眼她身上淺淺的火光，實在是不想應她。

小東西不但沒稟告修煉進程，主動請罪，反而是拎著裙子在他面前轉了一圈，然後眼巴巴地問他：「您瞧瞧徒兒。」

變木盆的本事小，變衣裙倒是精通，就這麼會兒功夫，竟得摘了外頭漫天霞光，做了一身金光閃閃的宮裙。

層層疊疊的裙擺，繁複華麗的花釵，端的是費盡了心思。而這小東西左轉右轉，含羞帶怯地瞧著他，水汪汪的眼眸欲語還休，像是在期盼著什麼，緊張得手都摳白了。

這熟悉的神情……

離熚臉色一黑。

他沒少被九霄上的仙娥惦記，那些仙娥成天不想著修煉，倒費盡心思描眉點唇，織錦做衣，然後閒著沒事就找藉口在他面前晃，想引他側目，好一飛登頂。每個出現在他眼前的，都帶著這麼一副神情。

沒想到他這個便宜徒弟也對他動了歪心思。

伸手按住眉峰，離熚有些頭疼。

怪不得她非要拜他為師，他都出言威脅了也不當回事，還要在他宮裡泡澡，眼神躲躲閃閃的，修煉之時也心思百轉，原來是想近水樓臺。

真是作孽。

「師父，師父？」

爾爾緊張極了，怕他看出來什麼，又不得不讓他看，一張小臉糾結得姹紫嫣紅的，拎著裙擺直發抖：「有，有哪裡不對嗎？」

面前大佬的神色十分古怪，盯著她看了好幾眼，最後硬生生咽下去一口氣。

「沒有。」

爾爾大喜。

這可是他自己說的沒有，以後要是發現什麼端倪，可不能怪她瞞而不報，畢竟他這麼厲害都沒察覺，她這個小仙怎麼能知道嘛。

緊繃的身子放鬆了下來，爾爾終於笑了，心情極好地捏著裙子轉了個圈圈，順嘴問他：「好看嗎？」

離燁別開眼，漠然道：「不好看。」

「……」

花了好大的功夫才變出來的裙子，要是別人敢說不好看，爾爾一定跟人拚命。

然而這話是大佬說的，爾爾選擇了忍氣吞聲，憋得臉發紅都沒抗議。

算了算了，上天給他強大的修為，一定會奪走他基本的審美。

不生氣不生氣。

離燁冷眼看著，就見面前這小東西羞得雙頰通紅。

大概是因為靠他太近？

離燁側了側身子，離她更近了些。

果不其然，她聯手都興奮得抖了起來。

完了。

離燁煩躁地想，這一門心思都在他身上，還怎麼修煉仙術？

第6章　為人師父該做的

爾爾完全是怕得發抖。

雖是找好了退路，被發現坎澤在她這裡也有說辭，但要是真的被發現，那她也是半條小命掛在懸崖邊上。

太危險了！

念及此，爾爾也不敢在他眼前多待，支支吾吾地問：「師父可還有別的吩咐？」

面前的大佬神色更古怪了，悶聲道：「妳好生修煉便是，不用做別的。」

不做別的，難道就一直在他身邊待著？

打了個寒顫，爾爾心裡直搖頭，連忙掰著手指給他數：「師父我會烤紅薯、烤雞、烤玉米，您想吃哪一樣？」

來了，討他歡心的第一步，永遠是給他送吃的。

離燁捂著額頭直嘆氣，幾萬年了，這些小姑娘的招數還是一成不變，不肯好好修煉，就想方設法要抓他的胃。

不過，別人給他送的都是精巧點心、珍貴仙湯，他這便宜徒弟倒是省事，竟想給他吃烤的東西。

幾萬年的修煉，離燁早就辟了五穀葷腥，對這些完全不感興趣。

但是，小東西實在太誠懇了，掰著粉白的手指眼巴巴地望著他，彷彿只要他說個不字，她立馬就要耷拉下眉眼，露出失望的表情。

行吧，離燁不屑地想，滿足她一次好了，畢竟這徒弟又懶又笨，得先給點好處，然後再慢慢教走上正路。

於是他說：「烤玉米。」

面前的小東西一聽，立馬歡呼了一聲，彷彿得到了什麼天大的恩賜一般，開心地朝他行禮，然後蹦蹦跳跳地朝上丙宮的大門方向跑。

那激動的神情，滿眼亮閃閃的星辰，看得離燁忍不住嗤笑。

也太好滿足了。

只是答應吃她做的東西，至於嗎。

一腳跨出上丙宮的大門，爾爾就發現外頭天色不太好，頭頂一片烏壓壓黑沉沉的雲，隱隱有雷聲。

九霄之上不會出現平白的雷，看這陣仗，應該是有神仙完成了一千年的修為，正要渡劫。

爾爾沒太在意，哼著小曲就去旁邊的仙山找玉米。

結果沒走幾步，雷聲就比先前大了好幾倍，震耳欲聾的，差點把她從行雲上震下來。

哪路的神仙這麼厲害啊？爾爾咋舌，一般千年修為，也就受幾個時辰的小雷劫，那雷聲她聽過，就跟人間雷雨之時差不離。這雷聲倒是好，活像是要劈死哪個修煉了萬年的上神。

幸好我是個不上進的。

縮了縮脖子，爾爾沒出息地想，就她這半罐水的八百年修為，離到一千年還有很久很久呢。等等。

突然想起點什麼，爾爾刹住了步子。

在來九霄之前，她的確只有八百年的修為，但是在修煉的時候，離燁大佬依稀、似乎、好像幫她打通了穴位，白送了她兩百年的修為？

八百年加兩百年，好巧哦，剛好是一千年耶。

低頭看了看掰出來的十個手指，爾爾笑著笑著就笑不出來了。

四周狂風呼嘯，吹得她髮髻裡的步搖叮咚作響，閃電劃開天幕，照得天地一片慘白，天雷越集越大，彷彿要吞噬掉半片天一樣，氣勢震寰。

雨水夾在風裡，被吹進了上丙宮。

離燁正聽人說著震桓公那群人的動向，突然覺得手背一涼。

他側頭，看了一眼外頭的天色。

旁邊的燭焱察覺到了他的動作，連忙道：「回上神，今日一共有三位小仙渡劫，您剛收的那位也在此列。」

「三位？」

「是，震桓公與乾天上神的徒兒也是今日，那兩位早早就設下了祭壇，要護徒兒渡劫。」

離燁聽得冷笑：「雛雞破殼他們是不是也得幫著掰縫。」

燭焱撓了撓腦袋：「是這麼個道理，但為人師父，難免替徒兒操心一二。」

那是別人家的師父，離燁收回目光，敲敲王座的扶手示意他繼續說正事。

渡劫本就是仙界的優勝劣汰之法，強行護著有什麼意思，他那個笨不溜丟的便宜徒弟，要真渡不過去，也不關他的事。

手背上的雨滴很快風乾，外頭的雨卻是越下越大。

震桓公和乾天站在祭壇之上，兩個徒兒跪在他們各自的腳邊微微發抖。

面前的天雷滾滾，已經劈下來了幾十道，整個雲海到處都是窟窿，但雷聲不僅沒小，反而還有越來越響的趨勢。

「這是怎麼回事？」乾天捏著訣，納悶地問，「往年可不見這樣的陣仗。」

震桓公也覺得奇怪：「應該是哪裡弄錯了，千年的劫數何至於此。」

乾天低頭打量自己的徒弟，心想這莫非是什麼萬年難遇的奇才，所以老天才給了這樣的考驗？

震桓公也看向自己的徒弟，基本想法和他差不多。兩人一對視，笑得都有些虛偽。

若真出了什麼奇才，誰不希望是自家的？

「啊啊啊——」

一片雷聲之中，有一串慘叫聲由遠及近。

祭壇上的眾人皆是一愣，紛紛抬眼往前，卻見一個衣衫襤褸的小仙，正被一串雷光追得上躥下跳。她身上已經有幾處焦黑，髮髻也凌亂得不成樣子，跑近了看，眼裡水汪汪的，全是淚。

「救命啊。」爾爾抱住祭壇下的石柱，淒慘地喊，「誰拉我一把！」

乾天看她可憐，伸出捆仙索就想將她往上拉。

然而，繩索還沒碰到那小仙，天邊就來了一道比天雷更可怕的火紅袖袍。

「啪」地一聲，捆仙索被甩回了祭壇上。

乾天一愣，在場的眾人臉色皆是一變。

爾爾的手還伸在半空，無助，弱小，又可憐。

她硬著脖子回頭，毫不意外地看見了離燁大佬那張不近人情的臉。

他踩著火紅的行雲，慢慢悠悠地走到她跟前，然後指了指前頭天雷轟鳴的地方。

「站過去。」

爾爾要哭了，她這點修為哪裡夠頂這樣的天雷，怪疼的。

「師父……」

「我離門不收渡劫都渡不過去的廢物。」

「……」

祭壇上一片死寂，被護著的兩個小仙身體僵硬，面無人色。

震桓公黑了臉道：「離燁，你自己毫無人性，便休要中傷他人，護徒兒渡劫，本就是師父該做的。」

離燁抬頭看了他一眼，靄色的眼眸輕輕掃過他全身的經脈，不輕不重地笑了一聲，什麼也沒說。

震桓公感覺到了莫大的羞辱，當即就想動手。

旁邊的乾天拉了他一把。

「做什麼？」震桓公十分不滿。

乾天搖頭，示意他看下面。

那可憐兮兮的小仙正邁著沉重的步子，一步一步地朝雲海正中央走去。

第7章　得活著

狂風暴雨之中，這背影顯得分外瘦弱，像隻剛破殼的小雞崽子，走得搖搖晃晃的，腿還有點發顫，別說是那邊震天動地的雷電，就算是一道普通的劫火，她可能都受不住。

即便是這樣，旁邊站著的離燁臉上也沒有絲毫的憐憫，靄色的眼眸望著她的背影，還帶了點嫌棄，彷彿在說：這點雷就嚇成這樣，怎麼當他的徒弟。

震桓公：「……」

嚴苛得有點過分了，人家一千年修為的小仙，哪能跟他這幾萬年的老畜生比。

在離燁眼裡，這樣的雷每一萬年就要見一次，實在是稀鬆平常，可在爾爾的眼裡，這雷真的好大好大，像整片天都要塌下來了一般。

轟地一聲巨響，爾爾慘叫，抱著腦袋跪坐在雲海中央，蜷成一團。

泛著紫光的雷電驟然落在身上，彷彿一萬隻長著鐵牙的螞蟻在齧咬她的筋骨四肢，她甚至都能聽見自己皮肉被咀嚼的聲音，骨骼劈吧劈吧直響。

太疼了，活了幾百年，爾爾從來沒受過這種疼，連哭都哭不出來，渾身發抖。

又是一道巨雷轟頂而落，天地被閃電照成了一片白光，這光將她吞噬，眼前翻湧的雲雨和耳邊炸裂的鳴響突然都消失了。

一片死寂之中，爾爾看見了太和仙門。

十幾個師兄師姐圍在一起，正在替人抵抗百年一次的天劫，最中間的那個師姐拿著幾顆話梅，輕聲哄著誰。

「不怕不怕，有師兄師姐在，爾爾不用吃這種苦。」

「孟師兄很厲害，顏師姐也很厲害，我們能護妳幾千幾萬年，只要師兄師姐還活著，爾爾就不會有事。」

只要師兄師姐還活著。

活著。

爾爾顫了顫，像是想到了什麼，三魂七魄霎時歸位。

周身的疼痛再度侵蝕上來，耳邊的雷聲也更響了，爾爾勉強睜開半隻眼，看了看不遠處站著的離燁。

他一身紅袍，眉目冷峻，彷彿在打量她，又彷彿是透過她在看天邊的雷電。

手指微顫，爾爾勉強提了一口氣，開始捏訣。

離燁冷眼看著，就見幾道天雷劈下去之後，那小東西已經沒了氣息，安靜地蜷縮在滋啦作響的餘雷之中。

渡不過去。

他搖頭，剛想抬步，卻見爾爾竟然動了動。

半隻眼睜開朝他看過來，目光一觸及他，瞬間變得堅定。

接著她便捏起了訣，最簡單的防禦訣，還沒捏成就被下一道雷打散，疼得指尖都痙攣起來。

但緩上片刻，她又重新開始捏，這次比上次快一些，一層薄薄的結界在天雷落下之前將她罩在了裡頭。

然而天雷落下，這結界不堪一擊，呯地一聲碎開，無情的雷還是將她打了個透。

爾爾連慘叫的力氣也沒有，嘴角滲出血水，整個人癱成一團。

手上還在捏訣。

雷越來越大，訣也越捏越散，爾爾是拚著全身上下所有的仙力，想與天爭一爭。

可惜，天雷實在太厲害了，她這點仙力，壓根沒有反抗的餘地。

在場眾人皆不忍再看，七嘴八舌地議論起來。有的說今日的天雷太過分，有的說那小仙太傻。

已經被雷劈成了一團焦黑，怎麼看都是沒希望了，最簡單的防禦術壓根擋不住天雷，她還不如躺著等死，省了這口力氣。

在一片嘈雜裡，只有離燁安靜地站著。

他漫不經心地望向爾爾的方向，像是在等什麼，又像只是隨便看看。

又是一道天雷聚攏，刺目的光照得四周如同白晝。

爾爾已經是奄奄一息，手指都抖得不成形狀，然而察覺到危險，她還是倔強地彎起指尖，捏了一個弱小的防禦訣。

離煒突然笑了。

最後一道天雷來勢洶洶，帶著傾覆天地的陣仗，似要將整個雲海擊穿，爾爾捏的訣太散，結界比先前那幾次都薄，壓根頂不住。

但，雷電轟然落下，爾爾沒察覺到痛苦。

四周刺目的光慢慢散去，雷聲也漸行漸遠，爾爾臉貼在雲上，滿臉血污，茫然地喘著氣。

她看見一雙雲靴踩到了眼前，火紅的衣袍掃過地上的焦黑覆在了她的身上。

接著，她被人提著後衣襟拎了起來。

大佬居高臨下地看著她，沒安慰，也沒關心，只問：「有什麼想說的？」

渾身都疼，爾爾哪裡還有心情說話，但看看四周，不少神仙圍了過來，她也沒膽子讓大佬的話掉地上。

於是，她小聲道：「沒有找到烤玉米。」

不開口還好，一開口就有些哽咽，爾爾吸了吸鼻子，眼眶有點紅：「烤徒弟成嗎，外焦裡嫩。」

濃濃的鼻音裡溢滿了委屈。

不救她就算了，渡劫完了也不誇她一句，哪怕誇一句看起來真好吃呢，也算數。

沒有，什麼都沒有。

真討人厭。

氣得在他手裡轉了一圈，爾爾背對著他，閉上了眼。

離燁哼笑，將她裹了裹，抬步就要往回走。

「等等。」震桓公突然開口。

腳步一頓，離燁側頭，不甚耐煩地看著他：「有事？」

被他這陡然變臉嚇得一退，震桓公僵硬了片刻，還是皺眉道：「你這徒弟怕是需要好生調養。」

明眼人都看出來了，這非同尋常的天劫就是衝著他的小徒弟去的，一個離燁已經夠讓九霄十門頭疼了，再來個不得了的徒弟，指不定要生出什麼禍端來。

乾天站在他身側，心思也差不多。

他打量離燁手裡的小徒弟，跟著開口：「你喜清淨，上丙宮又不適合多住人，不如先將她放在我那邊休養，正好我宮裡最近備了進補的仙草神芝，又有上等的華露池，最適合剛歷劫的小仙。」

爾爾一聽就睜開了眼。

待遇好好哦。

離燁低頭看著她，黷色的眸子裡一片深沉：「想去？」

肯定想啊，上丙宮裡什麼也沒有，就一堆硬邦邦的石柱。

爾爾眨了眨眼，試探性地望向大佬的臉。

然後就在他臉上看見了毫不掩飾的殺意。

「……」

縮回了腦袋，爾爾悶聲答：「不了，不打擾別人，我跟著師父就好。」

離燁輕笑：「想去就去，為師不怪妳。」

「不不不，徒兒更喜歡上丙宮。」

外頭的地方再好，也是上好的棺材，上丙宮再空曠，那也是能活著的地方。

含淚看了一眼震桓公和乾天，爾爾將腦袋埋在了大佬的胸前。

第8章　學這個，不，學這個

鼻息一湊近，爾爾聞見了離燁身上味道。

像紙錢被焚盡後的灰煙，吹散在空曠無人的古街，孤僻又死氣沉沉。

她怔了怔。

這人衣襟上還繡著炙熱的金烏花紋，該是個如驕陽一般熱烈的人才對，怎麼好像走在光照不到的黃泉路上，陰冷又寂靜。

聞著有點難過，爾爾皺了皺鼻尖。

離燁的心情卻是很好。

他帶著小東西去了一趟太上老君的煉丹房，十分客氣有禮地「詢問」了一番最近的煉丹成果。

然後懷裡就多了一堆五顏六色的丹藥。

似乎有點不滿意，他又去了一趟西王母山，被塞了一堆仙草之後，勉勉強強地又拜訪了一回瑤池。

最後回到上丙宮，仙丹和仙草在他身邊堆成了一座小山。

爾爾看得口水都要流下來了。

她感動不已地望向離燁：「多謝師父。」

離燁嗤笑，單腿往王座上一屈，撐著眉骨道：「沒說是給妳的，我只是閒來無事四處走走，妳這點修為，哪用得上這麼高階的東西。」

爾爾點頭：「西王母給的仙草是用來吃的還是泡澡？」

「泡澡。」

爾爾歡天喜地地就拎起仙草扔進溫泉。

離燁黑了半張臉。

他不知道自己為什麼答得這麼快，也不知道這個小仙怎麼像完全聽不懂話似的，自顧自地傻樂。

她身上全是傷口，唇邊還有乾涸的血跡，眼睛都哭腫了。可因為這幾顆破仙草，竟又能笑出來。

離燁直皺眉，看不順眼的同時又覺得，早知道問西王母多要點兒。

乾天說得沒錯，他喜清淨，上丙宮一向只有一張黑石砌的王座，再沒別的，可這小東西十分容易滿足，隨便挖個溫泉，扔兩顆仙草，她就很高興。

完全用不著別人來幫他養。

只是……

也太弱了，差點連天劫都扛不過去。

離燁還是有點嫌棄。

爾爾正齜牙咧嘴地在泡仙草溫泉，不經意掃到自家師父的眼神，差點當場氣成河豚。

那是一般的天劫嗎，那是衝著坎澤來的天劫！她這個無辜的宿主只是因為坎澤那強大的神力而遭到了殃及，一隻螞蟻舉不起大象，還能怪螞蟻太弱？

爾爾想為自己辯解，但嘴巴剛張，她就看見離燁咳嗽了兩聲。

殷紅的血順著他的嘴角流下來，分外刺眼。

離燁不甚在意，隨手抹了就繼續盯著她，爾爾卻是嚇了一跳，呆呆地看著他，一動也不敢動。

這個毀天滅地的人，竟然是會受傷的？

她以為他是那種刀槍不入天地不滅的怪物呢。

左右看了看，爾爾勉強施出斗轉星移的小法術，將堆在他身邊的仙丹引起來一顆，搖搖晃晃地遞到他嘴邊。

離燁嗤之以鼻：「我不用。」

那點小雷，對他而言壓根不算什麼，也就是為了瞞著震桓公和乾天才不得不受了點內傷，沒到要吃藥的地步。

可這小仙竟是急了，抓耳撓腮地把丹藥又朝他遞了遞，彷彿他不吃藥就要灰飛煙滅了一般。

小題大做。

離燁撇嘴，盯著那顆尾指大的丹藥，靄色的眸子裡充滿了不屑。

但是扭頭一看，他不吃，這人都要急哭了，滿眼都是擔憂和焦急，殷切切地望著他，焦黑的小臉上還劃出了兩道白嫩嫩的淚痕。

真是，沒辦法。

離燁劈手接過丹藥，扔進了嘴裡。

爾爾長舒了一口氣。

這可是她的頭頂青天、背後靠山，現在千萬不能出事，最好是平平安安度過這百年光陰，然後再大展神威。

「不疼了？」離燁沒好氣地問。

爾爾回神，臉都皺成了一團：「疼。」

渾身上下沒一處好地方，怎麼可能不疼，她已經疼得把眼淚都哭乾了。

慢條斯理地嚼著仙丹，離燁道：「修補好自己的神魂，三日之後，我教妳些東西。」

一聽這個，爾爾霎時來了精神，連忙凝神運氣。

她之前學的大多是花裡胡哨的變幻術，主要用於置辦好看的衣裳頭飾，經此天劫，爾爾終於明白了，得學點實用的東西，不然在九霄這麼危險的地方，她不一定能活得下去。

沒有比離燁更強大的神仙了，跟著他學法術，對她百利無一害。

溫水潺潺，裹著仙草獨特的香氣，盈滿了她的四肢百骸。周身的疼痛漸漸淡開，爾爾舒展了眉眼，開始閉目養神。

不知過了多久，她就聽見了坎澤的嘆息聲。

「別信離燁。」

爾爾怔了怔，下意識地皺眉。

為什麼不信？

「離氏的仙術是五行中最霸道的一種，與妳天性不合，他讓妳學，並非為妳好。」

坎澤似乎也受了不輕的傷，聲音聽起來格外虛弱：「妳這樣的性子，適合修坎氏的仙術。」

爾爾聽得嘴角直抽。

她這個被太和仙師斷定毫無天分的小鹹魚，怎麼也成了九霄大佬爭相教習的對象了，離燁就罷，那是她自己拜的師父，可坎澤上神又是何必，坎氏有的是後輩傳人。

「信我。」坎澤低聲喃喃，「我既會在天劫之時救妳，便不會在此時害妳。」

天劫？爾爾一愣，嘴巴動了動。

怪不得，怪不得她被劈了那麼多道雷都沒死，原來是坎澤在護著她。

但是，要不是因為他把她當了宿主，她也不用面對這麼大的天劫，算起來應該是因果相抵。

坎澤被她的想法驚了驚，有些想不通。

「全九霄的人都知道離燁此人滅絕人性，暴戾無常，怎麼妳寧願偏袒他，也不願信我？」

倒不是信不信，爾爾扁嘴。她只是覺得人要講誠信，她先投靠了離燁，自然不能臨陣變卦，不然連怎麼死的都不知道。

像是被她氣著了，坎澤不再開口，一股白色的仙力穿過她的經脈，徑直掐上了她的脈搏。

爾爾渾然不覺危險，只扭了扭腰身，便想再問問他離燁上神的過往。

誰知道身子剛動，耳邊就響起了嘩啦一陣水聲。

有人游到她身側，炙熱的手指抵住她的眉心，低沉的聲音裡略帶怒意：「照妳這麼個三心二意的態度，別說三日，三十日也上不得岸！」

第9章　心懷不軌的徒弟

離燁簡直要被氣死了。

好不容易因為天劫對這小東西略有改觀，覺得她有毅力，能成事，結果好麼，能在毀天滅地的天雷裡捏訣，倒不會在這瓊漿仙草裡專心吐納，周身氣息亂成一團，差點走火入魔。

幸好他發現得早，一道火光便定住了她的神魂。

但是，面前這小仙睜開眼，溼漉漉的眼裡沒有餘悸，也沒有惶恐，只一眨不眨地盯著他被溫泉浸溼的胸襟。

然後咕嚕一聲咽了口唾沫。

離燁：「……」

他差點忘了，這小仙是個好色之徒，看見他就春心萌動，哪能顧及其他。

冷哼一聲，離燁鬆了手。

「我給妳一個時辰。」他沉聲道，「一個時辰之後，我要出門。」

出門就自己出好了，給她一個時辰做什麼？爾爾不解，還是盯著他胸口的尾羽項鍊看。

好漂亮啊，紅光閃閃的，還泛著一層金色，一看就是上等法器。

饞得她流口水。

面前這大佬似乎有點熱，不甚自在地側了側身子，耳尖微紅。

「先前我身上有傷，今日已經大好，坎氏與我有舊怨未清算，便不想再拖。」他看向別處，眉宇間略有不耐，「妳若能在一個時辰內將外傷清理乾淨，我便帶妳去長長見識。」

大佬打架，她去幹什麼，又不是嫌命長。

爾爾擺手：「不……」

去字還沒吐出來，爾爾突然想到一個問題。

坎氏，坎澤不就是坎氏之人，一直留在她這兒也不像話，不如她當一回好人，把他送回去？這樣你好我好大家好，誰也不用為難誰。

眼眸微亮，她立馬接著道：「不會讓師父失望的。」

離燁瞥她一眼，拖著溼漉漉的衣袍上了岸，火光一閃，水氣騰升，待他坐回王座，一身衣袍已經乾透。

他看向還在溫泉裡泡著的小仙。

說要給她傳授仙術，她吐納得亂七八糟，可一說要與他一起出門，這人竟是卯足了力氣調息運轉。身上的焦黑一塊塊地脫落，露出白嫩光滑的肌膚，襤褸的衣袍也重新有了模樣，漂浮在水面上，像一朵華麗的海棠。

不到半個時辰，她就完好無損地趴在了溫泉池邊。

「師父。」她軟軟地朝他喊，「我沒力氣了。」

如此急促的修補外傷，她還能有力氣就見鬼了。離燁抿唇，神情裡有一絲不自在。

他的名頭一向是用來嚇唬人的，能讓魑魅魍魎遁地而走，能讓萬千妖魔跪地求饒。

可他怎麼也沒想到，有一天會有人因為喜歡他，而拚命成這樣。先是咬牙扛住了天劫，後又這麼努力地修煉。

真是個愚蠢的小仙。

嫌棄地看了她半晌，離燁還是伸出手，將她從水裡拎了出來。

嘩啦一聲，水花四濺。

離氏的神仙是都會避水術的，沒有人會渾身溼透地行走，所以離燁理所應當地覺得這小仙也該會。

但是，爾爾剛入離門不久，基礎的法術都還未通，哪裡知道這個。繁複的裙擺吃重了水，順著她的身子就往下滑。

呲溜一聲，離燁僵住了。

爾爾只覺得鎖骨一涼，還沒來得及反應，眼前就是一黑。

接著「咚」地一聲，她整個人被狠狠扔回了溫泉裡。

爾爾：？？

道理她都懂，可是破的是她的衣裳，捂她眼睛做什麼！

嗆了好幾口水，爾爾終於掙扎著從溫泉裡爬了上來，低頭一看，果然是前襟的料子裂開了半幅。

然而就她這瘦弱的小身板，裂半幅也沒什麼好看的。

爾爾不明白大佬這如臨大敵的模樣是做什麼。

就這眨眼的功夫，離燁已經站到了上丙宮門外，高大的身影背對著溫泉的方向，整個人都籠罩著一層陰翳。

便宜徒弟別的沒學會，竟然先學會了色誘。

他是不近女色的，那玩意兒又妨礙修為又妨礙起居，實在是沒有親近的必要。沒想到千防萬防，家賊難防，這乍然入眼的東西，他想裝作沒看見都不行。

這小東西修為低，歪心思倒是不少，待會兒要是出來找他負責，他又該如何？

給她幾千年的修為，還是答應同她一起修煉？

一起修煉的話，她這麼弱，會不會拖累他？

就算不拖累他，他這強大的仙力，她能不能受得住也是個問題。

生平頭一次，離燁因為仙法之外的事，陷入了深深的糾結之中。

然而，半柱香之後，小東西跑到他的身邊，只仰頭問他：「師父，咱們什麼時候動身？」

離燁詫異地低頭，就見這人神色如常，彷彿剛才什麼也沒發生一般，仍舊乖巧地搖著不存在的尾巴。

這是要放長線釣大魚不成。

離燁沉默，突然很感慨，他這個便宜徒弟居然懂得欲揚先抑欲情故縱。

思忖片刻，他決定靜觀其變。

「現在就走。」

「好。」

爾爾蹭上了大佬的行雲，立馬盤腿坐了下來。她外傷雖好得差不多，但內傷是要養上許久的，不宜大動，能省力就省力了。

但離燁低頭看著，只覺得這小東西委實聰明。

行雲本就不大，若是站著，兩人還能保持些距離，可她盤坐下來，便因為地方不夠，理所應當地靠在了他的腿上。

她身上又軟又熱，像一隻剛出籠的包子，還不安分地亂動。

深吸一口氣，離燁給自己念了個定心咒。

九霄上多的是這樣一門心思走邪路的小仙，只是因為這個比別的有用，所以他不能往下扔，在意是不可能在意的，就指望到了坎氏仙門她能收斂點，別給他丟人。

他去坎氏有正事要辦。

眼下坎澤生死未卜，坎氏失了主心骨，內部已經亂成一團，他有想知道的事，這個時候潛入暗查自然是再好不過。

本來是不想帶著這個拖油瓶的，但他真的不懂底層小仙平日怎麼過活，有她在，能幫忙掩護一二也好。

可是，腿上這小東西還真是不知滿足，靠著他還不算，竟還伸手來拽他的指尖。

「師父。」

離燁微惱地抽回了手，心想這要是默許了，她非得撲上來抱他不可。

然而，這人竟固執地撐起了身子來拽他：「師父師父。」

一忍再忍，離燁實在沒忍住，冷聲開口：「妳再說話，為師就扔妳下去餵禿鷲。」

爾爾：「……」

眼睜睜看著坎氏仙門的門楣擦肩而過，爾爾伸出手，無辜地捏緊了自己的嘴。

第10章　不慣她這嬌毛病

三個時辰之後，離燁臉色難看地找到了坎氏的大門結界。

爾爾縮著脖子跟在他身側，察覺到大佬心情不佳，沒膽子開口戲謔，只裝作什麼也沒發生一般，仰頭感慨：「坎氏仙門好生威風。」

白玉石雕的雙龍柱矗立兩側，一眼望去，全是著深淺不同的藍袍進出的仙人，乳白的霧氣繚繞仙門之中，劃過仙人的衣擺，溫柔又繾綣。

離燁看得膈應極了。

他最討厭坎氏這股子拖拖遝遝的形態，一點也不乾脆。

低頭看了看自己穿著的火翎戰袍，離燁忍了忍，閉著眼伸手一劃。

烈烈的殷紅化為了一片藍色，與那些坎氏小仙看起來差不多。

他滿意地點頭，駕著行雲就要進結界。

爾爾連忙拽住了他。

「嗯嗯，嗯嗯嗯嗯嗯嗯嗯。」小腦袋搖得跟撥浪鼓一般。

離燁跟看傻子似的，下頷微抬：「說人話。」

「師父，這樣穿是不行的。」爾爾吐了口氣，伸手與他比劃，「普通小仙肩上不會有上古翎羽，藍色的也不行，您且別動。」

說罷，小手就朝他伸了過來。

離燁很想躲，但她的動作飛快，蘭花指一拈，他那一身俐落的藍衣就化了一襲水藍繡雲的長袍，肩上翎羽悉數收進香囊懸於腰間，束髮的金冠也變成了一支碧綠的玉簪。

上下打量，爾爾毫不吝嗇地誇讚：「師父平日裡眉藏火電，威嚴懾人，沒想到換一身行頭，卻也能當個『行止月在懷，動搖風滿袖』的翩翩士人，妙極妙極。」

「……」這小仙別的什麼都不行，就這眼光，屬實是不錯。

離燁輕哼，也懶得再計較這袍子的制式，只斜眼打量她。

女兒家的心思就是這麼淺顯易懂，給他變了一身水藍衣袍，給自己便是一套水藍的衣裙，和著髮間的玉簪，往他身邊一站，當真是相稱得很。

真是，太明目張膽了，也不知道含蓄著些。

離燁別開眼，嘆息著搖了搖頭。

爾爾渾然未覺，她打量著遠處那些坎氏的小仙，又低頭看了看自己和大佬的裝扮，覺得沒什麼差別了，才歡喜地將大佬拉下行雲，徒步走進結界。

坎氏失了坎澤，氣氛實在算不上輕鬆，但百年一次的甘霖節將至，街上小仙還是不少，離燁收斂了神識走在其中，倒也未曾被人發現不對。

這裡比上丙宮可有人情味多了，或者說，這才是仙宮該有的模樣。

爾爾一邊走一邊打量。

仙宮矗立在最高處的山巔，山路無數，皆開闢成了集市仙館，小仙們如凡間百姓一般生活，只是買賣往來，多用仙露。

仙露從哪兒來呢？爾爾看了看重傷未癒的自己，頓了頓，十分期盼地看向了旁邊。

離燁沒看她，只伸手甩出一枚瓷瓶。

「嘶。」爾爾雙手捧著接過，瞪圓了眼，「這麼多？」

一滴就能買一套上好的仙衣，大佬一出手就是一瓶。

她果然沒有跟錯人。

又是這副沒見過世面的模樣，離燁不屑，翻手便又甩給她一瓶：「隨手可得的玩意兒，有什麼稀奇。」

身邊果然又傳來一聲驚呼，接著這小東西就雙手抱住了他的腿。

「師父也太厲害了，我在人間見過那麼多闊綽之人，也沒有師父這般爽快，咱們能用這些直接買個小宅子了，師父喜歡竹木宅子還是磚瓦宅子？」

離燁費勁地抬著腿，面目表情地往前走：「又不在此地長住，要什麼宅子。」

「師父有所不知，自己的宅子住著，定是比客棧舒服。咱們為何要當神仙呢，神仙不就為了活著更舒坦麼，所以衣食住行，一樣也不能虧了自己。」爾爾振振有詞。

這貪圖享逸的性子，能修成正果才怪。離燁聽得直搖頭，修仙哪裡是為了舒坦，分明是為了比別人更強，更強之後，捏死別人需要的力氣也就更少，花的力氣少了，那就能捏死更多的人。

如此迴圈，方是大道所在。

離燁覺得，這麼簡單的道法這小仙都參悟不了，實在可憐。

既然都這麼可憐了，那還是給她買處宅子吧。

於是，半個時辰之後，離燁站在了一處青瓦小宅裡。

宅子的主人千恩萬謝地領著仙露走了，那小仙還抱著他的腿沒肯鬆。

離燁輕哼，垂眼道：「還沒抱夠？」

爾爾含含糊糊地應著，手一鬆，呱唧一聲就滾到了地上。

身子軟綿綿的，癱成一團。

離燁一怔，倏地低下身子探了探。

路上耽誤的時辰有些長，這小東西內傷嚴重，沒頂住，到底是發起了高熱。

離燁身邊已經幾萬年沒有出現過這麼脆弱的生命了，乍然見著，一時之間有些不知所措。扔著不管吧，畢竟是自己的徒弟，可要管，這小東西又麻煩得緊。

伸手將她攬起來，想掐著她的腰讓她站穩，可腦袋裡劃過上內宮溫泉裡那白膩腰肢上的青痕，離燁頓了頓，不情不願地放輕了力道。

爾爾嘟囔了一聲，下巴磕在他的肩窩裡，像貓似的蹭了蹭。

身子微僵，離燁毫不留情地將她往床上一扔。

誰家神仙這麼嬌氣，不管了，就這麼扔著吧，生死有命富貴在天，他可沒那個閒心照顧這種低等小仙。

離燁坐去了旁邊的茶座上，冷漠地開始飲茶。

片刻之後。

大佬嫌棄地看了看床上那陳舊的被褥，伸手給變成了緞面錦被。

又過了片刻。

簡陋的燭臺化成了宮燈，層層疊疊的紗帳從梨木床架上垂下。

再過了片刻，床帳裡多了個人。

在離燁的想法裡，受了傷自己調息幾日就該痊癒了，所以他瞪眼看著這個面色蒼白的小仙，完全不能理解她為什麼這麼弱。

還要睡多久才能醒？嘶，額頭為什麼更燙了？

他擰眉，伸手在虛空裡一擰，揪出一本泛黃的書冊，猶豫許久，還是嘩啦嘩啦地翻看起來。

爾爾燒得迷糊，一直在做夢。

她夢見離燁胸口被一柄蛇尾刀貫穿，嫣紅的血浸透了水藍色的長袍。四周都是人，悉悉索索地說著話，沒一個願意上前相救。

第11章　看著不順眼

強大如離燁上神，怎麼會被人暗算成這樣？

爾爾想不明白，抬眼便瞧見他眸子裡一片寂寂，像深冬裡結冰的湖，沒有痛苦，沒有憤怒，只有冰涼的殺意，逐漸蔓延到四周天地。

糟了！

察覺到不妙，爾爾想逃，可還不等她邁出步子，身後那撕天裂地的靈氣便如浪潮般洶湧而來。五臟六腑被灼燒，炙熱的痛感一路延伸到喉間，爾爾睜大了眼，努力張口想呼吸，結果……

有人往她嘴裡灌了一口茶水。

「咳咳咳——」

嗆得三魂七魄皆歸位，爾爾抓著床單，咳得半死不活。

離燁捏著茶盞坐在床邊，很是不滿意地問對面的人：「水餵了，她怎麼更難受了？」

對面坐著的人神色複雜地看著他，輕輕搖了搖頭，肩頭上站著的舌靈鳥替主人開口：「應將病人扶坐起，小口餵。」

怎麼這麼麻煩，他眉心高攏。

坎汎笑而未語，起身行至床邊，接過他手裡的茶盞，以縱水術引水珠魚貫而出，溫柔地浸潤病人的唇齒。

離燁看著，覺得不太順眼。

具體哪裡不順眼，他說不上來，但這個念頭一起，手裡的茶盞就碎得四分五裂。

茶水順著碎瓷溢落，觸碰到他炙熱的手指，瞬間化作了一縷白霧。

坎汎不明所以地看向他。

迷迷糊糊的爾爾察覺到一絲熟悉的殺氣，耳朵一動，艱難地抬起了眼皮。

目之所及，離燁還好好的，胸口沒有插著蛇尾刀，四周也沒有亂跑的靈氣。打量兩眼，她輕輕鬆了口氣。

不過，大佬為何又在發脾氣？手裡捏著碎瓷片不鬆，眼神也沉沉幰幰。

疑惑地嘟囔一聲，爾爾伸手，將他有些泛白的手指一根根掰開。

瓷片這麼碎，再捏非得流血，以大佬的習性，聞著血腥味兒，難免暴起傷人。

使不得使不得。

手上一股綿綿的力道，帶著高燒未退的熱度，勾得人心裡一軟。

離燁低頭，就見那小東西正心疼地捏著他的手指，自己還沒痊癒呢，偏擔心他被劃傷，小心翼翼地將碎了的茶盞一片片取出去。

遇見瓷渣，撚不起來，她皺眉，鼓起嘴朝他的手心吹氣。

溫熱的氣息拂過，離燁心裡的不順眼突然就消散了。

他抿唇，有些不自在地別開頭：「倒還知道醒。」

爾爾傻笑，心想這也擠對她？誰家神仙渡劫之後不得虛弱一段時日，她還能出門，已經很堅強很棒棒了好嗎。

算了，指望大佬誇讚她是不可能的，爾爾撇嘴，扭頭看向另一側站著的人。

一身淺得近白的藍衫，腰間還掛了個藥包，許是坎氏仙門裡的醫客。

迎上她打量的目光，這醫客笑了笑，伸手點了點自己的唇，示意無法說話，然後他肩上站著的紅嘴藍尾的鳥兒便像模像樣地開口：「在下坎汎，診金三滴仙露。」

會替人說心裡話的舌靈鳥？爾爾驚奇不已，伸手就想去摸摸人家的尾巴。

離燁對她這沒見過世面的模樣實在看不過眼，啪地拍開她的手，然後扯了被子便往她頭上一蓋。

一瓶仙露飛出袖口，落在了坎汎面前。

坎汎連忙接過，剛想打開瓶子收取三滴，卻聽得面前這個人陰沉沉地道：「都給你。」

「嘎？」舌靈鳥被嚇出了一聲鴨叫，「鳥是不賣的！」

這話不是坎汎說的，是舌靈鳥自己說的，語氣裡還帶了點委屈，黑珍珠一樣的眼睛氣憤地瞪著離燁。

離燁回視了牠一眼。

舌靈鳥又「嘎」了一聲，頭羽慫下來，飛快地鑽進了坎汎的後襟，瑟瑟發抖。

「不是買鳥。」他沒好氣地道，「買你在這地方多住上一段時日罷了。」

坎汎恍然，拍了拍衣襟，舌靈鳥不情不願地露出腦袋來，說出主人的心聲：「甚好。」
然後便叼著坎汎的衣襟，使勁往外拖。
太可怕了，我要回窩。
坎汎雖只是個醫客，但在坎氏仙門多年，舌靈鳥跟著他，什麼樣的場面也都見過了，還是頭一次被嚇成這樣。
他不由地多看了屋子裡那人一眼。
尋常的仙人，身上的仙氣普普通通，只是脾氣不好了些而已，何至於？
納悶地搖頭，他背著藥包離開了主屋。
爾爾將被褥扯下幾寸，露出一雙滴溜亂轉的眼。
「師父。」她感動地道，「其實不必花這麼多仙露請醫客，我能自己調息將養。」
離燁嗤笑：「我花仙露請他，只因他曾在坎澤身邊侍奉，與妳有何干係？」
他掃一眼她身上經脈，嫌棄地道：「若連這點傷都調息不好，出去別說是我門下之人。」
爾爾：「……」
白感動了。
洩氣地蓋上被子，她又有點想不明白，坎澤都已經身死，大佬到底還有什麼想知道的？
「爾爾。」腦海裡有聲音喊她。
身子一僵，爾爾捏著被褥的手緊了緊。

拜託，要不要這麼嚇人，離燁上神就在她身邊坐著，他喊這麼大聲，不怕被聽見？

「除了妳，誰也不會聽見我的聲音。」坎澤嘆息，「我傷重，時常昏睡不醒，沒想到一覺睡醒，妳已經回到了坎氏仙門。」

驚喜不驚喜，意外不意外？爾爾心道，我送你回家。

坎澤沉默了片刻。

接著，他輕聲道：「在上王宮西南方的銀杏樹下，有一方轉魂石，妳若尋得到，我便能離開妳。但我身死，那地方已經被結界封鎖，妳得想想辦法，破開結界。」

爾爾聽得腦袋都大了，先不說結界怎麼破，她連上王宮在哪兒都不知道。

「去找一個人，他可以幫妳。」

誰？

「坎氿。」

爾爾：……

巧了麼不是，這人就在眼皮子底下。

只是——

痛苦地抹了把臉，爾爾又扯開被子看了看床邊坐著的人。

離燁似是有些乏了，正在閉目調息，冷峻的眉眼浸浴在灼灼的火氣之中，還怪好看的。

不對，好看不是重點，重點是他這一身烈火之氣，霸道又懾人。

這麼一尊大神杵著，她哪有機會跟坎汎私下通氣？

「明日就是甘霖節。」坎澤道，「妳會有機會的。」

甘霖節是坎氏的大日子，宜修煉、進階、繁衍，門中仙人在此日皆會出動，吐納精氣，亦或是尋得仙侶，一起修煉。

第12章　夭壽啊有人拐傻子啦

在這天，甘霖大降，澤被萬物，不管是剛得道的小仙，還是閉關多年的上神，皆會去往無患神木附近，以求修為大增。

離燁定然也要去。

他倒是不稀罕坎氏這點甘霖，而是有蝸居一隅的老鼠，只在這個時候才逮得住。

坎氏仙門境內他能吐納的精華太少，離燁索性閉氣休養了一整晚，沒想到第二日醒來氣悶難紓，好半晌才緩過來。

這果然不是什麼好地界，他厭惡地想，到處溼溼嗒嗒拖拖遝遝的，誰能受得住？

旁邊的小榻上傳來了輕微的鼾聲。

離燁一愣，黑著臉扭頭看過去。

爾爾睡得香甜極了，手腳並用地抱著軟枕，粉嫩的臉蛋無意識地輕輕蹭著，還傻傻地笑了兩聲。

離燁：？

這確定是他的徒弟？

心頭火起，他翻手聚起神火就想把她的小榻燒了，但轉念一想，這玩意兒本來就弱，再燒出個好歹，還得要他操心。

悶聲冷哼，他收回手，扯過屏風上掛著的藍白外袍，往肩上一披便抬步出門。

街上熱鬧萬分，大大小小的神仙都在往無患神木附近趕，離燁隱藏神識行走其中，沒一會兒就被洶湧的人群給堵在了半道。

他抬眼，略為不悅地道：「可否借過。」

旁邊的人笑著答：「甘霖節街上本就人多，誰不想往前走呢，被堵在這裡也是無法，借不開道。」

「是呀是呀。」其餘的人紛紛附和。

離燁沉默，看向旁邊空了一半的街道，又掃了一眼身邊作擠的含春女仙，一時倒不知該說什麼好。

也不怪那小東西對他有非分之想，天上的女仙原來都這一個德性。

只是，號稱最能滋養美人的坎氏仙門，養出來的女仙也未見有多絕色，修到真君境界的女仙，還沒有他那個便宜徒弟容色端正。

被擠得煩了，他乾脆捏訣，施下隱魂術，抽身而走。

女仙們正圍得高興，乍見火光一閃，有灼熱之感迎面而來，不由地驚叫四散。

俊俏高大的仙君不見了，火光也隨之消失，只一縷被燒斷的青絲隨風而起，在空中打了個轉。

不遠處的仙臺上，有人伸出手。

那青絲被風所引，乖順地飛到了他的手心。

「還是來了。」他嘆了口氣，抬頭望天，衣袍迎風而展，仙氣雅然。

身後的侍從面無人色：「坎澤上神下落不明，我坎氏便無人能與離燁抗衡，真君為何還這般不慌不忙？」

前頭的人施施然站著，背影從容而鎮定。

然後他回頭，神色扭曲地道：「你以為本君不慌？要不是實在沒對策，誰會站在這裡吹風。」

侍從：「……」

他們都知道，離燁是不會放過坎氏的，畢竟五行大道，唯坎氏能剋離氏。但他們沒有想到的是，離燁會來得這麼快且悄無聲息，一點準備的機會都不給他們。

玄水真君原是想閉關的，奈何今日甘霖節，他不得不來，出門前他給自己身上施了五重障眼法，這才敢站在仙臺上裝腔作勢。

「離燁此行，是不是多帶了一個人？」他突然問。

侍從頷首：「上丙宮新進的小徒弟，聽說離燁上神多為愛重。」

玄水懷疑自己聽錯了：「什麼重？」

「回真君，愛重。」

實在沒忍住，玄水嗤笑出聲：「他離燁若是能有愛重的人，我便伸長了脖子給他掐，掐出雞鳴……咯——」

面前一股火颶風似的衝撞而來，鐵石一般的手穿透五層障眼結界，狠狠地掐上了他的脖頸。

天光大明，耀眼的日頭照出踏雲逐月般颯利的人影，和人影手裡呆滯的雞崽子。

「玄水真君，別來無恙。」

離燁笑著問候。

玄水傻眼了，他下意識地看向自己身邊破碎的結界，又看了看這人手裡攥著的焰火。

坎氏境內四處見水，應該能遏制他七成靈力。可饒是如此，他在他面前，竟也藏不住身形。

這怪物又精進了。

眼裡染上兩分恐懼，玄水啞著嗓子朝他拱手：「上神有禮。」

離燁鬆手，將他扔回了地上。

「既然有緣遇見，玄水真君不妨把當初未盡之言說個明白。」

這叫有緣？玄水看了看自己手裡被燒了半截的青絲，總覺得自己上當了。

「小仙記性不甚好。」他含糊地道，「不知上神所言何事？」

離燁輕笑，撐著膝蓋半蹲在他身側，替他正了正凌亂的衣襟：「以往真君記性不好，還有坎澤替你兜著，可如今他不在了，真君若再誤我大事，便不是三言兩語推諉得了。」

玄水白了臉。

爾爾一醒來就發現大佬不見了蹤跡，宅子裡外找了一圈，確定他不在之後，她扭頭就衝進了坎汎的房間。

坎汎起得早，正在研磨仙草，乍見房門被撞開，手指一頓，肩上的舌靈鳥立馬就喊：「何人造次！」

爾爾跑到他跟前，也來不及多解釋，只伸手捏訣。

一道水光自她掌心而出，遇風化霜，結成一朵冰曇花，花瓣舒展，正是子夜盛開之狀。

坎汎立馬站了起來。

「主上？」舌靈鳥困惑地喊。

輕舒一口氣，爾爾點頭：「這是他給的信物，讓你帶我去上王宮。」

坎汎眼眸一亮，下意識地抓住了爾爾的手，舌靈鳥應心而言：「他還活著？」

情況太複雜，爾爾也不知道該怎麼解釋，只能胡亂點頭：「快走吧，若是等我師父回來發現了，咱們和他得一起完蛋。」

坎汎點頭，連忙拉著她往外走。

結果一到門口，兩人愣住了。

大佬不愧是大佬，竟然在宅子四周布了結界，若是出門，必定會被他察覺。

坎汎不解地皺眉，舌靈鳥歪著腦袋站在他肩上問：「尊師到底是何來頭？」

一般的小仙，哪裡會有這等靈力。

爾爾撓了撓臉頰，心想若是直說，那別說一朵冰曇花，十朵坎汎都不會再給她帶路，畢竟誰能相信她這個離氏上神的徒弟，竟然會吃裡扒外地幫坎澤轉魂。

於是思忖片刻，她道：「我師父哪有什麼來頭，一直在閉關修煉，連個封號都沒有。」

閉關之人有大成者不在少數，坎汎也不多追問了，只是為難地看著面前的結界，想了想，突然接過爾爾手裡的冰曇花，插在了她的髮髻間。

「事急從權，還望仙姑莫怪。」舌靈鳥吐言，他隨之深深地朝她揖禮。

比起大佬那毫不憐香惜玉的作風，爾爾覺得這個醫客實在是溫柔懂事，給她戴朵花而已，算什麼冒犯，大佬還闖她的溫泉池呢，連句抱歉都沒有。

擺擺手，她問：「戴這個就行？」

坎汎點頭，化出一枚同樣的冰曇花掛墜繫於腰間，然後抿唇，捏住她的衣袖，帶著她跨過了結界。

離燁正在聽玄水招供，冷不防察覺到了結界的波動。

他一頓，凝神查看，卻見那沒出息的小東西和坎汎一起，歡天喜地地出了門。

又不好好修煉。

離燁微惱，揮開這畫面，朝玄水道：「別廢話，帶路。」

玄水捂著自己脆弱的脖頸，苦兮兮地道：「不是我不肯，那上王宮自坎澤上神消失之後就被結界封鎖，外人哪裡進得去。」

「用不著你操心。」離燁揮手，將他往前一推。

玄水無法，只能抬腳往街上走，帶他穿過這一片仙居之地，再靠近上王宮。

日頭漸高，街上的人也越來越多，離燁冷眼瞥著人群，突然開口問了一句：「為何有的人頭上簪花，有的空無一物？」

「上神有所不知。」小命捏在別人手裡，玄水說話都有氣無力，「今日是甘霖節，千年以上的仙人若是機緣到了，便會尋求仙侶一起修煉。沒尋著的女仙，頭上便空著，等人送冰曇花以為信物。若尋著了，戴上冰曇花，也免了旁人覬覦。」

花裡胡哨的，還不如自己修煉來得省心。

離燁很是不以為然，拂袖便收回了目光。

然而片刻之後，他停下了腳步。

神識再起，結界被破開前的畫面再度被鋪展到了眼前。

有人給她戴上了一朵冰曇花。

小東西沒有反抗，反倒是燦然一笑，被人拉著手，乖順地就跨出了青瓦小宅的大門。

第13章　冰曇花的動人故事

離燁企圖從她臉上找到一絲不情願，亦或者是被控制了的呆滯。

沒有，都沒有，這人笑得比在他身側還開心，杏眼彎彎，眸光點點，戴著那朵醜不拉幾的花，一蹦一跳地拉著坎汎的手。

收回目光，他冷笑了一聲。

見異思遷乃人的天生劣根，她這種凡人修來的神仙，自然難脫秉性。也好，省得她老是對他心懷不軌，舉止逾越。

不甚在意地拂袖，離燁繼續跟著玄水往前走。

漠然地走了一段路之後，他停下，腮幫子緊了緊，霧色的眸子跟著陰沉下來。

怎麼想都有點不爽。

他徒弟修煉差就算了，眼光為什麼也跟著變差了。

「上神？」玄水回過頭來看他，欣喜地道，「可是哪裡不適？小仙早說過了，您的體質與這裡相沖，加上上王宮附近結界極多，實在是……」

話沒說完，他就感覺自己喉間一熱。

這純炙的仙力，沒挨著碰著都能感覺到透骨的灼燒感。

玄水咽了口唾沫，瞬間收斂了笑意，低眉順目地抬手：「您往這邊走，前頭就是安和界。」

上王宮周圍有八重結界，起名為安和。

離燁抬眼，正好看見結界上若隱若現的冰曇花氣紋。

花瓣舒展，如美人揭紗，聘聘婷婷。

「冰曇花是一萬年前坎澤上神化出的東西，後引以為坎氏信物，除坎氏嫡系神仙之外，無人能變幻。」

另一個方向，舌靈鳥站在坎汎的肩上，正搖頭晃腦地給爾爾解釋：「眼下眾仙佩戴的，都不過是低等幻術的仿品，有其形而無其神，只姑娘頭上這一朵，形神具備，頗有靈氣。」

爾爾正在趕路，聞聽此言，下意識地伸手往腦袋上摸了摸。

一朵曇花而已，人間也不是沒有，怎麼偏偏拿它做信物。

像是發現了她的疑惑，坎汎笑了笑，舌靈鳥跟著就道：「世人皆知曇花一現，難以久觀，坎氏曾有不少仙人為此作詩作賦，詠懷悲嘆。坎澤上神聽聞之後，特意守了一個月，等來花圃裡曇花綻放。」

「這倒是一樁雅事。」爾爾聽得津津有味，「然後呢？」

「然後上神就用剛練好的三尺冰凍之術，將所有的曇花全凍在了綻放之時，以此駁斥曇花一現之言。」

爾爾：？？

是不是玩不起？

她還以為其中能有什麼曲折感人的愛情故事，沒想到竟是這麼簡單粗暴的仙法壓制。

爾爾在心裡狠狠地唾棄了坎澤一番。

大概是知道自己荒唐，坎澤一聲不吭地蟄伏著，沒反駁半句，直到他們走到安和界邊上，他才輕聲開口：「不要驚動四下，妳戴著這冰曇花，讓坎汎幫忙，可徑直從南面小門入內。」

爾爾點頭，剛想側身問坎汎南門在哪兒，就聽得舌靈鳥道：「妳過來。」

坎汎目光溫柔地看著她，示意她去宮牆邊。

爾爾乖乖地站過去，剛站定，就見面前白光一閃。

坎澤以一道仙氣抽出冰曇花上的氣息，氣息遇水化霧散開，與結界上若隱若現的花紋重合。

結界乍開，她順利地從南門進了上王宮。

進去之後，爾爾才發現，離燁大佬真是一個勤儉節約的好神仙，上丙宮雖然巍峨，但也就一座簡單的宮殿罷了，不像這地方，亭臺樓閣，宮殿錯落，比凡間帝王家也不差。

不過，奢華之象雖是與帝王家無二，卻也有些地方不對勁。宮闕一向講風水，忌主殿正沖急湍、忌回廊過短而多折、忌庭種陰槐。

這上王宮倒是好，禁忌全觸，若非仙境大殿，倒真像個凶墳。

納悶地打量了片刻，爾爾搖頭，不管了，又不是她要住。

還是先去找那顆西南方的銀杏樹好了。

坎汎依舊站在宮牆之外，看著結界上的花紋，若有所思。

舌靈鳥站在他的肩上，張口就想說出他的心聲，然而小嘴殼剛一分開，就被自己的主人給套上了軟繩。

有些話是不能說出來的，坎汎笑著摸了摸牠的小腦袋，打算先回青瓦小宅。

水藍色的雲靴轉了個方向，剛走兩步，背後就傳來一道巨響。

啈——

牢不可破的安和界如同被碰碎的雞蛋，裂開幾條蜿蜒的縫隙。

坎汎一頓，不敢置信地回頭。

安和結界是坎澤親手所設，耗費了不少仙力，當年天落火隕也沒能傷它分毫，乃九霄第一防禦法寶。

而眼下，它竟然裂了。

那裂縫並不明顯，甚至不過片刻就已經癒合，快得讓人覺得是自己眼花。但坎汎離得近，聽得清清楚楚。

有人強行破界，而且，還不是一般人。

他連忙凝神，明目細看，卻也只看得見結界合攏處的紫色光暈。

巨大的結界裂痕在身後癒合，離燁抓著玄水，走得又急又快。

臉上沾著些安和結界碎裂的仙氣，玄水神情有些怔愣，被拽著踉蹌了好幾步才緩過神來，哆哆嗦嗦地道：「上神，您這般硬闖，恐是會驚動不少人。」

「硬闖？」離燁不明所以地看向他，「不是真君你邀我來做客？」

玄水：「……」

也太不要臉了，誰上門做客是把門硬踹開的？

玄水企圖與他講理：「坎澤不在，這地方別人沒資格做東，小仙我也不能。」

「如此，那我便走快些。」離燁體貼地拍了拍他的肩，「早些尋到那把鑰匙，真君也好早些鬆口氣，免得被人當了叛徒，綁上斷魂臺。」

玄水真君臉綠了。

他到底是造了什麼孽，不就想趁著甘霖節出來修煉一番，怎麼就被這個怪物給抓著了。

那把鑰匙若給了他，坎氏別的上神非得剝了他的皮；可不給，現在離燁就能剝了他的皮。

他只是個真君而已，為什麼要被牽扯到這些上神的恩怨裡來？

欲哭無淚，玄水打開自己的神識，偷看了一眼鑰匙所在之地。

不看還好，一看他臉更綠。

怎麼有個不知道哪裡來的小仙，正在挖上王宮裡的守界神樹？

強大如離燁，也要自損三分仙力才能破界而入，這個忙忙碌碌的小仙卻是毫髮無損地舉著小鐵鏟，蹲在上王宮的角落裡，一邊哼著不著調的小曲兒，一邊刨著神木邊的新土。

第14章　殺神死陣

在來之前，爾爾覺得前方困難重重，定是要經歷諸多磨難才能找到轉魂石，此中經歷，該是多麼曲折起伏盪氣迴腸，說不定能載入九霄仙史，為後人所樂道。

可現在。

爾爾看著面前十分顯眼的新土，甚是失望地嘆了口氣。

沒有妖怪，沒有愛恨糾葛，只有一棵鬱鬱蔥蔥的銀杏樹，和一處傻子都看得見的埋藏地點。

捏著鏟子撅起嬌脣，她沮喪地道：「這連野史都進不去。」

坎澤輕聲道：「想進史冊有何難，妳若如我所言，認真修習坎氏仙術，那遲早會成為上神，入仙史神榜。」

話是這麼說，爾爾撇嘴，她要真在離燁眼皮子底下修坎氏的仙術，那不用進仙史了，先進棺材吧。

新土沒有埋實，幾下就挖出了一方鑲著銀線的紫晶寶盒。爾爾扔開鏟子，費勁將它扒拉出來掂了掂。

說是轉魂石，她以為好大一顆，沒想到只這麼點分量。

「妳打開它。」坎澤的聲音低啞了些，聽著似乎很是痛苦，「把它放到神木第一處枝椏的凹槽裡。」

聽話地抬頭看了看面前的銀杏樹，爾爾有些不解：「只放上去，不用我滴血之類？」

「不用。」

不愧是上神的寶貝，手續流程就是這麼簡單方便。

飛身躍上神木，爾爾拿起轉魂石放進了凹槽。

滿樹的青蔥杏葉突然成了金黃，被風一吹，像染衣坊裡化開的顏料一般浸染了下頭的土地。

爾爾哇了一聲，坐在枝椏上晃著腿笑：「原來九霄上也有冬天，那上神轉魂之時，記得多穿點衣裳。」

坎澤微微一噎，沒有答話。

分明是個懂得趨利避害的聰明小仙，可有時候的想法，怎麼就這麼傻氣。

九霄之上的衣裳哪裡能禦寒，源源不斷的仙力才能，只有把禍害全用仙力扼殺，才能讓自己長長久久的溫暖妥當。

那要是仙力不夠扼殺像離燁這樣的禍害，當如何？

坎澤輕笑，借用爾爾的雙眼，看向銀杏被風吹走的方向。

四周的天暗了下來。

離燁站在上王宮的正中央，突然察覺到一絲涼意落在臉上。

他皺眉，伸手一抹。

細小的雪花落在他指尖，只片刻就化成了水氣，重歸於天。天邊雲層厚重晦暗，只消片刻，就落回更多的雪來。

結界裡怎麼可能有四季更迭。

離燁側眸，看向玄水的背影：「真君欲往何處？」

正躡手躡腳往旁退的玄水真君脖子一僵，艱難地轉過身來道：「上神不是要找那把鑰匙麼？小仙看過了，鑰匙就在西南面的神木之下，上神徑直過去即可，小仙……小仙家中有事，這便要先告退了。」

離燁恍然，寬宏大量地點頭：「真君慢走。」

一聽此言，玄水如獲大赦，立馬招來行雲就想開溜。

然而，不管他往哪邊走，十步之後，看見的都是離燁這張似笑非笑的臉。

玄水：「……」

離燁十分欣慰地看著他，低聲詢問：「真君可是怕我找不到地方，特意來引？」

眼角抽搐，他吞吞吐吐地道：「是，是吧。」

「那就有勞了。」離燁頷首。

玄水恨不得當場一巴掌打死自己。

方才神識所見，神木四周已經落下殺神死陣，有神力者若踏半步，便是誅魂破元的下場，他去引路，哪怕不去陣中，也要損傷修為。

可是。

偷偷打量離燁一眼，玄水撓了撓下巴。

此人性情暴虐，陰晴難定，若留他縱橫九霄，坎氏便永無寧日。殺陣都成型了，若不引他去，豈不是白費坎氏眾人的苦心？罷了，損傷修為就損傷修為吧，若能為坎氏除害，也算他功勞一件。

糾結半晌，玄水咬了咬牙：「上神這邊請。」

靄色的眸子靜靜地打量他片刻，離燁收回目光，跟著他抬步。

「這結界裡，除了你我，可還有其他人？」他問。

玄水一抖，搖頭：「沒有，自坎澤上神失蹤之後，上王宮就再無旁人進出。」

「是嗎。」

離燁輕笑，看向天邊的烏雲：「我還以為你們會布下天羅地網，只等我來自投。」

「上神這是哪裡的話。」玄水賠笑，「各仙家雖有衝突，卻也不至於要起殺心。」

他一邊說，一邊瞥著前頭。

快了，快到了。

眼前有銀杏樹葉飛過，離燁伸指撚下一片輕輕摩挲，眼裡靄色氤氳：「你們起殺心是應當的。」

玄水哈哈笑著，額頭上冷汗都要落下來了，眼瞧著快到陣邊，他一咬牙，直接扶住離燁的手肘，往前帶了兩步：「上神多慮，小心腳下。」

黑色的雲靴在陣邊一寸遠的地方停了下來。

離燁抬頭，看進他的眼睛：「此地烏雲密布，天降細雪，周遭煞氣正沖，無生門可出，是個什麼地方？」
玄水臉色驟變。
千鈞一髮臨門一腳，他已經想不出更多的話來掩飾了，乾脆拚一口氣，翻手聚起水光，直拍他的心口。
他不願進去，他就送他一程！
激進的水流似蛟龍躍海，一股斷他退路，一股直襲命門，他算好他能躲的地方，可再怎麼躲，也不可避免地會跨進陣中。
玄水緊張地看著，卻發現面前這人壓根沒動。
離燁回視他，眼裡的嘲諷壓也壓不住。
他問：「坎澤是不是沒有好好教你們仙術？」
術字落音，洶湧的水流碰著他的衣袍，悉數化作水氣，朝四周翻滾開去。
玄水臉色蒼白地看著。
他知道自己不是這個怪物的對手，但沒想到，連推他一把也做不到。
「我來，是因為坎澤欠了我一樣東西。」水霧彌漫間，離燁收回了衣袖，懶散地看向遠處那棵銀杏樹，「是在那裡吧？」
玄水自嘲地笑了：「技不如人，你殺了我便是。」
「我問你的是，」離燁低頭，略為不悅，「我要的東西，是不是在那裡？」

「在又如何？」玄水微惱，「你還能破了這殺神陣不成？」

殺神陣既成便難毀，一萬道天雷也無奈何，離燁自然更是破不了。

玄水破罐子破摔地往地上一坐，哼聲道：「快些動手，我也不想在此處久……」

話沒說完，耳邊就被帶起了一陣風。

烈烈的衣袍闖陣而入，上頭的淺藍色如退潮一般落下，火紅的金烏花紋掠過他的面前，灼得人眼睛生疼。

第15章　造了什麼孽收的徒弟

玄水向來是知道離燁此人恣意妄為的，幾萬年了，他就沒守過幾條天規戒律。

但他怎麼也沒想到，這人會不管不顧至此。

殺神之陣煞氣滿溢，陣裡連一個生門都沒有，無數坎氏仙人埋伏在側，就等他一腳跨入。

他分明都察覺了！

可是，那囂張肆意的焰色還是翻飛出來，逆風急展，鋪天蓋地，捲起旁邊飄飛的銀杏樹葉，如漩渦一般直衝陣中翻捲而去。

瘋了，玄水搖頭，踉蹌兩步起身，急急地往後退。

陣光大明，離燁絲毫未懼，以氣化盾護於自身，片刻之間便到了神木之側。

周遭已是一片死氣，幽藍色的霧氣悄無聲息地侵蝕他的衣袍。離燁看也未看，只抬頭望向神木上那一塊泛著藍光的地方。

找到了。

靄色的眸子裡躍出兩分亮光，離燁伸手欲取，腳下卻是突然一空。

轟地一聲巨響，地面裂開，浮出死怨之氣，那氣息渾濁黑暗，像忘川裡伸上來的手，速度極快地攀上他的腿，伴著四起的尖嘯聲，拽住他就要往下拖。

眼神一緊，離燁翻手，純炙神火洶湧而出。

霎時，周遭響起令人毛骨悚然的慘叫聲，震徹一方。

「好個坎氏仙門。」他望向結界之外的混沌裡，似笑非笑，「倒與這些東西有了交情。」

修仙者向來不屑與鬼魅為謀，不曾想為了置他於死地，這些人竟在仙門裡藏了這麼多。

有神火傍身，死怨傷不了他分毫，但這些東西散發的腐敗怨氣會阻隔天地靈氣，他身上的神力，用一分便少一分，難以補給。

真是萬無一失的好算盤。

飛身在一塊烈火灼燒的石頭上站定，離燁回頭，還沒來得及再去取東西，面前的神木突然就發出一聲怪響。

巨大的樹幹被死怨之氣拔地而起，茂盛的枝椏裹挾著腐臭的腥氣，直直地朝他砸了下去。

快！躲！啊！

爾爾坐在茂盛的枝葉之間，張大了嘴朝大佬喊，卻是發不出半點聲音。

坎澤這個混帳，竟然騙她！

什麼轉魂石，什麼找坎汎幫忙破開結界，他分明是利用她聯繫上了坎汎，算準離燁來的時辰，騙她啟動殺陣，好將離燁困死在這裡。

偏她傻傻信了，還說要送他回家。

方才她就奇怪，轉魂石都放上去了，怎麼坎澤還在她耳邊喋喋不休，說什麼趁機快跑，有他的仙氣在她身上，她的小命可以保全，還說什麼預示成真，天命不留離燁。

她還當他是即將自由，高興得胡言亂語，沒想到說的竟是這個。

爾爾氣得直跺腳。

咚地一聲悶響，神木傾倒的趨勢戛然而止。

差點沒坐穩，爾爾手忙腳亂地抱住樹枝，緩了片刻，才回神往下看。

離燁沒躲，他看著凹槽裡的東西，雙目狠戾，愣是伸手撐住了神木樹幹。

整個樹幹幾乎已經與下頭的怨氣之地平行，再落幾寸，轉魂石放著的地方就要被怨氣淹沒。離燁眼眸一凜，以全力灌入雙手。

然而這樹實在太重，殺陣之中的仙力又受制約，他再拚盡全力，神木也是一寸寸地往下移。

「快走吧。」沉默許久的坎澤又開了口，「妳能活，總不至於陪著他死。」

「閉嘴。」

坎澤不以為然，慢悠悠地道：「妳原本就是因為想活著才待在他身邊，不用我提醒，妳眼下也知道該走，怎麼我好心多嘴一句，妳反倒氣成這樣。」

「我說閉嘴！」爾爾大怒。

脾氣還挺大。

坎澤搖頭，區區小仙，若不是機緣巧合得了他的結元，哪有本事與他這般說話，她甚至連他封上的穴道都衝不開，只能坐在這裡看，一個字也說不到離燁耳朵裡，卻來與他吼叫。

可笑。

懶洋洋地打了個呵欠，坎澤催動自己養回來的仙力，想控制她的神識。

然而，他還沒來得及尋到她的百會穴，自己的神識卻是一僵。

一股帶著怒氣的仙力撲面而來，夾雜著水火雷電風等等亂七八糟一大堆東西，呯地將他打回了一片黑暗之中。

與此同時，金黃色的葉片撲簌簌落下，爾爾從中站了起來，惱怒地張嘴，這次終於喊出了聲音：「師父快跑——」

正撐著神木的離燁一頓，以為自己是幻聽了。

這個地界，那小東西怎麼可能進得來？

搖搖頭，他深吸一口氣，換單手用力，手背上青筋暴起，將神木頂上半寸，另一隻手憑空化出一把弒鳳刀，刀身火氣灌繞，靈力懾人。

哢地將刀插進腳下頑石，離燁借了些力，神色終於緩和。

就在此時，他面前出現了一張臉。

青絲倒豎，眉在下，嘴在上，一雙溼漉漉的杏眼離他不到五寸，充滿驚慌。

「師父。」她憂心忡忡地問，「您被神木壓聾了嗎？」

離燁：「……」

離燁：？？

手上一顫，差點鬆了力道，離燁跟見了鬼似的看著她，好半晌才穩住心神。

這本該鬼混去了的人，竟倒掛在他頂著的神木上！

他很想問她怎麼會在這裡，可身上力道實在不夠用，沒有多餘的氣力張口，只能擰眉瞪著她。

「來不及說那麼多了，咱們快跑吧。」爾爾雙腿勾著樹枝的蕩來蕩去，「這是個很凶很凶的殺陣，待得越久越危險，現在找陣眼衝出去，還有機會活命。」

她越晃，他頂著的神木就越沉，離燁很想破口大罵，誰不知道這是個殺陣，要她多嘴。

眼下這個情形，但凡有腦子都該下來幫他扛樹，而不是在他面前學猴子盪樹。

他不說話，爾爾自然不知道他想做什麼，看他滿臉焦急又帶怒意，她感動地道：「師父不用擔心我，您還在這兒，徒兒哪能先走，就算是刀山火海，徒兒也得陪著您才是。」

誰要妳陪！離燁氣得直咬牙。

「您是不是怕樹倒下來摔著我？沒關係，您鬆手吧。」爾爾觀察一番大佬的神色，十分體貼地道，「神木若是真落下去，徒兒也能踩著它落到師父身邊。」

摔死她他也不會怕好嗎。

離燁閉了閉眼。

要不是想保住開啟鏡花水月的鑰匙，誰會執意撐起這破樹，樹上掛一百個便宜徒弟也不可能。

等等，鑰匙？

離燁睜眼，看看面前這個傻子，又看看離傻子只有幾寸遠的凹槽。

拿下來，拿下來他就可以鬆手了。

一改先前的怒意，離燁柔和了眼神，帶著鼓勵看向自己的愛徒。

爾爾正在想坎澤之前說的話，一個抬頭，冷不防對上了自家師父炙熱的眼神。

什麼情況？她茫然地眨眼。

面前這人額上冷汗順著臉側淌下，看起來很是痛苦，但靄色的眸子望著她，像鋪著早起的第一道朝陽，溫暖而耀眼。

跟剛才的焦急惱怒完全不同。

摸了摸下巴，爾爾思忖片刻之後，恍然大悟。

這麼危險的地方，她卻對大佬不離不棄，大佬一定是被感動了，在跟她道謝。

這倒是……怪不好意思的。

爾爾抿唇，迎著他期盼的目光，嘿嘿地笑出了一口大白牙。

離燁：「……」

第16章　無知、可笑、自不量力

如果不是東西要緊，離燁很想扔下神木先把她揍一頓。

底下的死怨之氣都沾染上她掛著的樹枝了，這人竟還有心思對他笑，察言觀色會不會？不會的話看眼色行事啊，看眼色！

離燁定定地望著她的手，又轉動眼眸，深深地看向神木上的凹槽。

拿下它。

爾爾認真地看著他的臉，然後順著他的目光看向一旁，似乎是明白了什麼，順勢一盪，手腳並用地往凹槽的方向爬。

離燁眉目稍舒，終於緩了一口氣。

還行，還有得救。

可是，這小東西爬進枝葉之間，好半晌也沒出來。

離燁納悶地等著，等到四周怨氣升騰，淹沒過他的下頜之時，他才後知後覺地發現。

這笨蛋哪裡是去拿鑰匙，分明是看周遭形勢不對，往枝葉裡躲了！

氣得牙根都生疼，離燁嘲弄地想，也是他傻，竟會指望上這個小東西，仙力低微腦子又笨，盼她還不如靠自己。

運氣再抽幾成仙力，離燁感覺到了丹田裡靈氣的枯竭，他有心將神木抬回原處，可周身濁氣太濃，一口吐納也做不得，無靈氣補給，他的神力已然是不夠。

一道閃電劃過陣裡的天穹，烏雲裡落下來的雪開始大了，雪花融進幽深的怨氣裡，倏地變成了黑色的冰，冰片飛旋，擦過他的臉側，刮出了一道血痕。

炙熱的血珠順著他的下頜滾落，被怨氣飢渴地吸食。

離燁一動未動。

玄水站在殺陣之外，能清晰地看見離燁身上那火紅的袍子開始褪色，肩上翎羽脫落，烈烈的金烏花紋也逐漸消失，原本囂張恣意的紅袍，慢慢變回了一襲灰敗的藍白長衣。

「差不多了。」有人低低地開口。

霎時，隱匿神息藏在上王宮內的坎氏仙神齊齊現身，幾縷強大的神力注入一人之身，那人招怨氣為衣，飛旋而起，直闖殺神死陣。

破空之聲由遠及近。

離燁耳廓微動，眼裡一片晦暗。

坎氏不愧是以智謀聞名的仙門，做事就是這麼滴水不漏，分明已經有殺神陣，為確保萬無一失，竟還讓人來補刀。

來人也不陌生，坎澤的嫡傳弟子坎淵。

坎淵一向恨他，終於等到這等天賜良機，竟是連自己的命也不顧了，飛身衝到他面前三丈外站定，以畢生靈力為祭，召出上古神器蛇尾。

蛇尾刀封筋絕脈，無論多厲害的神仙，只要刀身入體，縱有天大的本事，也會神力全失。

坎淵喘著粗氣看著他，啞聲道：「我來報殺師之仇，你可以現在鬆手，這樣或許能拉上我給你陪葬。」

沒有人會傻到站在原地等死，他來的時候就想過，若還能與離燁再戰最後一場，也算對得起坎澤多年的栽培。

然而，面前那人看也沒看他，依舊頂著神木，沉默地站著。

「真是個瘋子，師父說得沒錯，你就是個徹頭徹尾的瘋子！」坎淵失笑，雙目通紅地祭起蛇尾刀，朝他心口狠狠一擲。

千鈞之力，將濃厚的死怨之氣都劃開一道口子，凌厲的刀鋒裹著銀杏葉和飛舞的冰片，將他四周可以躲避的位置都統統封死。

這比玄水的仙術高了幾個階次，離燁神力全用在神木之上，知道自己接不住也躲不開，索性生受。

恍然間他覺得自己似乎是見過這樣的場景的，飄飛的杏葉，鋒利的蛇尾刀，就連心口即將遭受的痛楚，他好像都知道是什麼滋味兒。

天命如此吧，他不甚在意地想。

刀尖的殺氣已經抵到了他的衣襟，說時遲那時快，一道歪歪扭扭的仙力突然從上頭落下，夾雜著半生不熟的火系仙力和一股純白的靈氣，化出一朵巨大的棉花，嘭地擋在了他跟前。

離燁一怔。

蛇尾刀沒入棉花之中，洶湧的殺氣化為烏有，他胸口沒有傳來刺痛，身上的神力也沒有流失。

心頭微動，離燁抬頭看向神木。

爾爾手裡還捏著訣，看起來是害怕極了，小小的肩膀一直在發抖，可她沒躲也沒退，倒是卯足了勁兒將棉花又變大了一寸。

「師父莫怕。」她望著坎淵，十分霸氣地道，「你也有徒弟！」

說完，就被周圍尖嘯的怨氣嚇得脖子一縮，分外沒出息地抱著樹幹瑟瑟發抖。

離燁：「……」

他的徒弟明顯沒有別人的徒弟厲害。

眼神古怪地看著她，離燁心裡有點異樣。這人連死怨都怕，竟會在坎淵面前站出來護著他。雖然這朵棉花粉不拉幾的分外難看，但，竟也將他護住了。

好像也不是一點用都沒有。

微微抿唇，離燁移開了目光。

爾爾看著下頭的死怨，狠狠地咽了口唾沫，然後扭頭問他：「師父，咱們能放手嗎？留得青山在，不怕沒柴燒。」

但凡是個正常人，眼下都知道放手是最好的選擇，像他這樣的神仙，只要命還在，什麼東西得不到？

自嘲地嗤了一聲，離燁搖頭。

他死也不會放的。

隨便誰來攔，誰來勸，誰覺得他傻，他都不會在意，總歸與他們不是一條路。

他不需要別人的理解。

「好吧。」愁眉苦臉地嘆了口氣，爾爾一躍而下。

水藍色的衣裙在面前劃出一道波瀾，離燁以為她要飛去遠處的空地上，卻不曾想這人徑直落到了他身前。

石塊本就不大，站一個他加一把弒鳳刀已經頗為艱難，她再過來，只能死死地靠著他才不會掉下去。

「好擠哦。」嘟囔一聲，爾爾揉了揉面前的棉花，將裡頭纏著的那把蛇尾刀掏了出來。

就是你。

看著這把熟悉的刀，爾爾唏噓。今日若不是有她在，它就該插在離燁的心口了，雖然她知道離燁一定不至於灰飛煙滅，但這也算他的一劫。

扭頭看了看身後的人，爾爾無聲地拍了拍他的肩。

幫你擋了一劫，以後記得還人情哦。

小爪子又軟又輕，拍在他身上，活像是在安慰他不要怕。

離燁皺眉，嫌棄極了。

他堂堂上神，何時怕過什麼？區區蛇尾刀而已，哪用她這樣的小仙來安慰。

無知，可笑，自不量力。

不過……

低頭看了看這剛到自己心口高的小東西，離燁板著臉，漠然地想。

這還是頭一回有人願意擋在他面前。

第17章　大佬快跑啊！

九霄之上但凡有腦子的神仙，都不會覺得他需要人護著。

天地初開之時便得登天門的上神，興起可摧十方雲海，興敗也滅四路妖魔，站在離燁前頭，無異於一隻螞蟻伸著細不溜丟的小腿，要保護一隻豹子。

哪家的螞蟻會這麼傻。

所以不管是忘川死戰，還是不周山大劫，哪怕他神力盡失半跪山巔，結元幾近粉碎，都沒有人覺得他需要被拉一把。

離燁也不需要人拉。

他早學會了自保，日以繼夜地修煉大道，為的就是不管什麼時候都能無懼無畏，只要他足夠強，就不需要與人低頭求助，也不需要考慮除自己之外任何人的死活。

他一直是這麼想的。

但是。

在這個低階的小仙的眼裡，他好像很脆弱？

離燁眼皮輕顫，瞥一眼她這母雞護崽子的架勢，眉頭皺了又鬆，鬆了又皺，在不屑地盯了她半晌之後，終究是有些無措地別開頭。

還真就有這麼傻的螞蟻，胳膊細得連一陣風都經不住，卻捏著蛇尾刀對遠處的坎淵喊：「趁人之危非君子，我來同你打！」

擺明是打不過的，也不知道她哪裡來的勇氣。

對面的坎淵被這突如其來的變故驚得臉色發白，但他從踏進死陣那一刻起就已經沒有退路，別說一個變故，再出現十個，他也不會就此罷手。

蛇尾刀「唰」地從爾爾手裡脫飛而出，越過尖嘯的死怨池，帶著翁鳴聲回到了坎淵手裡。

爾爾疼得縮了縮爪子，定睛看著他，覺得不太妙。

這已經是真君階級的仙人。

摸摸自己丹田裡的仙力，好像不太夠與之對抗，變棉花這樣的投機取巧之法，也是可一不可再。

這可怎麼是好？

坎淵顯然是不會給她多餘的機會想對策，一把蛇尾刀刀鋒一閃，化出了上百把同樣的刀刃，連話都不回她，徑直出手。

通天的寒光閃得人眼都難睜，爾爾側頭躲避，手忙腳亂地運氣捏訣，祭出厚厚的防禦罩，可惜這東西壓根擋不住蛇尾刀這樣的神器，刀尖觸到的一剎那，防禦罩便呯地碎開，化成千萬細煙，被四周的風雪捲走。

倒吸一口涼氣，爾爾反應極快，凝氣於手，將攻向命門的刀刃堪堪擋開。

她仙力不夠，但凝在一處使，只要擋得準，還是有些作用的。

但，只擋得住要害。

無數刀刃擦過她的肩骨、小腿、腰側，剛曆過天劫的肉身毫無抵抗之力，血色當即噴湧而出。

躍起擋下衝離熚腦袋飛來的刀，爾爾落回原地，疼得雙腿直抖。

可她沒多停，喘一口氣，又跳起來擋下另一把飛向他的刀。

殺神陣裡濃厚的怨氣讓她失去了騰雲駕霧的力氣，這小小的個子壓根擋不住高大的離熚，所以只能一次又一次地跳起來，落下去，再跳起來，再落下去。

藍白的衣裙被她的血染得漸漸殷紅，離熚冷眼看著她一起一落的頭頂，覺得她實在很像一隻猴子，吊在樹上也像，下來了也像。

怎麼就不能學學旁人，見勢不對，什麼情啊愛啊都扔在一邊，拔腿便跑呢。

固執地擋在這裡，誰會感動不成。

第三十六把蛇尾刀的幻影被擋開，沒入怨氣池被死怨瘋狂吸食，爾爾站回石頭上，疼得連背脊都在顫，單薄的小身板晃啊晃的，差點跟著往下栽。

離熚頂著神木的手鬆了鬆。

爾爾沒回頭，她滿眼只看著坎淵攻過來的刀影。

太和仙師說過，以一化千是最高等的幻術，只要她能防住真的那一把，別的蛇尾刀就僅僅只會造成外傷，不會封住她的經脈。

她弱歸弱，記性卻不差，方才坎澤與她說過逃生之法，她是不會站在這裡等死的。只是，得把大佬一起帶出去，這個時候若是臨陣脫逃，那之前的人情，大佬肯定都不認了。

那她多虧啊。

齜牙咧嘴地動了動胳膊，爾爾屏氣凝神，看向那一片刀雨。

坎淵雙目赤紅地捏著訣，怎麼也想不明白這上古神器怎麼會被一個憑空冒出來的小仙給擋了下來。

他一次可以催動十把蛇尾刀，算來應該是足夠攻破她的防守，誰曾想那小仙竟跟瘋了一樣飛快移動，身形快得他差點看不清，連被蛇尾刀的幻影傷了都沒有慢下來。

不敢置信地看了看她的頭頂，的確是剛飛升的小仙，連品階也沒有。

再看看她手上的仙力，白裡裹紅，門宗不正。

憑什麼？

心頭火起，坎淵一口氣抽竭自己的仙力，用上了抵償邪術，向四周的怨氣借力。

四周的尖嘯聲霎時高漲，像要掀翻整個殺陣一般，直透雲霄。爾爾下意識地捂住耳朵，卻見五十把蛇尾刀嗡鳴而起，帶著比先前鋒利十倍的殺氣，直衝他們而來。

完了，這個肯定是擋不住的。

爾爾想也不想，扭頭就抱住了離燁。

大佬快跑啊！

坎澤說過，她身上有他的仙力，只要運行丹田，催出一層帶著他的氣息的防禦罩，便能讓死怨讓路。腳下就是死怨池，只要他跟她一起跳，還能活命。

所以，爾爾需要做的只有一件事——用僅剩的仙力，將離煒撞下死怨池。

像小牛犢子一般將頭頂在他懷裡，爾爾輕吸一口氣，卯足了全身的仙力，正打算往前衝時。

離煒伸手，回抱住了她。

沉默得彷彿和神木融為了一體的人，突然動了，石頭裡的弒鳳刀被放開，沉重的神木也失了支柱，他抽身而出，抱著懷裡的一團東西，如隕火劃天一般飛向了岸上空地。

身後傳來樹根斷裂的巨大咿啞聲，爾爾被人捂在懷裡，只露半隻睜得老大的眼眸。

一層火光化出防禦罩，金烏之紋躍然於上，五十把追來的蛇尾刀衝撞上來，方才還勢不可擋的神器，眼下卻像孩童射來的彈丸，狠狠地衝來，又一把把頹然地落下。

離煒立於其中，低頭看了看自己手裡的血。

溫熱的，還在源源不斷從她身上流下來的血。

「不是最怕疼了？」他撚了撚手指，語氣甚是淡漠，「怎麼不跑？」

埋在他懷裡的東西顫了顫，像是終於想起自己身上的傷，像小獸似的低低哀鳴了一聲。

離煒嗤笑，寬厚的手掌按著她的後腦勺，將她往自己懷裡狠狠壓了壓。

第18章　上神很了不起嗎

爾爾覺得自己好像一顆小蘿蔔頭，被大佬按在懷裡動彈不得，不過他的懷裡真踏實啊，四周的死怨和陣裡的煞氣都被隔絕開來，給了她一寸喘息之地。

舔了舔嘴角的鐵鏽味兒，爾爾死死抓住了他的衣裳。

大佬罩我！

胸口處的衣料被她揉攥在手裡，有些異樣的壓墜之感，離燁眼皮垂了垂，正好看見她後腦上輕顫的髮絲。

細細軟軟的，被光照得透出淺淺的褐色。

他下意識地伸手想去碰。

然而，手還沒伸到，前頭就發出了啰地一聲脆響。

數十把蛇尾刀的幻影散開，最後一把真身帶著雷霆之力，狠狠扎透了他的防禦罩。

坎淵的臉已經接近死灰色，周身的靈氣也在被四周的死怨瘋狂吸食，但他的雙眼依舊死死地盯著離燁，殷紅的血絲一點點蔓延至瞳孔。

「你肯出來了，好，好。」他啞著嗓子道，「那你便還我師父命來！」

最後一個字帶著刮擦耳廓的尖銳，激得四周死怨沸騰，坎淵大喝抬手，仙力迸發，四周怨氣登時騰飛成蛟龍之狀，捲雪帶風，長嘯一聲帶著蛇尾刀直衝他面門。

四周如日食一般落下黑幕，煞氣翻騰，阻隔了所有的靈力補給。爾爾埋在大佬的懷裡，不由地打了個寒顫。

竟然借死怨之氣來弒神，就算成了也是個灰飛煙滅的下場，沒想到坎澤這麼心機深沉的人也會有這麼死心塌地的徒弟。

這麼一來，大佬很危險。

再強的上神也需要靈氣補給，進出有度，迴圈不盡，方為無量。沒有補給的大佬，如同離水之魚，厲害破天也是要敗的。

眼珠一轉，爾爾立馬扒開自己的衣袖，將手腕遞到離燁面前。

「快咬一口，我身上還有些仙力。」她仰頭，看看他又看看後頭越來越近的蛇尾刀，「快啊，要來不及了。」

離燁神色複雜地看著她。

這個低階小仙對仙力補給是不是有什麼誤解？用咬的那叫吸血，他又不是螞蟥。

更何況，她這點仙力，他著實看不上。

翻手捏訣，離燁甚至沒有抬頭，一條火龍便洶湧而出。

然後他收回手，捂住了懷裡小東西的耳朵。

爾爾的世界陡然安靜了下來，她茫然地眨眼看著他，只覺得背後似乎有什麼東西撞在了一起，動靜極大，連她腳下踩著的石頭都在猛烈地顫動。

接著，她看見四周原本畏懼不敢上前的怨氣，突然欣喜地朝大佬身上湧去，爭先恐後，比先前湧向坎澤的更多更快。

「師父？」心裡一沉，爾爾下意識地搖頭。

上神是不能和鬼魅做交易的，坎澤能出此下策，是因為他只剩結元，不會被反噬。離燁不能，他是絕對不能的。

捏著他衣襟的手猛地收緊，爾爾想將他拉下來一些，好勸他兩句，結果手上一用力，面前這人竟像站不住似的朝她倒下來，冰涼的唇瓣擦過她的臉側，接著就不甚舒服地將頭磕在她的肩窩。

「……」

這是幹什麼。

強大如他，竟靠在她這個小矮子肩上喘息，氣息聽起來還有些脆弱，好像已經精疲力盡了。

這裡的怨氣這麼厲害？

使出渾身力道接住他，爾爾滿心疑惑，連忙又看了身後一眼。

那條恐怖的怨氣蛟龍不見了，天上還有一朵對撞出來的龐大雲霧沒有散盡，坎淵倒在岸上，一雙眼不甘地望著他們的方向，身上已經爬滿了死怨。

贏，贏了？

坎淵都以自身為祭了，竟然也沒能拚過神力所剩無幾的離燁？

這位大佬果然很可怕。

縮了縮脖子，爾爾下意識地想往後退，可剛抬腳，離燁就按住了她。

「別動。」

坎淵已經被死怨反噬，可他的背後，死怨還在源源不斷地朝他湧來，料想畫面不會太好看，他不想給她看。

可爾爾又不傻，看周遭怨氣都像是在被什麼東西吸引一樣飛旋，她皺眉掙扎：「師父，你先住手！」

「嗯。」低低地應了一聲，離燁抬手捂住了她的眼睛。

掩耳盜鈴麼這不是？爾爾急得抓耳撓腮：「死怨會讓人迷失心智，走火入魔。坎淵既然已經無法威脅你我性命，你大可以住手，讓我來想辦法。」

身上這人低低地笑了一聲。

這是看不起她的意思嗎？爾爾氣得跳腳，她都願意冒著暴露坎澤仙力的風險來救他，他竟然看不起她！

不就是個上神，有什麼了不起的！

正想再開口，爾爾倏地察覺到一股蠻橫的神力湧進自己體內，那充盈潤澤的感覺，滌蕩了她所有受傷的經脈，像一場甘霖，將龜裂的土地瞬間抹平。

身上外傷一處處癒合，丹田裡枯竭的仙力也重新被填滿，爾爾愕然地張了張嘴，僵硬半晌之後，還是乖乖將它闔上了。

對不起，上神真的很了不起。

在這麼危急的情形之下，他竟捨得花這麼多神力來給她療傷。

什麼冷漠，什麼無情，備受恩澤的爾爾現在就想宣布——離燁大佬是九霄之上最好的神！

四周的怨氣逐漸淡了，氣勢嚇人的殺神陣因為少了死怨，突然露出了自己的生門，離燁抬頭，淡淡地打量了一番這陣局，十分嫌棄地嗤了一聲。

然後抬頭，從最牢固的地方硬生生將陣法撕裂。

天光乍破，穿透層雲，外頭埋伏著的坎氏神仙已經沒有了再往上衝的欲望，眾人對視一眼，齊刷刷地四散而退。

坎澤曾經傳話給他們，若有一日他失去蹤跡，便讓他們集眾仙之力布下此陣，他自有辦法引離燁入陣。他們照辦了，也知道少主的決定沒有問題，畢竟沒有上神能逃得過殺神死陣，就連坎淵，也是抱著必死之心跨進去的。

但是誰也沒料到，失去仙力補給的離燁，會選擇用怨氣補給。

沒錯，坎淵是與死怨做祭祀交易，用自己的神魂為祭品，借死怨之力復仇，但離燁不是。

他是把怨氣當仙力一樣吸食了。

沒有神仙可以這樣，他們想不明白離燁是怎麼做到的，但誰心裡都清楚，陣法一破，坎氏再也沒有人是他的對手。

早跑一個是一個。

沖天的火光自上王宮而出，穿破天際，正在沐浴甘霖的坎氏眾仙突然一凛，紛紛不明所以地朝宮殿的方向看去。

第19章　不和我玩就搗蛋

街上眼下還正是熱鬧的時候，沒有人知道上王宮為何會有透天火光如破雲之龍，長嘯騰飛，撼天動地。牢不可破的安和結界好像被撕開了一個口子，渾濁的氣息洶湧而出。

不過只一剎那，氣息消散，火光湮滅，周圍又只剩下了神木的福澤。

快得像只是他們的幻覺。

「怎麼回事？」街上的仙侶茫然互問。

「許是有真君飛升，亦或者哪位遠古上神得道了吧。」

「可這火光，怎麼會在坎氏仙門境內出現，該不會又是那離……」

「別瞎猜，咱們仙門不說仙力，只這芸芸人數就足以讓離氏之人畏懼，哪會有人傻到獨闖。」

嘈嘈切切，議論紛紛。

傻到獨闖的離燁上神面無表情地從人群裡穿行而過。

他臉上還帶著幾絲血跡，神情卻是漠然又輕鬆，背對著上王宮的方向，周身輪廓被光勾勒，高大得像巍峨山巒。

山巒懷裡還掛著一隻猴子。

爾爾用盡了全身的力氣，拚命捂著大佬手腕上的脈門，可是她委實個頭不夠，加上大佬走得又快又急，她最後只能半掛在他手腕上，踉踉蹌蹌地前行。

「您慢點。」她忍不住開口。

離燁覷她一眼，眼含輕蔑：「妳大可以放手。」

她怎麼放啊？啊？

爾爾很抓狂。

這位大佬做事不管不顧就算了，她能不管不顧嗎，眼睜睜看著他吸走了那麼多的死怨之氣，誰知道會不會突然走火入魔，在坎氏境內大開殺戒？到時候他殺紅了眼，她小命還能保住？

爾爾實在想不明白，那麼凶惡的殺神死陣，他是怎麼能直接衝破的，衝破就算了，總該元氣大傷需要休養吧。

沒有，大佬不但不往青瓦小宅走，反而徑直衝上了一條最繁華的街道。

怎麼看都是要開殺戒的意思！

緊張地捏住他的手腕，爾爾深吸一口氣，盡量不刺激他，只放緩了聲音道：「不好放的。」

就這麼捏著，萬一他衝動了，她還能攔一攔，放了誰攔得住。

可是，這話聽在離燁耳裡就是另一個意思了。

從方才殺陣裡的拚命相護，到現在抱著他的依依不捨，離燁突然發現，她對自己的賊心好像還是沒死，說是移情別戀，可眼下抱著他，這語氣溫柔得不像話，勾著他的小手白淨又帶點顫抖，怎麼看都是情動得不能自已的模樣。

矜傲地抬了抬下巴，離燁瞥見她髮間的那朵冰曇花，微微瞇了瞇眼。

「妳沒有話要與我說？」他問。

這語氣聽著戾氣沉沉，爾爾心裡一緊，立馬想起自己好像還沒解釋為什麼會出現在那殺神死陣之中。

大佬該不會懷疑她與坎氏的人勾結，要害他吧？

連連搖頭，爾爾轉了轉眼眸就道：「今日本是與坎沉約好去街上看看甘霖節的盛況，沒想到走到一半迷路了，我也不知怎的，就闖進了陣裡——沒耽誤您什麼吧？」

破陣之前，爾爾還敢大著臉說大佬欠她人情，她是去救他了，可破陣之後爾爾明白了，大佬真的不需要別人去救，哪怕那蛇尾刀就插在他胸口，沒了神力，他也會用死怨之氣突出重圍。

所以，她就是個不速之客。

心虛地縮了縮脖子，爾爾用餘光打量大佬的反應。

離燁對她這個解釋好像很不滿意，臉色微沉，眼裡也帶了兩分譏誚：「約好上街都能迷路？」

「是……是啊。」爾爾硬著頭皮道，「坎沉說他要去買什麼東西，然後我們就走散了。」

攬著她腰身的手突然鬆了鬆。

爾爾自覺地站好，像犯了錯的小孩，背著一隻手乖乖地低著腦袋。

離燁冷笑了一聲。

然後甩開她的手，漠然地道：「既然如此，那妳便去尋他。」

要把人找回來當面對質？爾爾咽了口唾沫，揉了揉被甩得有點疼的手，認命地應下：「好。」

還真就去尋了。

定定地看著她的背影，離熚覺得離譜。

她是聽不懂話嗎，還是覺得他是個好相與的神仙，他話都說到這個份上了，她怎麼還敢邁步子？

坎汎是個什麼東西？區區醫客，還是個毫無天分的仙階，也值得她把他扔在這裡不成！

怒意騰地躥了上來，離熚自己都沒意識到，炙熱的焰火卻已從他腳下蔓延開，順著青石的地，燒向四周的人群。

爾爾已經走出去老遠，正愁眉苦臉地想要怎麼跟坎汎串口供，突然聽見背後傳來陣陣尖叫。

仙境之內，各位得道飛升的都是見過世面的，哪裡能跟市井之人一樣失態？爾爾嗔怪，轉身回頭看了一眼。

不看還好，一看她也叫了一嗓子。

「快住手！」

人群擁擠的街道上，囂張的火氣捲著黑煙飛躥四周，街邊店鋪門口的水翁嘭地炸開，泉水溝渠裡也激起了水花，無數仙女花容失色，驚慌奔走，有鎮定些的仙人已經開始結陣。

瞳孔微縮，爾爾三步並兩步地跑回去，猛地朝他一撞。

離熚正在走神，突然感覺有東西衝進了他懷裡。

第一反應是推開。

可手剛伸出去，他看見了小東西那雙充滿驚慌的眼。

溼漉漉的，又黑又亮。

推的力道一轉，他斂神，悶哼一聲將她接住。

四周的火焰頓熄，但依舊黑煙滾滾。

爾爾從這黑煙裡抬起頭，又氣又怕地捏住他的手腕：「果然是不能鬆的！」

她才走幾步啊，大佬就想燒街，這可是坎氏的地盤，就算他神力通天，那螞蟻多了還咬死象呢，怎麼想的！

離燁挑眉看著她。

不是說要去找人，怎麼又回來了。

而且，她看起來好像很害怕，嗓子都有些抖：「咱們回去吧？」

粗粗喘了兩口氣，爾爾定了定神看向四周，「此地不宜久留。」

圍過來的神仙越來越多，四周亮起的法器也越來越多。

偏這個時候，大佬竟還問她：「不找坎汎了？」

「找個鬼，快跑！」

一道水光劃過天邊，爾爾想也不想，一把扛過離燁的胳膊，徑直往外衝。

離燁是有自己的行雲的，他只要捏個召喚術，怎麼都比雙腿跑來得瀟灑自如。

可是。

低頭看看這還沒有他肩膀高的小東西努力扛著他往外跑的模樣，離燁什麼也沒說，收回手，順從地往她身上一壓。

第20章　你很厲害

爾爾當即被壓了一個趔趄。

她皺了一張臉看向他，很想說您傷著的也不是腿，怎麼連站也站不住。但身後坎氏眾仙追勢洶洶，爾爾也無暇多顧，硬頂一口氣帶著他跨出前頭巍峨的仙門。

憤怒的仙力尾隨而至，爾爾一凜，當即道：「咱們分開走吧，去十方雲海會合。」

這麼攙扶著，誰都跑不了。

掀開眼皮，離燁輕哼：「低階小仙，身形未必追得上妳我。」

「身形是追不上，可這仙力。」她往後指了指，直搖頭。

「怕什麼。」大佬往後瞥了一眼，「雜亂無章，難成氣候，妳伸手。」

伸手幹什麼？拿她一個人的仙力去擋這麼多人？

爾爾頭搖得比撥浪鼓還快：「不行不行，擋不住。」

「不試試怎麼知道？」他眉頭微皺，「沒出息。」

沒出息就沒出息吧，也得有腦子啊，後頭甩過來的仙力裡有上仙和真君的氣息，她一個小仙是吃飽了撐的去以一敵百。

肩膀縮了縮，爾爾悶頭就要繼續跑。

離燁有些不耐，步子停下來，搭在她肩上的手臂一緊，硬生生將她整個人掰回來，直面後頭的白光。

「唸口訣。」

瞳孔微縮，爾爾背抵著他，雙腿發顫：「什，什麼口訣？」

「……」

氣得徑直將她往白光的方向一推，離燁沉聲道：「想不起來就生受著。」

這也太沒人性了吧？爾爾慘叫，抬起雙手護住自己的腦袋，慌慌張張地喊：「天地隨我意，水門靈界生！」

一層薄薄的結界在前頭生成，與那洶湧的白光形成了鮮明的對比，好像一張瘦弱的荷葉，要迎上鋒利的攻城之木。

然而下一瞬，這張荷葉猛地變大了十倍，鋪天蓋地的金光擋在她頭頂，與追來的白光相碰，發出滌蕩天地的金鳴鐵創之聲。

沒等到預料中的疼痛，爾爾疑惑地睜開眼，從胳膊的縫隙裡往外看了看。

四周有白色的光雨落下，像煙霧彌漫的江南小鎮，光雨散開，天際露出了一片靜謐的晚霞。

擋，擋住了？

不敢置信地看了看頭頂的結界，又看了看自己的手，爾爾錯愕半晌，突然眼眸一亮。

「師父！」她歡欣雀躍地朝他跑過去，舉起自己的手擺在他眼前，「我擋住了！」

離燁沒多看她，像是不太感興趣似的，收回自己的手，自然地打了個呵欠：「擋住了就快走，別磨蹭。」

「哦。」乖乖地應下，爾爾收起興奮，低頭跟在他身側。

然而沒走幾步之後——

「我竟然擋住了耶！」她又興奮地伸出手來在她眼前揮，「那麼強的仙力，我一個結界就擋住了！」

離燁：「……」

是真的很沒見過世面，一點小事都能高興成這樣。

他嘆息，伸手按上她的頭頂，想了想，還是誇上一句：「真厲害。」

雖然是他在後頭幫忙，但隨便誇誇也不會少塊肉。

離燁是抱著哄小孩兒的心態說出口的，但他沒想到，這話一落音，面前這小東西雙眼像被點燃的禮花，蹭地亮起來，炸出了滿眸的星光。

她仰頭看著他，殷切切地問：「真的嗎？」

這眼神太亮了，充滿了期待和欣喜，彷彿他要說的是什麼封神之旨一般，看得人心裡發虛。

離燁是不太能理解這一句虛偽的誇獎為什麼讓她這麼高興，但她高興起來怪好看的，於是也就點頭再補一句：「真的。」

爾爾激動得說不出話，當即圍著他跑了兩圈。

修仙這麼多年了，這還是頭一次有人誇她厲害，還是離燁這樣的上神誇的！

爾爾一直覺得，自己能修仙，只是因為父皇母后在人間的供奉。連太和仙師也說過，她沒有修仙的天分，哪怕把十個宗門的仙術都教一遍，也沒有找到適合她的那一門。

這麼多年，她都習慣了自己的事倍功半，習慣了進階永遠比師兄師姐慢，習慣了被不懷好意的人喊小廢物，卻沒想到有一天，能從一個強大的人嘴裡得到認可。

爾爾突然覺得，離燁大佬是個好人，或許以後會有什麼變數讓他遁入魔道，但至少現在，他真是一個頂好頂好的人。

又圍著他繞了兩圈，爾爾拽著他的衣擺，笑瞇瞇地道：「咱們回家吧，我給你烤玉米吃。」還真是高興壞了，離燁嗤笑，按住她亂轉的小腦袋，又回頭朝坎氏仙門的方向看了一眼。

「誒對了。」瞧見他這神情，爾爾突然想起來問，「您是為何要去那上王宮？」

「找東西。」

不說還好，一說離燁的臉色就不太好看。

昔日坎澤與他大戰，戰敗之時曾說上古神器水月鏡花能觀神仙過往因果，鑰匙就在上王宮。他是擺明告訴他這裡有局，但也篤定他一定會去。

坎澤沒猜錯，他是去了，死生都不顧也想求一個因果。

只是，那鑰匙最後還是沒拿到。

眼裡微有戾氣，離燁收回目光，懨懨地看向天際。

「找什麼？」爾爾困惑地在袖袋裡掏了掏，掏出一小塊石頭來，「那地方除了這個上頭有些靈氣，別的好像沒什麼稀奇了。」

金黃色的石頭，帶著些銀杏樹葉的花紋，安靜地躺在她的手心裡。

離燁不經意地轉頭，目光一觸及它，整個人突然僵住。

『妳……」他定了定神，輕吸一口氣，「妳不是沒拿？」

「您說這個？」爾爾掂著石頭拋了拋，「我拿了啊，雖然不是轉魂石，但也挺漂亮，放在那神木裡跟著一起毀了怪可惜的，我想著找人做條項……哎？」

話還沒說完，手裡的手頭就被大佬拿走了。

爾爾不解地抬頭，卻見離燁臉上一絲表情也沒有，鎮定自若地看著她問：「妳有沒有什麼想要的東西？」

「啊？」這話頭轉得太急，她有點跟不上。

將手放在身後，離燁居高臨下地看著她：「只要妳想要，我都替妳尋來。」

沉默片刻，爾爾明白了。

這就是大佬要找的東西。

不過，至於嗎，他說想要，她還能不給嗎，幾萬歲了，還往自己身後藏？

哭笑不得，爾爾擺手：「這石頭送您，我沒什麼想要的東西。」

「只不過……」

想起些什麼，她定了定神：「您若是有空，十日後能不能帶我去筵仙臺？」

第21章　原可以混吃等死的

筵仙臺？

離燁眉尖蹙了蹙。

那倒不是什麼稀奇地方，正值夏末秋初，九霄眾仙都愛去筵仙臺飲宴閒話，只要修為夠高，穿過長生林就能看見其所在。

當然了，像她這樣的低階小仙，也許會被困在長生林一輩子也出不去，想要他帶，倒也是情理之中。

只是。

舔了舔牙齒，離燁覺得有點煩。

他是向來不喜歡那地界的，一群囉哩囉嗦的老神仙聚在一起說些對修煉毫無助益的鬼話，一旦看見他，便奉承地笑開。但不管是為人和善的太上老君，還是別人眼裡左右逢源的乾氏上神，看著他的眼神裡，都多少帶著防備和忌憚。

一點意思也沒有。

「妳想去找誰？」他垂眼問。

爾爾緊張地搓了搓手，含糊地道：「也不是非要找誰，就是聽聞筵仙臺上的仙果甜美多汁，想去嘗嘗。」

「我帶妳去仙果林。」

小臉一垮，爾爾扁了扁嘴，想反駁，又有點不敢，只能眼巴巴地望著他。裝可憐有什麼用。離燁冷笑，眾人都知道，他是最不近人情的，怎麼可能為這沒出息的模樣心軟？

「先回上丙宮。」

「哦。」沮喪地應了一聲，爾爾耷拉了腦袋，有氣無力地爬上了他的行雲，像一顆十天沒澆水的小白菜，焉嗒嗒地靠坐在他腿邊。

四周光影飛快地倒退，離燁瞥了瞥手裡的石頭，又瞥了瞥腿邊的小東西。

「回去繼續練上次教妳的仙術。」

又要練？爾爾歪著腦袋想了想，猶豫地點頭：「行。」

離燁：「……」這勉強的語氣是怎麼回事？

他就沒見過這麼不求上進的神仙！

略微惱怒，離燁一拂袖，踏進上丙宮的門檻就將她扔去了角落。

爾爾骨碌碌滾到牆邊，看了看空曠的宮殿，小聲嘟囔：「床都沒有。」

還想要床？離燁氣不打一處來，劈手指了指上頭的王座：「去那兒打坐。」

都飛升了還想著安逸度日，實在不像話。

順著他指的方向看了看，爾爾心裡發虛，低頭道：「還是就坐在這邊好了。」

她還有帳沒跟坎澤清算，靠大佬太近沒什麼好處。

撩起衣擺往牆角邊一坐，爾爾屏氣凝神，開始在神識裡尋找坎澤。

不知道是不是被她先前那頑強的意志給震住了，坎澤這次出來，語氣明顯緩和了不少：「妳體內的仙力為什麼這麼雜亂？」

雜亂嗎？爾爾自我探視一番，發現丹田裡果然金木水火土五門仙力俱全。

「專精一門方能成大道。」

誰不知道這個道理？爾爾撇嘴，她但凡有點修仙的天分，就不至於什麼都學，然後什麼也學不好了。

初踏太和仙門的時候，爾爾為了對得起自己父皇母后的供奉，拚命學習仙術，吐納靈氣，師兄師姐只打坐四個時辰，她要打坐八個時辰，聆聽教誨比誰都專心，記錄要訣的宣紙都用了好幾車。

可是，她不是修仙的料，修了一百年，人世已經蒼海滄田，父皇母后也已經薨逝，她都還只有一丁點靈力。

她沒能幫扶自己即將傾覆的國家，也沒能留住父皇母后，父皇執意要她修仙的決定，好像只是一個載入史冊的笑話。

那之後，爾爾就沒再好好修煉過了，反正已經長生不老，想守護的人也都不在了，她混吃等死就挺好的。

直到做了那個夢。
睫毛顫了顫，爾爾下意識地想封住坎澤。
「別擔心。」坎澤低聲開口，「妳我生死與共，我不會出賣妳什麼。」
還好意思提？爾爾微惱：「你騙我。」
「迫不得已。」坎澤嘆了口氣，「離燁此人不能留，妳分明也知道。」
那也不是說謊的理由！爾爾很生氣，「我還說帶你回家，沒想到被你當了刀子。」
「我臨死之前遇見妳，結的是死契。」坎澤略為歉疚，「死契是解不開的，以妳的仙身，我已經沒有再與離燁死戰的機會，所以只能出此下策。」
不但利用她，還要暗示她是個廢材。
爾爾氣得一巴掌將他按回了黑暗裡。
坎澤還想再說什麼，卻已經來不及了。
四周重歸沉寂，他的仙力無法侵染她分毫，也再聽不見她的神識。
怎麼會這樣？坎澤想不明白，雖然他重傷未癒，無法奈何她，但這幾日好歹也恢復了幾分，沒道理還被她這麼輕易地壓制。
是因為她是宿主的關係？他疑惑地看了看自己的手。
離燁坐在高處，不甚在意地往爾爾的方向掃了兩眼。
別的神仙打坐，都是一派仙氣飄飄，頗有凌然之姿，她倒是好，神情悽楚地靠在牆角邊，活像是被誰趕出了家門，正流浪街頭。

實在看不下去，離燁抬手。

爾爾正生氣呢，冷不防覺得身下一軟。

一座黃梨木雕龍拔步床平地而起，綾羅錦被將她裹在其中，又暖和又絲滑。

扒拉開被褥，爾爾震驚地看向王座的方向：「師父？」

他怎麼知道她在人間的床榻長這樣？

離燁看也沒看她，只閉目調息，片刻之後，大概是覺得她的眼神太炙熱，又揮手變了個千里江山屏風擋在拔步床前頭。

爾爾瞪大了眼。

大佬不是最不喜她驕奢淫逸，貪圖安樂嗎？竟然在這上丙宮裡給她變拔步床！

離燁也不想的。

他先前讓燭焱去查她的因果，燭焱送回來的過往鏡裡全是她在人間窩在床上的畫面。

「外面下雨了誒，好適合睡覺哦。」

「啊，多麼暖和的陽光，太適合睡覺了。」

「今日心緒不佳，還是睡覺吧。」

……

看完之後離燁什麼也沒記得，就記得這張拔步床，和他這個睡得跟豬一樣的徒弟。

來歷乾淨，別無所圖，他是開心的。但懶成這樣還能得道飛升，離燁實在是想不通。子不教父之過，他先前就同燭焱說了，這人墮落至此，父母有絕對的責任，怎麼能一味寵慣？

然而現在。

瞥一眼那和四周黑石柱格格不入的拔步床，離燁有點牙疼。

還真是。

怎麼就不自覺地慣著她了呢。

第22章　喜怒無常的神

燭焱跨進上丙宮的時候，看見的就是座上一臉陰沉的離燁，和王座左邊一團花裡胡哨的陳設。
什麼鎏金的花瓶，香木的妝臺，刺繡的屏風，怎麼看都是絕對不該出現在這裡的物件，可上神坐在上頭看著，竟沒揮手毀掉。

「這是？」他驚愕地走上前，低伏在離燁身邊，眼裡滿是不解。
離燁側頭，清了清嗓子，不答反問：「查到了？」

「是。」收斂心思，燭焱拱手，「鏡花水月在一萬年前就沉入西海，被龍王當了公主的嫁妝，帶去了下辛宮，已是萬年不曾出世。」

下辛宮。

捏了捏手裡的石頭，離燁撐著扶手慢慢站直了身子。

瞧見他眼裡的光亮，燭焱眉心一攏，連忙拱手擋在他前頭：「上神，坎氏仙門已經亂成了一鍋粥，幾位脾氣不好的上神已經去了中天門，您眼下實在不宜再拜訪別的仙門。」

拜訪二字咬了重音，燭焱長嘆一口氣。

走的時候明明說只是去拜訪，結果才幾日啊，就毀了人家半個上王宮，還燒了人家一條街，那麼明目張膽地使用火系仙術，讓他想替他開脫都不成。

下辛宮那樣的小地方，顯然更經不起這位上神的拜訪。

「您再等等。」燭焱勸得苦口婆心，「且養養傷，等這陣風頭過去再去尋它。」

離燁有些不悅，靄色的眼眸看向他，帶著些懾人的威壓：「你先前不是這麼說的。」

「是……那時候小仙也不知道會出這麼大的事。」額上冒了些冷汗，燭焱抬袖擦了擦，「還請上神稍安勿躁。」

「……」

定定地看了他片刻，離燁垂眸，掩住眼裡的殺意。

他討厭被人戲弄，但燭焱跟著他已經有五萬年了，誰都會騙他，燭焱是不會的。

勉強壓住怒氣，他有些不適地揉了揉額角。

旁邊的屏風後面突然傳來「嘭」地一聲悶響。

燭焱嚇了一跳，扭頭瞥了一眼，心裡微慌。

隨著修為的精進，離燁上神的心緒也越來越不穩定，時而會因為一件小事而大發雷霆，也會因為嘈雜的聲響而暴起傷人。為了平穩他的神思，上丙宮裡才會什麼也不放，更忌諱在他生氣的時候出聲打擾。

結果這小仙倒是好，硬生生往刀口上撞。

燭焱緊張地看了離燁一眼。

面前站著的人身子似乎僵了一瞬，不過很快，他便拾級而下，走向了那繁複華麗的屏風。

「上神……」燭焱想勸，然而他走得太快，他伸手都沒能拉住。

完蛋了，燭焱遺憾地閉眼。

「我，我就是這個召火訣沒捏好，您也不至於這麼生氣吧？」清亮的嗓門從屏風後頭響起。

離燁拂袖而立，氣極反笑：「我教妳的召火訣是這麼捏的？」

「對啊！」爾爾答得理直氣壯，當即挺著胸脯給他捏了一個。

噗地一聲，她手裡躥出一縷小火苗。

看了看大佬陰沉的臉色，爾爾乾笑兩聲，連忙用火苗化出一隻貓咪的形狀，顯擺似的往他眼前遞了遞。

「我還會這個，厲害吧。」

離燁冷笑，半闔著眼皮白了她一眼，單手捏訣。

轟地一聲巨響，一簇巨大的火光噴湧而出，神火炙熱純淨，化成了一頭威風凜凜的豹子，帶著呼嘯的熱氣立在他身後，對她齜了齜牙。

「妳剛才說什麼？」他慢條斯理地道，「聲音太小，我沒聽清。」

爾爾：「……」

弱弱地將手裡的火苗掐滅，她收回手，十分賣力地給他鼓掌：「師父好厲害！」

離燁恨不得將她揉成一團扔出去。

「這都多久了，妳才練會這點東西？」

「也，也挺好啊。」她嘟囔，「我先前連火都變不出來呢。」

瞧瞧這沒出息的樣子，離燁嫌棄得毫不掩飾，他的徒弟可沒那麼好當，要一直甘於這點仙力，那還不如早點滾蛋。

這話他沒說出來，但明晃晃地擺在了臉上，爾爾又不傻，一眼就明白他的意思。

她笑了笑，有點委屈地耷拉了眉梢：「我也盡力了嘛。」

「盡力了還這麼弱？」

這語氣真的太凶了，震得地都有些晃：「生死殺伐之時，誰會管妳有沒有盡力！」

背起雙手，爾爾小聲應：「那我再練練。」

「好。」離燁點頭，「再給妳一個時辰。」

一個時辰？爾爾垮了臉。

因為有坎澤在的緣故，她修煉火系仙術本就十分痛苦，加上天分不高，一個時辰能提高多少？

「要是……練不好呢？」她試探著問。

離燁面無表情地指了指大門的方向。

怔愣地看了看，爾爾深吸一口氣，實在有些委屈，但又不敢反駁，扁著嘴憋著，眼眶慢慢地紅了。

她又沒偷懶，從回來開始就在練，他變的拔步床那麼軟她都沒捨得裹進去睡一會兒，但一捏訣心肺就疼，比先前在太和仙門修煉還費勁，這樣的情況下就給一個時辰，那不是明擺著要趕她走。

先前分明還護著她的，一說起修煉的事，這人怎麼就這麼凶。

吸了吸鼻子，爾爾垂頭喪氣地背過身，繼續開始捏訣。

離煒有點僵硬。

他覺得自己說的都是為她好的，也算盡了人師本分，但不知道為什麼，這小東西好像受了天大的打擊，整個人都黯淡了下去。

眼眶紅紅的，鼻尖也紅紅的，像寒冬裡被扔在雪地裡的可憐蟲。

心裡有點不舒服，他伸手，按著她的肩將她整個人轉回來。

努力平息了自己的怒氣，他用自認為生平最溫柔的聲音，低頭問她：「不服氣？」

爾爾一驚，飛快搖頭，滿眸惶恐。

她就是委屈了點，畢竟嬌生慣養的，難免帶點嬌氣，真的不是要跟大佬挑釁啊，為什麼大佬突然咬牙切齒滿臉陰森地威脅她？

這別有深意的眼神，帶著殺氣的動作，嚇得她打了個嗝，什麼廢話也不說了，跳回榻上就繼續打坐捏訣。

離煒：？

為什麼凶她也怕，不凶她也怕？

他疑惑地走出屏風，十分真誠地問燭焱：「低階的小仙都這麼喜怒無常？」

燭焱神色複雜地看著他。

方才還暴怒不已的上神，眼下正氣息柔和地在思考一個沒有意義的問題。

到底是誰更喜怒無常啊！

第23章　離燁是個好人？

先前離燁將這小仙帶回上丙宮，燭焱還只當他是一時興起，像他五百年前撿回來的野草，亦或者一千年前帶回來的烏龜，隨便養幾日就膩了。

可沒想到的是，小半個月了，他不但沒膩，反而好像受到了影響。

「上神。」燭焱忍不住低聲提醒他，「修大道者，最忌七情六欲。」

離燁還正在想那小東西為什麼會這麼怕他，冷不防聽這麼一句，臉色當即一黑。

「七情六欲？」他不甚舒服地看了一眼屏風，「就憑她？」

他又不瞎，就算這小仙對自己一往情深痴心不改，他也不會看得上她的，又弱又笨，連天雷都扛不住。

雖然是幫他了點小忙，有時候也怪機靈的，但她這點機靈，在九霄上芸芸女君之中，實在是不夠看，還七情六欲呢，他能將她多留在上丙宮，都是因著坎澤的緣故。

燭焱頭皮一緊，也不敢再反駁他，只道：「小仙只是順口一提，您身上氣息多有不穩，小仙就不打擾了。」

說罷，飛快地退出了上丙宮。

離燁站在原地，心裡仍有不悅，像一團揉皺的紙塞在喉嚨尾，吐不出來也咽不下去。

怎麼會有人覺得他會動情呢，先動情的分明是那沒見過世面的小仙，天天纏著他，眼眸晶亮地望著他，舉手投足都是愛意。他也就是心善了些，沒趕走她，才讓旁人有了錯覺。

這樣下去不行。

搖搖頭，離燁轉身走回屏風之後。

爾爾正在專心致志地修煉。

如她所料，大佬給的功法與她體內坎澤的仙力是相沖的，她每迴圈一個小周天，經脈就有被刀子割過的疼痛感，但沒辦法，她必須留在這裡，再疼也只能忍著。

於是離燁看見的，就是這小東西一邊嗚嗚哭一邊一板一眼地捏著他教的訣。

他忍不住挑眉。

這人嘴都哭成了波浪線，又紅又委屈，手上的動作偏生一個不落，還嘟嘟囔囔地唸著：「神之最靈，升天達地，出幽入冥，為我關奏，不得留停。」

停字說完就打了一個哭嗝，手裡冒出的火焰隨之熄滅。

爾爾睜眼，憤怒地拍了拍自己的胸口，剛想碎碎唸點什麼，看見他在面前站著，嚇得連忙又閉上眼繼續運功。

睫毛上掛著的淚珠被她這一睜一抖的動作顫得落下來，滴在她灰撲撲的衣裙上頭，變成了一個深褐色的小點。

離燁這才發現，好像從坎氏歸來之後，這人連衣裳都沒來得及打理，那麼愛美的小東西，穿的還是從殺神死陣逃出之時那一身髒兮兮的藍白裙子。

心裡一軟，他也沒想起自己原本是想說什麼的，只踢了踢她的床沿：「那邊有溫泉。」

捏訣到一半被打斷，就算他是大佬，爾爾也有點生氣。

她不知道那邊有溫泉嗎，她不想撲進去好好泡一會兒然後變一套美美的宮裝出來嗎，她有那功夫嗎！

憤怒地看了他一眼，爾爾咬牙搖了搖頭，然後重新閉上眼。

離燁：？

這是他頭一回看見這人這麼凶的眼神，凶得好像之前的仰慕和憧憬都是他的錯覺。

有點不爽，他伸手戳了戳她的眉心。

爾爾皺眉，閉著眼挪動身子，一扭一扭地將背轉過來對著他。

還挺倔。

離燁哼笑，又戳了戳她的背。

像被踩了尾巴的貓似的，爾爾一個激靈跳起來，抱起床上的被褥就擋在床沿上，然後挪去拔步床最裡頭的角落。

她算是明白了，大佬就是想趕她走，所以千方百計地阻止她修煉，她才不會如他的意。

四周落下結界，爾爾凝神唸咒。

黑暗中的坎澤感覺到了一股強大的抽離之感，他愕然，想按住自己結元上的仙力，卻不曾想一道光從頭頂落下，純白的仙力不受他控制地被吸了出去。

這低階的小仙，在動用他的仙力？

坎澤愕然。

純白的光籠罩了整個拔步床，離燁方才還想玩笑，下一瞬，眼神就沉了。

這強大的坎氏仙力，天生便是剋制離氏的存在，僅僅只是觸碰，就能讓他感到不適。

沒想到幾日不察，坎澤的結元竟恢復得這麼好。

他擰眉看向光影中盤坐著的人。

爾爾沒有察覺到自己在動用什麼，她只是不想被打擾，所以立下了結界，全部的神思都沉浸在功法裡，她也沒注意到自己丹田裡的仙力突然又純又厚，只覺得經脈承受的痛苦更甚，要花好大的力氣才能忍住不大聲哭出來。

一片混沌之中，她好像聽見了潺潺水聲，又有炙熱的火光沖天，照得她心肺皆灼。

水火不容，爾爾悶哼一聲，嘴裡漸漸嘗到了血腥味。

離燁冷眼看著，抱著胳膊沒動。

先前她說是迷路去的上王宮，他沒信，因為那安和結界以她之力壓根不可能破開，定是坎澤在從中作梗，看在她拚命救他的份上，他不打算計較。

但是，他不會放任坎澤繼續休養下去。

用她當容器是有些殘忍，但誰讓她恰好撞上了，她修煉越痛苦，坎澤就會越難受，為此，只能辛苦她了。

他料她到第二個大周天就會放棄，那也差不多是她能承受的極限，所以一個時辰剛好。

只是……

一個時辰很快過去了，那層白色的結界仍然籠罩著拔步床。

離燁意外地抬眼。

修煉之中的人是不會察覺到時光流逝的，爾爾行在混沌裡，只想用水來撲滅這熊熊大火，以減少痛苦。

眼看著要成了，不知從哪兒又躥來一道更厲害的火焰，瞬間將大地重新點燃。

慘叫一聲，爾爾抱著腦袋嗚咽，緩了好一會兒，才又顫顫巍巍地起身，重新去引水澆火。

心肝脾肺都像是要被燒爛了，她紅著眼看向虛無的天，眼裡略帶怨懟。

四周的火突然小了一些。

有人伸手，將她從無邊的焦土裡抱了起來。

爾爾愕然，還來不及看清是誰，便覺得四肢百骸裡的倦意齊齊湧上腦門。

一口腥甜滑出嘴角，她翻身倒進了一片溫澤的水域之中。

「真是可憐。」

遠遠近近的，她好像聽見坎澤在嘆息。

「竟然會覺得離燁是個好人，呵……」

第24章　筵仙臺

聲音縹緲，像在深邃寬大的山洞裡，迴盪許久之後漸漸消散。

爾爾努力想聽清他後頭的話，奈何身上負荷已經到了極限，腦袋嗡鳴一聲，便什麼也不知道了。

等她醒來，天邊都不知已經換了多少日月，原本燒得正旺的燈火只剩下了邊角燭料，繡花的帷帳半垂，整個上丙宮裡一片寂靜。

「師父？」試探地喊了一聲，爾爾抓著帷帳伸出腦袋往外看了看。

竟然沒人。

心裡莫名一鬆，她動了動肩膀，發現先前那種撕心裂肺的疼痛感已經消失，只餘下心肺還有些許不適。

伸手捏訣，一簇小火已經能隨心所欲地被召喚出來。

好厲害哦！

這點程度大佬是不會誇她的，但爾爾毫不吝嗇地誇了誇自己，然後下床，換上一套衣裳，躡手躡腳地往外走。

「爾爾仙人。」有人笑著喊她。

原地打了個哆嗦，爾爾戒備地回頭，卻發現是燭焱。

與離燁那樣的高高在上不同，燭焱雖已到真君境界，但時常行走九霄與人間，是以爾爾在太和仙門裡就看見過他兩回，不覺陌生。

「真君有禮。」她轉身屈膝。

燭焱笑瞇瞇地看著她，伸手遞來一件披風：「上神有事出去了。」

「啊這樣。」爾爾也挺自覺，沒有膽大到過問離燁的行蹤，只看了看外頭的天色，「我睡了多久？」

燭焱頷首：「九日有餘。」

九日？！爾爾震驚地掰了掰手指頭，一算臉色就有點難看：「筵仙臺的秋宴開了。」

「是。」燭焱似乎沒有察覺到她的異樣，只看向遠處如彩虹一般劃過的仙光，「今年比往年都熱鬧，好幾位閉關已久的神仙恰好已經大成。」

眼眸滴溜溜直轉，爾爾捏著手裡的披風小聲問：「真君可要去湊熱鬧？」

燭焱想了想：「去也可，不去也可。」

「那還是去吧？」爾爾殷勤地朝他作請，眉眼彎彎地道，「筵仙臺靈氣最盛，又有瓊漿玉露，去了是有益無害，真君若是缺人陪同，小仙願為真君引路。」

說罷，伸腿將臺階下的雲霧都掃開，期盼地望向他。

燭焱：「……」

他哭笑不得地扶額：「上神行蹤不定，我無法彙報此事。」

「這點小事，也不必驚動他。」爾爾擺手，坦然地道，「咱們早去早回。」

她這模樣實在太狗腿，燭焱想拒絕也有些不好意思開口，猶豫半晌，還是招來了行雲：「就去一個時辰。」

「多謝真君。」爾爾跟他一起跳上去，雙手合十，連連作揖。

小仙麼，想去開開眼，燭焱是能理解的，但想起今年會出現的一些棘手的神仙，他還是先與她說：「妳跟著我，莫要亂走。」

爾爾眨眼：「吐納靈氣也要跟在真君身邊？」

「那倒是不必。」燭焱擺手，「只是切莫與旁的神仙起什麼衝突。」

頓了頓，他神色凝重地補充：「尤其是辛無上神。」

九霄的上神那麼多，她哪個都得罪不起，除了要找的人，又哪裡會與旁人起衝突？爾爾信誓旦旦地拍了拍胸脯：「真君放心，我保證不給您添麻煩。」

前頭就是長生林，對於爾爾這樣的小仙來說，那說不定是埋骨之地，但修煉到燭焱這樣的，連看也懶得多看，徑直架著行雲飛過，直抵筵仙臺。

「燭焱！」

剛一落地，爾爾就聽見四周有人怒喝，嚇得她連忙往後一躲。

幾個穿著深藍仙袍的上神氣勢洶洶地朝這邊走了過來，還未站定，話就劈頭蓋臉地落了下來：「離燁呢？敢闖我坎氏仙門，倒是不敢出來給我們個交代？」

「我門內損傷數十人，更有結元被那神火燒裂，無法結魄之人，你說當如何？」

這些人聲若洪鐘，聽得出修為極高，可燭焱站在前頭，依舊是笑瞇瞇的，絲毫未懼。

「已經同離燁上神說過情況，還請各位稍安勿躁，靜等上神答覆。」

「你說得輕鬆，這都多少天了，他可曾露過面？」

「各位上神尚且尋不著他，小仙就更是無奈了。」燭焱攤手，「不如幾位上神去不周山附近找找，許是能有收穫。」

「你們這擺明是要推脫！」

「太不像話了！」

幾聲怒斥，帶著殺氣翻捲而起，燭焱知道衝突是在所難免了，嘆息一聲將右手背到身後，輕輕一彈。

爾爾正暗自佩服燭焱真君這打太極的能力呢，眼前的光景冷不防就是一變。

腳下是溼漉漉的青苔，面前是仙界獨有的火樹銀花，沒了燭焱，也沒了幾個氣勢洶洶的坎氏上神，只有燭焱遠遠傳來的一句：「妳先走。」

原地怔愣了好一會兒，爾爾才反應過來是燭焱覺得自己礙事，將自己放到了筵仙臺的另一個角落。

而這角落前頭不遠的地方，就是主筵臺。

眼眸亮了亮，爾爾咽了口唾沫。

這可不能怪她不守承諾啊，是燭焱真君主動讓她離開他的，那她再往前走兩步，應該也沒什麼問題？

左右看了看，爾爾興奮地往前一踏。

甜美的仙果被她踩了個稀爛，發出清脆的響聲。

聽見動靜，她低頭，心疼地倒吸一口涼氣：「仙人果！」

不愧是傳說中的筵仙臺，這吃一個能通一脈的仙人果竟就這麼扔在地上，她一腳下去就是二十年的修為沒了。

不過，前頭還有。

順著草地看見一顆顆飽滿多汁的果實，爾爾當即一喜，將衣擺作兜，躬身便去挨個撿拾。

「五、六、七。」一邊數一邊算即將增加的修為，她樂得眉不見眼，眼瞧著第八個比之前的都大，連忙伸手，「八……」

一隻蒼白的手從旁邊伸出來，在她之前撿起了第八個果子。

爾爾眉梢一垮，抬頭剛想說這是她先看見的，結果目光往上，就看見了一張分外詭異的臉。

細長的眉眼，單薄的嘴唇，鬢邊落下幾縷黑得如濃墨塗抹過一般的長髮，他渾身上下好像只有黑白兩種顏色，指尖火紅的仙人果活像是落進水墨裡的一點血。

「啊，第八個。」他舔舔嘴唇，伸手掐住她的脖頸，像她撿仙人果一樣把她「撿」了起來。

「好像比先前那幾個離氏仙門的上仙還好吃呢。」

第25章　變態上神

爾爾：？？

嚇得手腳都縮了起來，她震驚地看著面前這個人，心想自己這個形狀，怎麼看都不像個仙人果吧，筵仙臺只聽聞讓上神品嘗仙果瓊漿，沒聽說還要吃人啊。

這人身上分明有仙氣，可說起話來像幽冥裡爬上來的鬼魅，冰冷又病態。眼瞳裡帶著淺淡的血色，定定地看著她，還舔了舔唇瓣。

「我不好吃的！」看他真的在思考自己的味道，爾爾連忙抱著腦袋喊，「我總共才一千年的修為，吃五十個仙人果都比我管事，我的仙氣還不純，修為也不精，會吃壞肚子的！」

正朝她張開嘴的人頓了頓動作。

「仙氣不純？」他頭微微一偏，像是想起了什麼有趣的東西，低低地笑開，「我就該吃仙氣不純的小仙，那樣才滋補。」

手裡拎著的小仙嚇得眼睛瞪得溜圓，雪白的小臉蛋鼓起兩個腮幫子，嘴巴要扁不扁地看著他：「不會吧？」

這反應實在比別的神仙有趣得多，他輕笑，將她拎到旁邊的半截樹樁上放著，然後伸手撐在她身側，恰好與她平視。

「再幫我抓兩個小仙來，我就可以先不吃妳。」

這是什麼要命的條件啊，爾爾欲哭無淚：「來筵仙臺的都是真君上神，哪裡抓得了別的小仙，況且、況且九霄上吃別的仙人是觸犯天規的。」

「天規？」捏了捏自己冰冷的耳垂，他嗤笑了一聲，「那是騙妳們這些傻子的。」

這話委實太狂妄，聽得爾爾一個激靈，連忙給他比了個噤聲的姿勢，然後惴惴不安地看了看天際。

「可別亂說話，讓天譴聽見，定要追這邊來。」到時候劈他倒是無所謂，還得連累在他身邊的她。

後半句爾爾沒說出來，但眼裡滿是防備，只坐在樹椿上，不自覺地縮了縮腳。

怎麼會有這麼鮮美可口的小仙？他看著她，又忍不住舔了舔牙。

不懂天上事，乖巧又膽小，一口咬下去血肯定都是甜的，她脖頸側後方還有一顆淺淡的痣，小小巧巧，像引誘似的給他指明了咬下去的地方。

他下意識地就想伸手去拭。

爾爾連連後退，將腿盤起來往後挪了一大截，慌張地道：「這位上神，你我無冤無仇，平白殺了我擔上一份怨氣，實在是影響修為。況且這是筵仙臺，保不齊等會你就被人發現了，還得受一回審，多不划算啊。這樣，您要是餓了，小仙便去給您多尋點仙果瓊漿，可好？」

「仙果瓊漿哪裡好吃。」他不滿意地撚了撚落空的手。

不遠處有仙人路過，爾爾聽見了響動，連忙想喊救命，可面前這人動作極快，伸手就捂住了她的嘴。

「辛無上神安好。」

那仙人遙遙地看見這側的身影，並未靠近，只拱手行禮，便匆匆離去。

爾爾：「……」

這名諱怎麼聽起來有點耳熟？

辛無淡然地目送那仙人遠去，然後回頭，陰惻惻地在她耳邊道：「想喊什麼，現在喊來我聽聽。」

渾身雞皮疙瘩都起來了，爾爾乖巧地閉上嘴，搖了搖頭。

不喊了不喊了，喊破喉嚨也沒用。

辛無是上古便有的神，與離燁大佬差不多的境界，他真要吃她，她哪裡還有反抗的餘地。只是，她怎麼就這麼倒楣，隨便走走也能遇見他？

爾爾對九霄上的仙史了解並不深，只聽師姐說過，幾萬年前的九霄尚無天規，神仙也會互相殘殺，弱肉強食，極為混亂，而辛無就是在那時現於天地，屠戮上百神仙之後，得封上神。

沒想到幾萬年過去了，他還是沒有改掉吃神仙的習性。

自暴自棄地往樹椿上一癱，爾爾指了指自己的脊骨：「這裡很硬，您別硬咬，先吃胳膊吧，胳膊軟些。最近老是受苦受難，身上沒什麼肉，您辛苦。」

說完就頹喪地趴著，不動彈了。

這放棄抵抗的樣子一點也不好玩，辛無皺眉，單手將她拎起來坐好，不甚滿意地道：「不再勸勸我？」

「不勸了，沒用。」

「再勸兩句，萬一我心軟了呢？」

「您這樣殺人不眨眼的上神還會心軟？」爾爾上下打量他一圈，黯淡地搖頭，「我不信。」

臉色微沉，辛無將她拎下樹椿，朝她背後一推：「走吧。」

「嗯？」爾爾錯愕地回頭。

「我讓妳走，不吃妳了。」他倚在樹椿邊，懶懶散散地打了個呵欠，「沒意思。」

眼裡一點點亮起來，爾爾看了看他，確定他是真的要放自己走，連忙歡呼一聲，拔腿就往主筵臺的方向跑。

然而沒跑兩步，她還是撞進了一個冰冷的胸膛。

抬頭看見辛無這張柔弱病態的臉，爾爾絕望地發現，這位上神是個變態，他好像很享受別人的痛苦和驚慌，比起吃人，他更大的興趣是看她臉上的神情變化。

怪不得他身上的仙氣不純，這樣的心性，哪裡能當一個神仙？半神半妖還差不多。

「妳在嫌棄我？」看見她眼裡古怪的神色，他反倒是笑了，抬步將她逼到一個角落，慢悠悠地道，「是不是覺得我該去修魔道？」

雖然很不應該，但是爾爾還是遵從內心地點了點頭。

太該修魔道了，雖然仙魔兩道兼顧便極易走火入魔魂歸天地，但這樣的人，留在九霄真是個禍害。

辛無瞇眼打量著她的神色，突然極為高興地笑了一聲。

「妳等著吧。」他目光幽深地道，「我會大成的。」

這話的意思是……不打算吃她了？爾爾戒備地看著他，沒敢動，也沒再開口，生怕他又再戲耍她一回。

「今日我心情甚好。」往後退了一步，辛無揮袖，水墨的袖口從她面前甩過，留下一片清冽的氣息，「走，帶妳去吃五十年修為的仙人果。」

哈？

變化來得太突然，爾爾一時有點沒反應過來。

這人方才還要吃她呢，一轉眼竟要帶她去吃果子？

將信將疑地跟著他走了兩步，爾爾抬頭一看，發現他走的真的是主筵臺的方向。

越往那邊走，遇見的神仙就越多，每一位與他們迎面撞上的神仙都拱手讓開了路，爾爾走著走著，突然就放了點心。

這麼多神仙在呢，方才都沒吃她，總不至於把她騙到主筵臺裡吃。

主筵臺是上神才能來用宴的地方，連燭焱都不能進來，三十六座仙亭高低不一地漂浮在紫羅蘭色的仙臺上，辛無帶著她踏上一個，那仙亭便慢慢往上浮，直至視線再無遮擋。

饒是心裡再有不安，爾爾也沒忍住「哇」了一聲。

好厲害啊。

辛無回頭看她一眼，對她這聲讚嘆似乎十分受用，指尖一轉就把桌上放著的大蟠桃塞進了她手裡。

「我沒有隨侍。」他道，「果子都給妳，妳今日不能離我左右。」

接著沉甸甸的桃子，爾爾看了看旁邊仙亭裡的神仙，突然大悟。

上神們也是要講排場的嘛，周圍亭子裡都有隨侍，辛無肯定也需要人撐面子，他身邊的隨侍多半已經進他的肚子裡了，臨時拉她來充一充，倒也比吃了划算。

她只要在宴席結束之前想法子溜掉，那這小命也就算是保住了。

暗暗給自己打了打氣，爾爾抱著桃子站在辛無身後，餘光飛快地在四周的仙亭裡找人。

她想找的是儲元上神，太和仙師的摯友，唯一能在幾個月後救下太和的人，只要仙師不灰飛煙滅，那太和仙門就不會遭受後來的苦難。

只是，這裡的仙亭錯落不定，她瞥了好久，也沒瞥見那抹熟悉的影子。

正著急呢，仙臺中央突然靈氣大湧。

那靈氣乾淨又純粹，是上等的修煉佐料，於是爾爾就看見湧出的靈氣被抽成了三十六縷，分別朝各處仙亭飛去，修為高的，抽的靈氣多些，更有甚者，一口氣抽了三分之一。

這個甚者就是辛無。

爾爾站在他身後，瞠目結舌地看著那一大片靈氣湧過來，心裡只感嘆這位上神雖然變態了些，但修為實在嚇人，九霄十門的掌權人都在各處坐著呢，他竟然能抽這麼多。

而且，抽就抽了，他將靈氣化在手裡，竟還有些不太滿意。

「這東西有什麼稀罕。」辛無抬眼，看向遠處的坎汅，「還是坎氏先前引上來的那一批死怨更為可口。」

此話一出，各處安靜享用靈氣的上神都是一僵。

坎氏掌權人生死不明，只能讓坎汚來出席盛會，坎汚不問世事已久，乍聽此言，臉上滿是疑惑：「辛無上神慎言，往九霄上引死怨乃是觸犯天條之舉，我坎氏上下潛心修道，如何會做這等事。」

「也就你還不知道。」辛無輕笑，隨手將捏好的靈氣丸往自己身後一拋，「方才不是還有幾位坎氏上神在攔著燭焱要說法麼，說離燁闖你們仙門，吸食了你們辛辛苦苦偷帶上天的千年死怨。」

「……」坎汚看向身後。

「休要聽他胡言！」幾個坎氏上神氣得夠嗆，「我等追問燭焱，不過是因為離燁硬闖我仙門，傷我門人之後逃之夭夭，不肯露面。」

「哦？」辛無不以為然，「離燁那樣的性子，平白無故闖你們仙門做什麼。」

「那是因為……」

「好了。」坎汚打斷身後人的話，沉著臉道，「今日本只是一場宴會，何必提及這些是非。」

他抬頭，又看向辛無：「上神閉關已久，沒想到今朝出來，還是事事皆知。」

「過獎。」辛無哼笑，「離燁還欠我一場死戰，他的消息，我自然知道得清楚些。你們若要同他討債，那且等我先贏了他。」

這話聽得眾人都是一窒。

爾爾正在拚命撲騰他扔下來的靈氣，一聽這話，嘴角也是一抽。

不會吧，又是一個跟大佬有舊仇的人？

還好是今日才出關，不然發現她是大佬的徒弟，那早在樹椿邊的時候她就沒命了。

撿起靈氣丸往懷裡一揣，爾爾縮了縮脖子，開始悄無聲息地往後退。

結果沒退兩步，她就看見東南方有一座升起的仙亭，裡頭站著的人白髮飄飄，一身仙骨。

「儲元上神！」眼眸一亮，爾爾想也不想地就喊了一聲。

這一嗓子在寂靜的主筵臺上顯得格外清亮，儲元正與人低聲交談，聞聲便朝這邊看了過來。

與此同時，看過來的還有辛無。

「妳瞎叫喚什麼？」他挖了挖耳朵，「看見老相好了？」

「呸呸呸！」這話太大逆不道，爾爾當即噴了他一臉唾沫，「別瞎說，那是長輩。」

伸手抹了把臉，辛無的眼神沉了沉：「不想活了？」

「不好意思。」捏著袖口胡亂給他擦了擦，爾爾雙眼緊盯儲元上神，急聲道，「過去見個禮可好？」

「不好。」辛無眯眼，輕哼一聲將她的衣袖揮開，「我最不喜如別人的意。」

話音落，他們所在的仙亭立馬朝反方向漂浮，方才還能看見儲元上神的半個身子，一轉眼連頭髮絲都瞧不見了。

爾爾氣得撓了他一爪子：「給長輩見禮是禮貌，禮貌你懂不懂？」

「不懂。」辛無好整以暇地欣賞著她的憤怒，嘴角微勾，「算資歷，我是他長輩。」

爾爾：「……」

四周的仙亭錯落遮擋，不管她怎麼張望，也看不見儲元上神的影子了。

就這一次機會，要是錯過了，儲元上神便會又閉關，屆時她又會和師兄師姐們絕望地奔走於天地，換來的只是仙師的灰飛煙滅。

若是不知結局還好，但她知道了，就怎麼也該努力拚上一回。

眼神定了定，爾爾扔開手裡的仙桃，望著方才的方向，突然縱身起跳，躍出了仙亭。

「小心吶！」不知是誰喊了一嗓子，四周的神仙紛紛起身。

主筵臺下是天地靈氣的極致所在，落下去只會是化骨焚身的下場，這樣的小仙，連自己的行雲都沒有，如何飛得過去？

辛無的眼皮也動了動。

他用欣賞的目光看著這決絕的背影，不覺得緊張，只覺得真漂亮。

多鮮活的小東西啊，瘋起來和他幾萬年前有的一拚。

不過，太弱了，幾乎是沒飛出去幾丈，就開始直直地往下墜。

嘆了口氣，辛無起身站在仙亭邊上往下看，猶豫了一瞬要不要救。

就是這一瞬，遠處突然有一道火紅的影子破空而至，寬大的衣袖在風中展開，帶著凌厲的殺氣，拂得他閉了閉眼。

第26章　一個小姑娘而已

辛無的第一反應是，這討厭的氣息可真熟悉，幾百年過去了，還是一嗅就能激發他身上所有的戾氣。

可側頭再一想，不對啊，這比他還沒有人性的東西，怎麼一出現就是奔著救人去的？

上回看見離燁，還是他受萬年天劫的時候，那時候辛無以為能趁著他傷重將他打下九霄，沒想到卻被這帶著渾身神血的人逼得閉關了幾百年，閉目調息之時，眼前還都是他在雷雨中捏著弒鳳刀的模樣，久久難以平憤。

他以為下次再與他相遇，必定又是一場腥風血雨。

但現下，辛無低頭，只看見從他面前飛過去的火紅袖袍，以及離燁那壓根沒朝他這邊看的靄色瞳孔。

他跟著那急速下墜的小仙飛身而下，手臂一伸，將她撈了個滿懷，可下墜的趨勢沒有停止，兩人還是往主筵臺下頭的白光裡跌去。

「師父。」

發現來人是他，爾爾暗自鬆了口氣，小手抵在他的心口，討好地對他笑了笑，「您來都來了，不帶我上去？」

離燁沒看她，神情冷淡得彷彿只是路過：「掉下去也挺好。」

「不，不太好吧？」感受到過濃靈氣的灼燒感，爾爾心虛地捏了捏他的衣襟，「我大小也是條性命。」

極輕地哼了一聲，他終於垂眼看向她：「想活命還敢往下跳？」

關於這件事，爾爾實在是很冤枉：「我以為能跳過去，誰知道在仙界地盤，仙力還會受限。」

若是在別的地方，她一定能飛到儲元上神的仙亭。

瞥見大佬臉色不太好看，爾爾一個激靈，連忙繼續道：「不過徒兒也想過了，真的掉下來也無妨，在場這麼多上神，肯定不會看我一個小仙死在這裡，多晦氣多影響吐納，所以一定會有一位威風凜凜的上神從天而降，帶著慈悲和渾身的金光，救下我的小命。」

說罷，雙手合十，眼裡冒出亮閃閃的星光，殷切地看著他。

拍馬屁就有用嗎，離燁很不屑。

然後他返身，以氣踏空，帶著她落回了最近的一座仙亭。

四周的窒息感驟然消失，爾爾落地晃了兩步才站定，側頭一看，大佬已經在亭子裡坐下，頗為疲憊地揉了揉眉心。

這是乾天上神的亭子，乾天似乎是被他們這突如其來的闖入給驚著了，正僵硬地站在旁邊。見離燁坐下，他才堪堪回神，哭笑不得地道：「離氏仙門的亭子在另一側。」

「嗯。」離燁悶應一聲，頭也沒抬。

意識到這人是不打算讓了，乾天嘆了口氣，修為的巨大差距讓他按捺住了動手的衝動，只往後坐了兩個位子，小聲道：「我就想安靜吃仙果。」

話還沒落音，外頭一道邪風捲著金鳴聲猛地撞上了仙亭的飛簷。

「嘩」地一陣脆響，簷上琉璃瓦跟雪崩似的往下落，半邊亭子連帶著擺得齊整的仙果都「唰唰」落了下去。

乾天：「……」

他今天選的位置是不是不太好？

爾爾反應極快地往旁邊一躲，沒被瓦片砸著，側身回頭，正好對上辛無那詭譎的眼神。

「不是說過了嗎，今日妳得跟著我，不能離了左右。」他抬腳踏上尚存的半幅臺階，步履緩慢又懶散，像逃了十條街之後依舊出現在巷口的鬼魅，目光定定地鎖住她。

到底是人家帶她進來主筵臺的，方才沒交代好就要亂跑實在也是她的不對，爾爾上前兩步想解釋，卻突然聽得背後一聲低沉的：「站住。」

腳上一僵，她瞬間僵在原地，除了眼珠子還在晃，渾身上下都不敢再動。

「很怕他啊？」

辛無挑眉，慢悠悠地靠近，在她面前一步站定，優雅地露出自己尖尖的牙：「不怕我了？」

「不是，上……」

「閉嘴。」離燁皺眉。

「他叫妳閉嘴妳就閉嘴，那我偏要妳說話呢？」辛無低下身子，黑得懾人的眼眸與她對視，「來，喊我，不然，妳今天便一定見不了那位——」

他指了指儲元上神的方向，眼裡湧上殺意。

「這關他什麼……」爾爾剛想駁斥，背心突然抵上了人。

「聽不明白我說話？」離燁伸手，橫過她的脖頸前，陰沉地問。

爾爾：「……」

她是造了什麼孽，兩位大佬不對盤，為什麼要把她夾在中間？

不應當，她只是一個低階小仙。

前有狼後有虎，她是開口也不是，不開口也不是，眼珠子慌亂地轉了兩圈，爾爾深吸一口氣，突然靈機一動，伸手捏了個變幻訣。

嘭地一聲，她把自己變成了一根巨大的胡蘿蔔。

離燁：？

辛無：？

胡蘿蔔是不會說話的，她不要承受一個蘿蔔不該承受的壓力，隨便他們怎麼爭吧，她挪動身子，笨拙地將自己挪到乾天上神腳邊，然後窩好，看戲。

乾天覺得好笑：「那麼大的天劫都敢撐，還怕這點場面？」

您不怕您倒是上啊，不也跟她一樣躲在仙亭角落麼。

爾爾腹誹，躲在蘿蔔殼裡，伸手掰了一塊下來，邊嚼邊看。

少了她這個幌子，辛無倒是直接得多了：「打一場。」

離煒沒應，只伸手。

一股黑氣捲著炙熱焰火騰飛而出，燒掉了辛無半縷髮絲。

察覺到他的異樣，辛無挑眉笑了出來：「幾百年前你還說我仙氣混沌，難成氣候，沒想到如今倒是肯放下身段，也修這旁門左道。」

「你天分不夠。」離煒平靜地道，「修得四不像，自然是旁門左道。」

而他不同，成魔還是成仙，都在他一念之間。

笑意一僵，辛無眼裡蒙上了一層陰晦。

他最討厭人提什麼天分。

戾氣滌蕩一方，乾天察覺到了戰意，連忙拎起地上的大胡蘿蔔，往旁邊的仙亭上避去。

「這不攔一攔？」爾爾沒忍住，還是變回本身開口問。

乾天搖頭：「見慣不怪，攔也攔不住，妳我避遠些便是。」

像是印證他的話一般，四周仙亭裡的上神都紛紛結下了防禦罩，然後淡然地繼續吃果子，飲瓊漿。

「儲元上神！」眼前掠過一座仙亭，爾爾連忙喊了一聲。

乾天倒是比辛無好說話得說，聽見這話，便帶著她落到了儲元的仙亭裡。

再次看見這張慈祥的臉，爾爾也管不得身後打成什麼樣了，落地就上前行禮：「上神安好。」

儲元正讚嘆地看著那頭激戰溢出來的火光，乍見個熟悉的小輩過來，不由地意外：「怎麼是妳？」

他與太和是摯友，沒少去他仙門飲茶下棋，這機靈的小徒兒他見過很多次，每次想細看，都被太和打岔，也不知那老傢伙在藏個什麼。

眼下機緣巧合能近談，儲元很大方地打開了防禦罩接納這兩人。

「仙師也來了？」他笑問。

爾爾搖頭，拿了個果子往乾天手裡一塞：「多謝上神相助。」

乾天明了，笑著接過果子，與儲元見禮之後，便坐去了後頭的茶座裡。

「小仙冒昧前來，實是有要事。」定了定神，爾爾目光灼灼地看向儲元，「三個月後，仙師閉關會遇見邪獸打擾，走火入魔，結元破碎。請上神務必在前一日駕臨太和仙門，為仙師守陣。」

這話聽來無稽又可笑，儲元不由地搖了搖頭：「太和上萬年的修為，哪裡會被一隻妖獸……」

「兩日之後，上神會經過十方雲海。」篤定地打斷他，爾爾認真地道，「若是有仙童引上神去見震桓公，請上神務必拒絕，否則便會被弒鳳刀誤傷，從而閉關，錯過救助太和仙師的最後機會。」

臉色微變，儲元上前半步：「妳，妳的天竅是？」

爾爾一動不動地看著面前的上神，張嘴吐了兩個字。

身後傳來離燁和辛無打鬥的巨大轟鳴聲，聲波滌蕩，掩蓋了她的話，但儲元還是看清了她的嘴型，褐色的瞳孔漸漸緊縮，臉上露出恍然又惋惜的神情。

爾爾重重地朝他行了一禮。

離燁剛從不周山的凶獸窟裡回來，實在是不想與辛無多纏鬥，一個對掌之後，他揮袖放出了一隻十分怪異的小獸。

那小獸長耳獨眼，一身絳紫色的絨毛，難看極了，但辛無一瞧，卻是當即收手，飛身將牠撿進了懷裡。

「用牠，換你下辛宮一件寶貝。」離燁道。

捏著小怪獸把玩了一番，辛無嗤笑：「你什麼時候學會了與人以物換物。」

他想要什麼，不是一向直接搶的嗎。

「你以為我想。」煩躁地看了一眼坎氏仙門所在的亭子，離燁皺了皺眉尖。

辛無恍然，吐掉嘴裡的血沫，靠著斷壁哼笑：「這樣說來，一隻吧唧獸不夠，你再給我添點東西。」

「添什麼。」離燁不甚在意。

舌尖舔了舔乾裂的唇瓣，辛無遙遙指向那邊的仙亭：「就剛剛那個胡蘿蔔吧，怪好吃的。」

「……？」

爾爾遠遠看著打鬥聲小了，還以為可以回去了，正打算與儲元上神告辭，卻見那剛剛才平靜下來的仙亭突然轟地被神火貫穿。

所有琉璃瓦和築臺仙石都炸成齏粉，像無數刀片一般飛濺四周。

嚇得她立馬收回了往前邁的腿。

碎片打在防禦罩上叮噹作響，儲元沉默地看著，眼裡有濃濃的憂愁。

「他更強了。」

「是。」乾天抿了一口酒，半垂了眼道，「而且比起先前，性情又暴躁了不少。」

「送去的經書他想必是沒看的。」儲元嘆了口氣，「該如何是好啊。」

乾天沉默飲酒，甘甜的酒氣入喉，他突然往爾爾的方向看了一眼。

「這位小仙。」放下酒杯，乾天突然和藹地朝她道，「妳資質極好，若能尋得人為妳打通所有經脈，與妳共用仙力，那飛升上神，便是指日可待。」

爾爾正擔心離燁大佬打不打得贏這場架，突然聽見上神誇她，很是疑惑地回頭：「我？」

「對。」乾天點頭，「妳是塊修仙的好料子。」

「！」

竟然又被誇了！

爾爾欣喜地站直了身子，暗想難道是太和仙師修為不夠，沒有發現她這塊曠世奇才？大佬這麼誇她，乾天上神也這麼誇她，說不定她真的只是被埋沒了而已？

儲元責備地看了乾天一眼。

乾天輕輕搖頭。

大局為重，一個小姑娘又算得了什麼？

第27章　睡覺是世間最美妙的事

爾爾絲毫沒有察覺到上神們別有深意的眼神，她只在心裡悄悄地打了打小算盤，覺得乾天上神的提議真是十分可行。

她懷裡揣著方才辛無扔來的靈氣丸，吃下去能漲一大截修為，若經脈再全通，那就算她修煉慢，也能脫離小仙品階，成為一個威風凜凜的上仙。

大佬那麼厲害，打通一個人的經脈對他來說就是舉手之勞，只要她挑個他心情好的時候跟他打個商量，說不定就成了呢。

雙眸泛光，爾爾滿懷欣喜地往大佬所在的方向一望。

結果就看見大佬所在的地方只剩了一片餘燼。

爾爾：？

她那麼大一個大佬呢？方才還在這裡的。

焦急地左右看了看，爾爾看見了像斷線風箏一樣往主筵臺外跌落而去的辛無，像在溼潤的宣紙上抹開的墨，破碎的身影眨眼便浸入雲層，再看不清。

而離燁，身形雖然比他穩些，卻也是脫力地墜出那片灰褐色的煙霧，紅衣烈烈，如火一般朝這邊跌過來。

想也沒想，爾爾飛身便衝了上去。

在她的想像裡，這樣救人的場景應該很漂亮，像大佬之前救她的時候，多金光閃閃，多衣袂飄飄啊。

然而事實是，她剛一接住離燁的身子，就被那強大的衝擊力撞得七葷八素，幾近暈厥。

離燁側頭看了一眼，瞧見她蒼白的臉色，不由地哼了一聲。

「逞什麼能。」

哆哆嗦嗦地抓住他的肩，爾爾單手抹了把臉，也不敢抱怨是他太重啊，只能忍氣吞聲地問：「您可還好？」

眉心皺了皺，離燁別開頭，語氣古怪地道：「問這多餘的話做什麼，我能有什麼不好的。」

「方才那麼激烈的打鬥……」

「我有八萬年的修為。」他打斷她，硬聲硬氣地道，「是妳這種低階小仙想像不到的境界，不管多激烈的打鬥，我不會輸。」

爾爾：「……」

到底是八萬年的上神，還是八歲的小孩子，怎麼就不會好好回應旁人關心。嘴硬這幾句，有什麼好處嗎？

唏噓地搖搖頭，她拍了拍他的背：「上神自然是最厲害的。」

臉色微沉，離燁道：「叫師父。」

「好的師父，沒問題的師父。」

經過這麼久的相處，爾爾已經知道了最佳的生存之道——不要和上神抬槓，上神說的一定是對的，如果錯了，那她先道歉。

這麼乖巧的小仙，沒有任何被掐死的理由。

心裡暗自佩服自己一番，爾爾接著他的身子，帶他落回了儲元上神的仙亭。

乾天還在旁邊吃果子，抬頭一看離燁這尊大佛又來了，臉色當即一垮：「我當真只是想安靜地吃仙果。」

「上神莫怕。」爾爾笑道，「應該打不起來了。」

辛無都走了，離燁看樣子又受了重傷，一定不會再毀掉一座仙亭了。

看見這裡有外人，離燁心情不是很好，抬手止住了爾爾要將他按到座位上的動作，沉聲道：「我只是路過此處，不便久留。」

「您這路過，未免太聲勢浩大。」乾天直搖頭，「不過也是有幾萬年沒在這地方瞧見上神現身了。」

「是啊。」儲元戒備地打量他兩眼，勉強笑了笑，「不知道的還以為這筵仙臺出了什麼問題。」

離燁冷眼盯著桌上的仙果：「來看幾個故友。」

能出什麼問題。

一聽這話，爾爾倒是鬆了口氣，還好還好，大佬不是專門來抓她的，那就沒事。

只不過，乾天上神看她的眼神為什麼突然古怪起來？好像有點意外，又有點同情。

「走了。」大佬不耐煩地轉身。

爾爾回神，連忙跟上去扶住他的手臂。

大佬修的是火系仙術，身上時常會有火光，爾爾每次碰他都覺得有些燙手，但這回一挨著，她有點意外。

他的小臂到手心，竟都是冰涼一片。

心裡一緊，爾爾警惕地看了看四周，然後踮起腳尖卯足了力氣支撐他的身子。

離燁納悶地側頭：「做什麼？」

「您是不是要撐不住了？」她壓低聲音，賊裡賊氣地貼著他小聲道，「沒關係，往我身上靠一靠，他們看不出來。」

「笑話。」離燁板著臉拂袖，「辛無何德何能讓我撐不住。」

「您臉色很差。」

「被風吹的。」

「哦。」爾爾點頭，撐著他的手又加了兩分力氣。

這行徑實在是太過於小看他，離燁十分不悅地道：「妳現在鬆開我，我還能走直線。」

「嗯嗯，知道知道。」敷衍地點頭，爾爾猶豫了片刻，還是將手裡的靈氣丸塞進了他嘴裡。

離燁黑了臉，張嘴就要吐，誰料這小東西突然跟吃了豹子膽一樣，伸手就捂住了他的嘴。

「我特地加了一層糖霜，甜的。」她氣呼呼地道，「好大好純的靈氣呢，不許吐！」

唯唯諾諾的模樣見得多了，她這張牙舞爪的樣子還真是新鮮，離燁意外地安靜了下來，靄色的瞳孔慢慢地在她臉上流轉。

大抵是老天爺沒有給她很好的修仙天分，所以給了她一張分外秀氣的臉，裝起可憐來分外惑人，就算是生氣，也跟小奶貓伸爪子似的，鼻尖微紅，眼波盈盈。

離燁想不明白她為什麼會覺得自己需要這丁點的靈氣，但在她看來，這丸東西許是個了不得的寶貝了，因為擔心他，所以她忍痛塞進了他嘴裡。

——擔心他。

這種感覺太過陌生，離燁有些不適地想搖頭，但腦袋微微一側，唇瓣就正好掃過她的手心。

面前這張臉「唰」地就紅了，指尖蜷了蜷，有點無措地看著他。

心口莫名就陷下去一塊。

「我咽了。」他悶聲道。

爾爾鬆了口氣，飛快地抽回手，想往衣裳上蹭一蹭，但面前的大佬不知為何一直盯著她，她也沒敢明目張膽地做這動作，只將手悄悄背到身後：「好些了沒？」

「嗯。」

應是應了，可他的身子依舊是冰涼的，爾爾探了探他的手心，皺眉搖頭，又踮腳想去探他的額。

離燁嫌棄地看著這短一截的小手：「我沒事了。」

「仙師說過，修火系仙術之人身子一旦冷下來，便極為危險。」爾爾嚴肅地道，「不能輕視。」

眉宇間滿是無奈，離燁慨慨地嘆了好幾口氣，終於還是拗不過她，將身子微微往前一低。

行雲飛出筵仙臺，迎面而來的光將兩人的身影勾勒，彷彿一棵參天大樹朝一隻鳥低下了高高的枝頭。

爾爾費勁地探上他的額頭，另一隻手摸了摸自己的，然後嘴裡嘟囔兩句，催動他的行雲走的更快。

燭焱早已回了上丙宮，雖然身上受了些傷，但他依舊站在宮殿門口候著。

離燁聽聞爾爾去了筵仙臺的時候臉色很不好看，他嘆息著想，待會兒要是教訓起來，有人在旁邊幫著勸一勸也好。

然而，等了一個時辰之後，燭焱沒等來血腥的教訓場面，只等來一隻嘰嘰喳喳說著話的小仙，和一位無奈扶額的上神。

「這是我在人間知道的法子，生病了捂被子睡一覺就好，您做什麼就不肯聽，床不是有現成的，我又不是小氣的人，借你睡會兒怎麼了。」

「我知道你們上神打坐調息講究風度，可風度又不能好好養傷，躺著定然比坐著省事。我還變了三個超軟的枕頭，裡面塞的是鵝毛誒，您當真不試試？」

「一時半會兒也別想著還往哪裡跑，您這冰涼的身子，再倒在外頭，可沒人能接得住的。」

彷彿五百隻鴨子在面前齊齊喊叫，燭焱聽得頭都大了，他愕然地看向前頭，發現離燁竟然沒發火，甚至神情裡還有一絲愉悅。

「燭焱，倒茶。」

「是。」變出兩個紙團塞住耳朵，燭焱強自鎮定地進門擺放茶具。

爾爾亦步亦趨地跟在離燁身後，見他又要去那高高的王座上，想也不想就伸手把他往旁邊的梨木桌邊拽。

這輕輕一拽，竟還真就把他拽動了。

燭焱捏著茶壺，欲言又止，最後硬生生咽下一口氣。

「茶在這裡。」他伸手把茶具放過去，頭也不抬地道，「丁氏還有些雜務，有勞爾爾小仙。」

「好。」爾爾接過茶盞，低頭嗅了嗅，眉頭一皺，「待會兒還要喝藥，這個茶不能喝，您且喝點溫水潤潤。」

離燁瞥了一眼溜得飛快的燭焱，等他的身影完全消失在了大門之外，才悶哼道：「誰要喝藥。」

「我知道上神都是無藥自癒，靠天地靈氣周轉，但您現在本就虛弱，能借助外物將養，又為何要去多花一份力氣？」

爾爾覺得自己實在像一個操心的老嬤嬤，但她不說，離燁是肯定不會自己想到吃藥的，畢竟是高高在上的大佬，寧願自己扛也不會想熬幾個時辰的藥。

於是她大方地捋起袖口：「交給我好了。」

要開口讓大佬平白幫自己打通經脈，那也怪不好意思的，總要有點付出，才敢要人幫忙。爾爾十分自覺地去宮殿門外搭起藥爐，順便在先前大佬替自己搶回來的那一堆東西裡翻找出有用的仙草。

等藥罐子裡咕嚕嚕冒起泡泡的時候，爾爾就起身回到了離燁身邊，使出渾身力氣將他拽上那華麗的拔步床。

軟綿綿的被褥被掖到了下巴，離燁臉色漆黑地躺著，就見她像哄三歲孩子似的拍了拍他的身子，「睡一覺起來就能喝了。」

「神仙是不需要睡覺的。」

「是嗎。」爾爾想了想，「可是睡覺真是一件十分美妙的事情，什麼也不用想，周身經脈也都能放鬆，運氣好的話，還能做上一個甜甜的夢。」

那是凡人才做的浪費時辰的事。

離燁想反駁，可她竟自顧自地嘀咕開了：「我曾經夢見過比房子還大的雞腿，那時候凡間正在鬧饑荒，宮裡也沒有肉吃，那夢把我高興壞了，醒來都彷彿還能嘗到肉香。」

「還有一次我夢見一隻兔子，遠看小小的，走近了卻有馬那麼大，毛又軟又白，馱著我一直在天上飛。」

越說笑得越開心，爾爾彎起眼眸拍了拍手，認真地朝他道：「您睡一覺吧，可甜可甜了。」

這就是她在人間像豬一樣睡得昏天黑地的理由？

離燁很嫌棄地皺了皺鼻尖，可她說話聲音又細又軟，叨叨咕咕地唸著，竟真讓他有了一絲睏意。

他的夢是不會甜的，離燁很清楚，他閉上眼，看見的只會是幾萬年前天上往下傾洩的流火，以及一個女人撕心裂肺的哭喊聲。

但他還是如她所願，安靜地闔上了雙目。

床邊說話的聲音突然小了一些。

「上神？」蚊子一般的呼喚。

離燁一動不動地睡著，就感覺她傾了傾身子，柔軟的指尖碰了碰他的睫毛。

「好長哦。」他聽見一聲感慨。

接著她起身，又回去了藥爐旁邊。

燒沸的火被調小，藥罐子裡依舊有咕嚕咕嚕的聲響，似乎是燙著了，她嗷了一聲原地跳了兩步，又躡手躡腳地走到窗邊，將厚厚的簾子放了下來，布料摩擦著她的手指，聲音絲滑圓潤。

這些嘈雜又細碎的聲響，離燁已經很久很久沒聽過了。

第28章　我有一個故友

但出乎意料的，他竟不覺得吵。

有人在身邊的時候，離燁一向不會放鬆警惕，可大概是因為爾爾實在太弱，構不成什麼威脅，他聽著聽著，居然真的覺得眼皮泛酸。

藥爐漸漸飄出苦香，爾爾嗆得鼻子一皺，捂著嘴打了個噴嚏。

這麼苦的東西，大佬是肯定不愛吃的。

不過沒關係，她存了好多糖在袖袋裡，有顏師姐送的桃子糖，太和仙師偷摸塞的麥芽糖，還有她自己爬去後山找的野蜂蜜，都裝在小罐子裡封得好好的，待會兒搓好藥丸，裹上一層糖衣就不難吃了。

爾爾特別愛吃糖，甜甜的總讓人覺得開心，理所應當地，她覺得大佬也一定會喜歡。

不過，藥丸怎麼搓的來著？

頭上冒出問號，爾爾沉默地看著面前的藥罐子，猶豫半晌，還是伸手變出一本書，學著人間大夫的模樣，有板有眼地唸叨：「向雷聲震處，一陽來復，玉爐火熾，金鼎寒煙。姹女乘龍，金公跨虎，片晌之間結大還。丹田裡，有白鴉一個，飛入泥丸。」

「哦——」她恍然地放下書。

然後繼續盯著面前的藥罐子沉默。

仙界的書什麼時候能簡單通俗一點，照顧照顧她這樣的凡人？這看了跟沒看一樣。

要不就用藥渣隨便搓搓吧，反正大佬也不知道人間的藥丸長什麼樣子。

說幹就幹，爾爾捋起了袖子。

離燁醒來的時候，外頭已經是一片漆黑。

他半撐著身子坐在床上，皺眉看著身上蓋的花裡胡哨的被褥，眼底有些戾氣。

神仙果然是不該睡覺的，一睡下去，能夢見幾萬年的糟心事，還不如打坐來得清淨。

「您醒啦？」有人朝這邊撲了過來。

離燁煩躁地抬頭，眼前卻驟然出現了一個長條狀的瓷盤，淺綠色的盤底上放著十顆大小不一的丸子。

他頓了頓，看向端著盤子的人。

爾爾笑得開心極了，露出一排又白又齊的小米牙，雀躍地朝他道：「您看看，就您睡這一會兒的功夫，小仙搓了這麼多寶貝出來！這是山楂味兒的，這是蜂蜜味兒的，這是桃子味兒的。」

盤子往他面前湊了湊，她期盼地看著他：「您挑一個嘗嘗？」

悶哼一聲，離燁隨手撿了一丸扔進嘴裡。

「……」

什麼玩意兒這麼甜？

眼角微抽，離燁便生生將這東西咽進肚子，張嘴想嫌棄兩句，卻見那張殷切的臉猛地在自己眼前放大。

「是不是很好吃，一點也嘗不出來是藥？」她眨眼。

就是因為嘗不出來是藥，他才覺得難吃，藥就該有藥原本的香味，裹一層糖是什麼吃法，先前的糖霜就算了，味道不重，可這一丸真是甜得發膩。

這若是讓太上老君嘗到，肯定把她五花大綁扔下九霄。

——心裡是這麼想的。

但離燁開口，說的卻是：「嗯，好吃。」

爾爾高興地拍了拍手，轉身就將剩下的丸子裝進瓷瓶，往他袖袋裡一塞：「一天吃三顆，保管您這傷好得快。」

怎麼聽怎麼像江湖上招搖撞騙的神醫口吻。

不過，離燁出奇地平靜了下來，眼底的戾氣消失，僵硬的身子也慢慢柔軟。

他靠在軟枕上，半抬著眼皮看她：「妳有話想與我說？」

爾爾正在心裡打小九九呢，冷不防被他拆穿，當即就挺直了背：「沒有！」

「沒有？」

「……其實說來，也是有的。」心虛地垂下腦袋，爾爾瞥他一眼，手指絞在一起打轉，「但不著急，等師父休養好了再說。」

看一眼她微微發紅的耳根，離燁眉梢微動，心想這修煉才剛有了些起色，就又開始動歪心思了？低階小仙果然很難帶，連紅塵都沒斷盡，哪裡能修得大成。

暗暗搖頭，他道：「妳伸手。」

爾爾一愣，看一眼他臉上那了然的神色，心想大佬不虧是大佬，這就看穿她想要他幫忙的意圖了。不過他好像沒有要拒絕的意思，甚至讓她伸手，那她離經脈全通，豈不是就差一步？

盡量按住自己上揚的嘴角，爾爾乖巧地將手腕伸到他面前。

離燁以氣灌入，探了探坎澤的情況。

似乎讓她修煉火系法術的效果甚好，坎澤的氣息被牢牢壓制著，雖不至於涅滅，但難成氣候。

眉頭漸鬆，他難得地放緩了語氣：「想要什麼，現在說也可以。」

大佬臺階都給到這個份上了，爾爾覺得自己也不能不識趣。

於是她雙手合十，虔誠地朝他一拜：「還請師父助我打通七經八絡，小仙願以萬年侍奉為償，為師父上刀山下油鍋在所不辭！」

離燁：「……」

方才咽下去的藥丸好像這時候才堵住了喉頭，他劇烈地嗆咳起來，視線狼狽地移開，捂著心口咳得臉側泛紅。

爾爾連忙伸手想替他順氣，卻不想還沒碰到他，就被飛快地避開了。

「妳跪下。」離燁微惱。

難得見他這麼怒形於色，爾爾一抖，也沒想明白自己哪裡說錯了，很沒出息地立馬聽話跪得端正。

「此事莫要再提。」離燁沒看她，只死盯著床上堆放的被褥，語氣又惱又帶了點古怪。

爾爾心裡納悶，乾天上神說起此事的時候十分輕鬆，她以為在九霄上是尋常事呢，沒想到大佬這麼反對，那先前還探她的經脈做什麼，害她誤以為他料到了。

況且，何必這麼嚴肅嘛，先前他不也替自己打通過兩個穴位？當時也沒說什麼，怎麼一說七經八絡就如此生氣。

難不成是需要耗費的精力太多，大佬不樂意？

思前想後，爾爾斟酌著道：「師父不妨多思量一二，徒兒覺得此舉能省下不少事，徒兒若是修為有長進，以後也能少給您添麻煩。」

藉口，都是藉口，她就是賴上他了，想與他做仙侶。

離燁冷哼著想，七經八絡是那麼好通的？男兒身也就罷了，女兒身有自己獨特的經絡，他若助了她，便是與人間的洞房沒什麼兩樣。

她到底是有多歡喜他，才會不管不顧地提出這樣的想法？

不知羞！

氣哼哼地朝著床裡生了好一會兒悶氣，離燁漸漸冷靜下來，低頭看了看自己的手。

其實也不怪她，與他這樣萬裡挑一的上神朝夕相處，誰不情動誰傻子，她也就是個剛上九霄的小姑娘，有想法是正常的。

但就是……沒法這麼輕鬆地答應她。

脖頸有些熱，離燁扯了扯衣襟，也不知道該答什麼好，乾脆揮袖下床，步履帶風地往外而去。

「師父？」爾爾茫然地看著他的背影，見他頭也不回地消失在了門外，才跪坐下來嘆了口氣。

這提議好像是有些不要臉哦？平白要人家幫忙，就算只是舉手之勞，那也是要花力氣的，大佬不願意她也不能不高興。

只是……有點莫名的羞愧。

往自己手心呵了一口氣，爾爾垂著眼眸想，要是她再強點就好了，再強點，也不用求別人幫忙，自己就可以打通經脈，飛升上仙。

以她現在的本事，就算左填右補，也得再花個幾百年。

沮喪地拍拍自己的腦袋，爾爾長嘆一聲。

她這樣想走捷徑偷懶的人，大佬肯定很嫌棄，別說大佬，她自己也有點不喜歡。

還是老實修煉吧。

再看了空蕩蕩的門口一眼，爾爾轉身爬回了床上，盤腿開始打坐。

燭焱正在丁氏仙門境內與人說事，冷不防覺得一股熟悉的神力飛速朝這邊靠近。

心裡一驚，他下意識地吩咐身邊的人：「去結防禦界，把還在門裡的上神都請去。」

這氣勢，多半是那位上神心緒不定又發脾氣了，得早做準備。

然而，他剛說完，離燁就已經站到了他的面前。

「……上神安好。」他額上出了冷汗。

四周的人都飛快地退散，只留下一片空曠的仙臺，離燁站在玉欄杆前，臉色很不好看。

「燭焱。」他道，「我有一個故友，方才被女仙求做仙侶。」

這開場來得實在特殊，燭焱愕然了好一會兒才應道：「這是好事啊。」

仙侶一起修煉，事半功倍，九霄上除了他這個倔脾氣，誰會不樂意？

「不是好事。」離燁冷著臉道，「麻煩極了。」

燭焱：「……」

方才被這位上神的突然出現給亂了心神，眼下平靜些許之後，他突然聽出了不對勁。

離燁這孤僻的性子，哪來的什麼故友？

再偷瞄一眼這嚴肅的神情。

得，說的多半是他自己。

燭焱不由地感慨，爾爾小仙厲害啊，竟能把離燁逼得騰雲駕霧地來找他，還是因為求仙侶？

忍住即將溢出的笑意，他拱手道：「仙侶豈是什麼麻煩事，只要情投意合，自是大有益處的。」

「有什麼益處。」離燁斜他一眼。

為難地咳嗽兩聲，燭焱含糊道：「小仙也尚無仙侶，自是不太清楚，不過您瞧艮圪，原也不過是年輕真君，自從有了仙侶之後，境界飛躍，再過不久，許是要位列上神了。」

不屑地嗤笑，離煒道：「他那半吊子的功夫，做上神也是個靠著變幻術嚇唬人的。」

「艮圪自是不比您的資歷，但小仙以為，仙侶自是有不少好處的，您那位故友若是不願意，您就算為了他好，也該多勸勸。」

勸勸嗎。

離煒沉默地看著天邊的雲，半晌之後才幽幽地道：「再說吧。」

燭焱笑而不語。

四周已經準備好的防禦結界似乎用不上了，他擺手示意遠處的人收手，然後安安靜靜地陪著離煒矗立。

離煒在九霄上沒有什麼特別親近的人，就連燭焱，也只是因為離丁兩門皆修火道，而他掌管丁氏雜務，需要時常與他彙報才多說兩句話。

乍然遇見這樣的事，他也只有燭焱可以說上兩句，並且燭焱十分給臺階，他很順利地就跟著說服了自己幾分，平息下心境開始往回走。

要他一口答應這種事，上神骨子裡帶著的高傲是不允許的，但若真做仙侶，他便可以名正言順地借她壓制坎澤，雖然可能會時不時吃到一些發膩的糖丸，但算下來，好像也沒虧什麼。

心裡先前那一股焦躁不安已經消失，離煒往上丙宮的方向抬步，想著如果她接下來表現更好一些，又再態度誠懇地央求兩回，那他勉強答應也不是不行。

然而，真的回到她面前，離煒發現，方才還一個勁企圖說服他的小東西，眼下竟連迎他都未迎，小小的身子縮在那座拔步床裡，正專心致志地捏著新學的訣。

第29章　水月鏡花

空氣裡有冰火衝撞的亂流，她練得顯然比之前任何一次都認真，但由於坎澤的存在，她額上疼出了一層薄汗。

疼啊，這是真疼，比上一回還要疼。

爾爾有些坐不住，可一想自己總不能坐以待斃，便還是強壓住身子，咬牙忍著。

她太嬌氣了她知道，修仙是不能怕疼的，可是，這疼得太過分了，她下意識地就想放棄修火道，改抽一絲水道仙力，潤澤自己五臟六腑的灼燒感。

然而這小心思一起，她就察覺到離燁大佬的氣息在自己身邊站定。

背脊一涼，爾爾啪地就將剛引出坎澤仙力給拍回了黑暗裡。

坎澤：「……」

被關了許多天，好不容易有得見天日的機會，她怎麼就這麼慫。

不慫行嗎，爾爾將眼皮掀開一條縫，瞥了一眼床邊站著的人。

她方才的提議果然是太不妥當了，大佬出去晃了一圈都還沒消氣，靄色的眸子瞪著她，眼神可怕極了。

輕輕打了個哆嗦，爾爾收了周身流動的靈氣，下床恭恭敬敬地朝他行禮：「您回來了。」

離燁「嗯」了一聲，不冷不淡的，看著她的目光依舊沒有移開。

這是何意？爾爾納悶地歪了歪腦袋，覺得他好像在等她開口說什麼，可她也沒什麼要說的了啊。

兩廂尷尬地沉默片刻之後，離燁不悅地道：「妳杵在這裡做什麼。」

爾爾一愣，連忙側身讓路，順帶把拔步床都往旁邊挪了挪，給大佬騰出一條路來：「您請。」

「……」

他是這個意思嗎？

十分嫌棄她這不靈光的腦子，離燁哼了一聲抬起下巴：「很想快些飛升？」

「這是自然。」想起先前的不愉快，爾爾十分懂事地補上一句，「徒兒會自己多下功夫的。」

她這點資質，下功夫也無用。

抬手揉了揉眉心，離燁突然道：「餓了。」

「嗯？」爾爾以為自己聽錯了，「餓？」

上神怎麼會餓？不是早就辟穀了嗎。

「想吃點有趣的東西。」他接著道。

這回沒聽錯，爾爾的第一反應立馬就抱住了自己，戒備地看著他。

才跟辛無打過一架而已，怎麼就也染上吃人的壞毛病了？

離燁用看傻子的眼神盯了她半晌，然後頗為無奈地別開頭：「讓妳做，不是吃妳，妳算什麼東西。」

爾爾：「……」

雖然最後這句話似乎不是嘲諷的意思，但聽著怎麼就那麼不舒坦呢？

意識到大佬可能是覺得她太閒了想指使她，爾爾十分有寄人籬下的自覺，當即就去了一趟人間。

人間她熟悉得很，用一塊金子就能換來鍋碗瓢盆、籬笆、雞鴨魚鵝。

將這些東西往上丙宮周圍一放，爾爾覺得這冰冷高大的宮殿瞬間溫暖親人了起來，炊煙在宮殿後升起，雞鳴鴨叫，像極了她以前住的明珠臺。

蓋上大鍋裡飄香的燉菜，爾爾滿意地舒了口氣，覺得這才是神仙該有的逍遙模樣，寧靜、祥和、溫……

柔。

最後一個字卡死在了轉頭看見的畫面上。

爾爾瞪眼，愕然地看著掐住大鵝脖頸的離燁，呆了半晌才想起來撲上去：「師父，還沒到殺鵝的時候！」

離燁額角青筋直跳：「太吵了。」

他就是想找個藉口讓她立點功勞，然後明正言順地答應她做仙侶，她倒是好，找回來一群嘰嘰喳喳的東西，聽得他想殺人。

「這鵝的命和妳自己的命，妳選一個。」他紅著眼道。

爾爾立馬後退十步，拱手作請：「我們可以多加一道菜，您請，我待會兒多放點香料。」

離燁冷哼，手上想用力，餘光卻又瞥見她那故作鎮定但十分驚恐的眼神。

周身氣息一定，他皺眉想，自己這模樣是不是有些凶神惡煞了？她膽子本來就小，這種場面看多了，怕是再也做不了什麼香香甜甜的夢。

心念起，手就鬆了，劫後餘生的大白鵝恐懼地看了他一眼，張著翅膀疾步跑開了。

嗯？不殺鵝了？

想起他說的鵝和她只能留一個，爾爾瞪眼，霎時也想張開翅膀跑走。

「妳怕什麼。」離燁斜眼。

「不不不怕，我我我怎麼會怕師父呢，不不不怕的。」

還不如不解釋。

翻了個白眼，離燁抬步轉身，坐去了梨木桌之後，一副等著上菜的模樣。

爾爾不敢怠慢，連忙加快了手上的動作。

她雖然廚藝不厲害，但修仙之人都不愛吃飯菜，是以勉強做來兩道，還算是能入大佬的眼。

畢竟大佬也沒見過正常的飯菜該是什麼樣子的。

五盤葷素俱全的菜肴擺上來，爾爾忐忑不安地在他身邊坐下，手放在膝蓋上搓了搓，想拿筷子先嘗嘗。

結果大佬開口道：「這裡少了點東西。」

他點了點碗邊的空位。

爾爾明白了，立馬起身道：「徒兒去尋酒。」

天上好酒者甚多，找酒不是麻煩事，可等酒拿回來，大佬竟然又道：「再來一盤甜點。」

爾爾馬不停蹄地又出去了。

「烤玉米呢？」

爾爾點頭，轉身又奔出門。

來回幾次，一桌飯菜已經全進了大佬的肚子裡。

氣喘吁吁地看著桌上的空盤，爾爾突然後知後覺地發現，大佬好像是在故意折騰她誒？

先前就聽聞離燁上神睚眥必報，可她沒想到，就提一句打通七經八絡而已，竟會惹大佬記仇至此。

自己做的菜自己沒嘗到，爾爾委屈地叼了一個饅頭開始收拾桌子。好死不死的，離燁吃飽喝足之後，竟幽幽地問了她一句：「現在還有什麼想要的？我給妳個機會，妳再說來聽聽。」

在離燁的想法裡，自己吃得很開心，那就算一件大功勞，他可以答應她的無恥請求，渡這個小仙一把。

然而在爾爾的眼裡，這話就好比一個巨大無比的惡魔，捏著鐵叉子抵在她的喉嚨上，陰森森地問她：還敢提什麼要求嗎？

不敢了不敢了。

驚恐地搖頭，爾爾擺得手都有了虛影：「沒有想要的，您高興就好。」

離燁：？

他茫然地看著面前這小東西像衣裳著火了似的衝出了上丙宮，叮鈴哐啷地開始收拾碗筷，心想是不是這個臺階不夠，她自己覺得不好意思，所以不敢開口？

於是接下來，爾爾遭遇了自己人生裡最大的磨難。

早晨天不亮她就被大佬連被子一起拎到了上丙宮門口，開始吐納天地靈氣，晌午給大佬做飯，要三葷一素加湯，晚間便被指使跑腿，沒有行雲，全靠腳力穿梭於上丙宮和下辛宮之間。

短短半個月，爾爾的鵝蛋臉就瘦成了瓜子臉。

她哭喪著臉扒拉著下辛宮的門弦，心想大佬身邊果然不是那麼好待的，偏生離燁不止從身體上折磨她，還要隔三差五地問她一句：「有什麼想要的嗎。」

這無異於是在摧殘她弱小的心靈。

爾爾絕望地想，要不她去找別人幫忙吧，只要將這經脈疏通，飛升上仙，那這件事便能翻篇了，大佬也不至於一直耿耿於懷。

可是，九霄上的人她熟悉的沒幾個，除了大佬，還能找誰幫忙？

「啊呀，這可就巧了。」有人路過她身側，突然停下了步子。

墨色的長靴靴頭一轉，正對準了她：「你怎麼在這裡。」

像蛇信子從後頸劃過一般，爾爾打了個寒顫，她緩緩抬頭，目光掃過這人微微敞開的衣襟，最後落在他蒼白的臉上。

「辛無上神。」爾爾有些意外。

這位竟然還好端端的？她以為主筵臺上被重傷，至少也得閉關個幾百年。

「妳這不吉利的眼神，最好別用來看我。」舔了舔雪白的尖牙，辛無笑瞇瞇地看了看她後頸上的淺痣，「容易被吃掉哦。」

縮了縮脖子，爾爾正想回話，卻見燭焱快步從宮殿裡出來，站在他身側道：「上神，這是上丙宮來的信使。」

言下之意，不能吃。

辛無甚覺沒趣地瞥他一眼：「我會不知道？」

好不容易遇見這小可憐，總要戲弄兩句才不虧。

「正好我要去上丙宮。」他站到爾爾身側，看向燭焱，「就不用你引路了。」

燭焱皺眉，欲言又止地看向爾爾，後者也不知在想什麼，略微走神地點頭道：「我能引路。」

「如此……那便請小仙將此物一併帶回上丙宮。」燭焱拿出一方靈盒，十分小心地放進了她手裡，然後笑道，「總歸上丙宮那邊也在等著這個。」

辛無白了他一眼。

老狐狸就是老狐狸，怕他把人怎麼樣了，還拿鏡花水月來做她的護身符。

今日辛無是按照約定來送鏡花水月的，雖然上回與離燁算是不歡而散，但吧唧獸他很喜歡，並且借他鏡花水月也不是什麼壞事，他樂意看這個熱鬧。

有鏡花水月所在之處，神仙舉止皆會被記下，燭焱是不放心這個小仙，才讓她將其帶在身上。

不過這小仙品階低，想來壓根不知這寶貝的效用，接過來竟直接揣進了懷裡。

瞥一眼她的衣襟，辛無笑了一聲。

爾爾正在糾結七經八絡之事，完全沒注意到旁人的神色，只跟著辛無上神坐上行雲，長嘆一口氣歇了歇自己發酸的腿。

「在上丙宮很辛苦？」辛無笑著問她。

可能是今日陽光甚好的緣故，爾爾覺得辛無好像也沒那麼冰涼，問話裡甚至帶了些善意。

於是她很實誠地答：「是有些。」

最近的大佬跟瘋了一樣的折騰她，要不是她毅力過人，早捲舖蓋回老家了。

「要真待不下去，不妨來我這裡。」辛無道，「妳是很好的苗子，我能教妳的東西，未必比離燁少。」

「多謝。」爾爾撇嘴，「但我師父挺好的。」

「他哪裡好？」辛無翻了個白眼，「作為一門之主不理麾下事務，凡事都扔給燭焱，毫無擔當，作為上神渾身戾氣濫殺無辜，目無天規，作為師父還讓妳這麼久了都只是個小仙，毫無助益。」

爾爾很想替大佬反駁兩句，但辛無上神說的都是實話，她欲言又止半晌，最終還是只能嘆一口氣。

「也不怪他。」她悶聲道，「是我太笨，修煉不到家，不過再過幾百年飛升也不晚。」

「還不晚呢？」辛無哼笑，「妳若跟了我，我現在便可以帶妳飛升。」

這話是有些調戲的意味的，但不了解七經八絡到底怎麼一回事的爾爾小仙只當正常話聽了，甚至認真地想了想。

如果真的要找一個人幫忙，那辛無上神如何？

她撐著下巴，陷入了沉思。

胸襟裡的靈盒發了發光，像夜裡的螢火蟲。

第30章　與別的女仙沒什麼不同

離燁一個人在上丙宮裡坐著。

王座旁邊有高大的龍形石雕，光從側面的窗戶進來，總是能將他籠罩在陰影裡，只剩靄色的瞳孔，泛著森冷的光。

要是之前，這畫面便是清冷而孤寂的，偌大的宮殿裡，只有他一個人的氣息。

然而現在。

外頭的籬笆裡傳來咯咯噠的雞叫，被他掐啞了的大白鵝揮著翅膀咻地從門口踏過，落下幾片鵝毛；爐子裡煮著的梨子水咕嚕嚕冒著泡泡，一頭蠢驢嗅見香氣，劃著蹄子就嚎了起來。

離燁實在很想發火。

他這是上丙宮，又不是農家小院，養這麼多亂七八糟的東西做什麼，吵吵嚷嚷的，讓他片刻都不得安寧。

昨天夜裡他很想趁著爾爾睡著的時候把那頭蠢驢先踹下九霄。

然而不知道為什麼，方才還睡得好好的人，突然就穿著長長的睡裙飄到他跟前，眼神哀怨地問：

「牠不乖嗎？」

廢話，整天就知道嚎的驢子，能乖到哪裡去？

離燁很想按著她的腦袋讓她看看周圍的神石天寶，這是養驢的地方嗎！

可是，半睡半醒的人脆弱極了，一雙眼帶著水光看著他，眼巴巴的，又委屈又討好，好像他只要說個不，她立馬就要痛不欲生。

於是離燁忍氣吞聲地收回了想踹驢的腳。

也不是心疼她，他一介上神，能對個小仙有什麼心思？就是，就是不想多添麻煩，想著她多少還幫著他在壓制坎澤，那讓她兩分也無妨。

結果今天這蠢驢就用嘲諷的眼神看著他，一邊嚎還一邊劃蹄子。

離燁冷著臉聚起了神火。

空氣裡突然傳來「叮鈴」一聲響。

「師父，有客到。」爾爾的聲音隨之傳來。

手上動作一頓，離燁凶神惡煞地將火收了回去，然後坐回陰影裡，重新掛上冷寂又孤傲的氣息。

爾爾引著辛無跨進了門。

辛無神色複雜地看了看門邊的籬笆和灶臺，差點退出去重新看門楣。

走錯地方了吧？

然而進去抬頭，上面坐的又的的確確是離燁那個畜生。

他不可思議地「嘖」了一聲。

離燁坐在這兒可不是想等他來的，垂眼一見這個人，他便開口：「我跟燭焱說過，東西他來送。」

言下之意，你大可不必出現在這裡。

這麼明晃晃的逐客令，換做旁人定是尷尬難堪，可辛無倒是很自在，像沒聽見他的話一般，自己給自己變了一張貴妃榻，然後懶懶散散地往上頭一坐。

「燭焱把寶貝給了你這小徒弟，她這點修為若是沒我護著，指不定半路就被人截了去。」

離燁冷眼看向爾爾，後者連忙把懷裡的東西掏出來往他面前一呈：「在這兒，我沒弄丟。」

接過盒子，離燁也沒打開，只淡淡地道：「九霄上隨便一個人都知道妳修為低下，妳不去修煉，還到處亂跑？」

辛無：？

罵爾爾還是罵他呢？

爾爾覺得冤枉：「出門之前已經打坐了好幾個時辰，是有事想問燭焱真君，這才出去了一趟。」

「有什麼事是他知道我不知道的，妳要跑這麼遠。」離燁覺得她在找藉口，「若是連心都靜不下來，不妨早些牽那蠢驢回人間去。」

爾爾：「……」

一旦有外人在，大佬就好嚴苛哦。

不過也不能怪他，若是她是上神，收到一個這麼笨的徒弟，也難免覺得沒面子。

只是，她的確沒有偷懶，去找燭焱原本是想問有沒有自己衝破七經八絡的法門，沒想到半路遇見辛無。

在大佬眼裡，解釋就是掩飾，她識趣地沒有再多說，只沮喪地垂著腦袋，回去一側的屏風後頭，立下隔絕界，開始修煉。

「這都多少年了，你還是這麼沒人性。」辛無看得嘖嘖搖頭，「就不怕傷了小姑娘的心。」

「與你無關。」離燁不悅地將目光落回他身上，「時候不早了，你還留在這裡？」

「水月鏡花都雙手奉上了，我還不能多坐片刻？」辛無哼笑，「有本事你將我拍個魂飛魄散，這樣我就不會再來礙你的眼。」

如果可以，離燁很想成全他，但辛無是不死之身，不管打鬥多少次，他都毀不了他的結元。

天地造物就是這麼不公允，有的神仙修煉萬年才能求一個結元牢靠，而有人生下來就不死不滅。

移開目光，離燁道：「你有話直說。」

說完快滾。

辛無輕笑，饒有興味地看著他道：「你這小徒弟跟著你也是委屈了，不妨就給我帶著吧，我能教她的東西，比你教的更適合。」

離燁抬起了手。

「誒，上回就沒讓我說完，你這回好歹聽我說完。」辛無擺手，「看你也算疼她，容得她在這上丙宮胡鬧，那也該知道她身上水象靈氣極重，強行修煉你的仙術，只會傷了五臟六腑。」

眼皮半垂，離燁冷笑一聲，沒有接話。

辛無還想再說，猛地卻意識到了什麼。

「你……」他挑眉，「故意的？」

他都能察覺的東西，他這個天天跟小姑娘在一起的人怎麼可能毫不知情。

畜生果然是畜生，也不怕人家小姑娘知道真相之後哭鼻子。

辛無起身，揮手收掉貴妃榻，一邊搖頭一邊往外走：「小心遭報應啊，上神。」

尾音裡帶了些嘆息，聽得離燁不高興極了。

他這殺人無數的魔頭，有立場來勸他小心報應嗎。

況且，若是怕報應，他一開始就不會對坎澤下手。

拂袖闔上上丙宮的宮門，離燁老大不爽地坐在王座裡，生了一會兒的悶氣。雖然自己也不知道自己在氣什麼，但是他很快開解了自己。

辛無喜歡多管閒事是他的問題，旁邊那小東西再怎麼說也是對他死心塌地的，他就算把人給出去，她也不會願意。

這麼一想心裡就舒坦多了，離燁打開手裡的靈盒，將先前收著的鑰匙也一併拿了出來。

幾萬年前九霄上曾發生過一場大戰，當時他神識尚未清醒，不能得知情況，但這水月鏡花在場，自然是記錄下了他想知道的東西。

既然是寫入了造物冊的天地至寶，水月鏡花當然是極有靈性的，不用他一天一天地去翻，自己就能展現持有者最想知道的事。

玉石落進紫色光團的凹槽裡，靈盒裡那一抹光突然如煙霧一般嫋嫋升起，在他面前擴散成一塊水鏡。

水鏡一開，露出的便是一雙白嫩的手，和微微敞開的淺粉衣襟。

離燁：？

他下意識地瞪了這法寶一眼。

說好的靈性呢，他想看的是這個？

開什麼玩笑！

鏡面顫了顫，似乎是察覺到了他的怒意，連忙將聲音一併放了出來。

「在上丙宮很辛苦？」

「是有些。」

「要真待不下去，不妨來我這裡。」

「……」

離燁聽出來了，這是在回來的路上，辛無企圖拐騙他的小徒弟。

哼笑一聲，他撚了撚拇指。

那小東西全部的心思都花在怎麼討他歡心身上，哪裡有空搭理這老不死的玩意兒，自討沒……

心裡的話還沒想完，離燁就聽得那嬌俏的聲音繼續問：「上神，打通一個人的七經八絡，需要耗費施法者多少年的修為？」

「七經八絡？」辛無笑了一聲，「妳想做什麼？」

「想找人幫忙，又似乎有些耽誤人家修煉，所以若是上神知道要耗費多少修為，那小仙提前將丹藥備好以做補償，說不定就能得人應允。」

「若是旁人，自要花上千年修為，妳攢幾年也不一定能攢到那麼多丹藥。」辛無悶笑，「但妳若真想找人幫忙，不若找我，我不差這點東西。」

爾爾驚訝地看了他一眼，然後認真地思考了起來。

「慢慢想。」辛無舔了舔牙尖，「想好了只管去找我。」

……

聲音到這裡便消失，只留下了一陣陣呼嘯的風。

離燁覺得自己是心平氣和地在聽的，不就是一個沒有出息的徒弟，和一個不正經的魔頭的幾句調笑，他活了幾萬年了，什麼場面沒見過。

但是，莫名的火氣壓也壓不住，從他身上傾洩而出，一路蔓延，燒得宮殿外的雞鴨都開始慘叫。

她就這麼想飛升上仙，想到隨便同誰結仙侶都可以？

是他低估了這些小仙的無恥程度。

還以為她滿心都是自己，沒想到在她眼裡他也就是個對她修煉有助益的人而已，求得到便求他，求不到便轉去求別人。

真是廉價又虛偽，跟別處那些個女仙沒什麼兩樣，機關算盡，曲意逢迎，為的不過都是走捷徑飛升。

黑色的戾氣浸透火焰，比往常都來得凶猛，離燁也沒有要收斂的意思，任由那黑氣纏繞著炙火，將屏風後頭立下的結界一點點燒碎。

正在修煉中的爾爾突然察覺到了不對，一個激靈回了神。

怎麼回事，空氣裡為什麼有烤肉的味道？

低頭嗅了嗅，她看見了蔓延到自己盤坐的腿上的火焰。

！

驚跳而起，爾爾咻地飛躥到旁邊的雕龍柱上，慌張地喊：「師父，著火了！」

離燁單翹著腿坐在王座上，側過臉來看著她，神情麻木又冷漠。

爾爾被他看得打了個冷顫。

不是沒有見過他生氣的模樣，可眼前這樣子實在太可怕了，彷彿又回到了那個預示夢裡，他回過頭來看她，下一瞬就要抹掉她的存在。

手腳冰涼，爾爾滿肚子疑惑，還是忍不住多問一句：「我做錯了什麼嗎？」

高傲如離燁上神，自然是不會回答她這個問題的，只伸手虛空一張，將她捏在石柱上無法動彈。

然後他的氣息便爬上來，蠻橫地從她手腕上的舊傷侵入她的四肢百骸，粗暴地搜尋著什麼。

彷彿被人架在火上烤，爾爾疼得雙頰通紅，摳著石柱的手都破了皮。

「真可憐。」

錐心的疼痛侵蝕之中，爾爾又聽見了坎澤的聲音。

「妳這樣的小仙，想憑一己之力扭轉大局，還是太天真了。」

似乎也被火燒得不舒服，坎澤聲音有些沙啞：「叨擾良久，也實在有愧，臨走之前，我也該送妳點小東西。」

臨走？

瞳孔微縮，爾爾後知後覺地發現，大佬這道火不是衝她來的，竟是衝坎澤來的？

可是，坎澤與她的周身經脈早已相融，要讓坎澤消失，那豈不是……

還沒來得及想到後頭，一陣鋪天蓋地的刺痛便在心口炸開。

第31章　天道自有因果

最後一絲意識消失之前，爾爾想，九霄真是個討人厭的地方。

自打來了這裡，她就在不停地忍受各種各樣的疼，好像要把她這幾百年少經歷的痛苦統統都補回來似的，太不招人喜歡了。

而且，離燁上神是真的很不講道理，很冷血，很沒有人性。

坎澤說得對，她太天真了。

黑暗如潮水一般湧上來，爾爾的瞳孔逐漸渙散，不消片刻就像一片枯葉，搖搖晃晃地從石柱上落了下去。

……

「無端怒火，你失控了。」

「沒有。」

「隨你怎麼說，我走了，她也該回去了。」

「……」

「你真是一個瘋子。」

細細碎碎的對話傳來，爾爾覺得很吵，不由地皺眉翻了個身，扯過被子捂住腦袋。

不久之後，人聲消失得乾乾淨淨，四周傳來熟悉的鳥鳴和石磨轉動的聲響。

心裡莫名安定下來，爾爾放心地睡了一覺。

等醒來的時候，外頭已經是晨曦時分。

爾爾捏著陌生的被褥，茫然了好一會兒才意識到自己還活著。

被離燁上神的神火裡外燒了一遍，她竟然還活著？

詫異地探視自己的神識，好像已經沒有坎澤的聲音了，五臟六腑雖然留下了被灼燒的痕跡，但不致命。

「坎澤？」她下意識地喊了一聲。

沒有人回答她。

後知後覺想起先前坎澤的話，爾爾有些怔愣。

離燁是察覺到了坎澤的存在才發這麼大的火，直接控制住她以蠻力摧毀結元？

可是為什麼呢？之前一直瞞得好好的，她甚至還立下結界在修煉，大佬先前都沒發現，怎麼也不可能在這時候發難。

除非他是一開始就知道，然後被什麼事激怒，覺得坎澤不能再留。

也就是說，她那小心翼翼的試探和隱瞞都多餘得很，大佬一開始就把她當做了坎澤結元的容器，努力讓她修火道，等仙力足以遏制坎澤、將他困住的時候，他便能收網。

大佬不愧是大佬，好厲害的心計哦。

有氣無力地給他鼓了鼓掌，爾爾覺得難過。

她都這麼努力了，還是當不了大佬懷裡的貓，百年之後，依舊會灰飛煙滅，化作世間一粒塵埃。

早知道就不給他烤玉米了！

腮幫子鼓了鼓，爾爾翻開被子想下床。

「再躺會兒吧。」旁邊突然傳來舌靈鳥的聲音。

爾爾嚇得一縮腿，扭頭往左邊看，卻見坎氿安安靜靜地坐在一側，目光柔和地看著她。

「妳傷重，差點落下九霄。」舌靈鳥一板一眼地模仿自己主人的語氣，「在下恰好路過雲海，是以將姑娘帶了回來。」

也就是說，大佬將她扔出上丙宮了。

鼻尖有點泛酸，爾爾努力吸了吸，悶聲道：「多謝。」

見她神情鬱鬱，坎氿體貼地沒有多問，只將一塊權杖放到了她手邊：「這是妳的。」

碧綠色的玉牌，上頭一個坎字，哪裡會是她的東西？

爾爾實誠地搖頭：「我不認識。」

坎氿一頓，肩上的舌靈鳥也歪了歪腦袋：「坎氏掌權人的玉佩，妳自是該不識得，只是，它該是妳的。」

爾爾：？？

坎氏的人是瘋了嗎，掌權人沒了另立就是，這得多飢不擇食，才會選到她頭上？

「姑娘別誤會。」舌靈鳥道，「是玉佩自己認的主，坎氏掌權人已有候選，這玉自願跟著您，我等也毫無辦法。」

說著，那黑芝麻一樣的小眼珠好像還朝她翻了翻，十分嫌棄。

爾爾挑眉看向這玉佩。

坎澤已經不在她這裡了，還認她做什麼？不過這玉種倒是極好，若是哪日困難，還能拿去換點東西。

似乎是察覺到了她的想法，玉牌顫了顫，咻地化成一道光飛進她的心口，不見了。

爾爾只覺得心間一涼，想伸手抓都沒來得及。

「噯，還能這樣？」她不滿地撓了撓下巴。

坎汎笑了笑，然後舌靈鳥問她：「姑娘應該是上丙宮的人，可在這兒睡了兩日有餘，怎也不見那邊來人尋？」

不說還好，一說爾爾又耷拉了腦袋。

「沒什麼。」她故作豁達地道，「上丙宮不適合我，我想轉投別的仙門。」

坎汎覺得她有話沒說完，肩膀一動，舌靈鳥就撲著翅膀落到了她身上。

然後爾爾就聽見舌靈鳥用比先前大了三倍的嗓門怒吼：「要不是想活命誰留在上丙宮啊，離燁你個……」

眼疾手快，爾爾一把捏住了舌靈鳥的嘴殼。

坎汎目瞪口呆地看著她。

心虛地笑了笑，爾爾捏住舌靈鳥放回他肩上：「小事情，小事情。」

舌靈鳥跟了他幾百年了，坎汎第一次發現牠竟然有這麼大的嗓門，他不由地重新打量兩眼這姑娘，微微一笑。

「坎氏仙門是個好去處。」舌靈鳥回到坎汎肩上，聲音瞬間溫柔平和，「姑娘若要轉投，不妨考慮考慮。」

得了吧，掌權人都沒了的仙門，算什麼好去處？爾爾嘀咕著拍了拍自己的肩，含糊地道：「我遊走些時日，不著急的。」

坎汎點頭，也不強勸，只起身道：「姑娘且先休息，在下要去儲元上神的仙居出診。」

「哦，好。」爾爾隨口應下，開始打量這房間。

等坎汎已經快跨出門的時候，她才猛地察覺到不對，連滾帶爬地衝上去抓住他：「等等！」

「您說儲元上神？」她瞪眼。

坎汎不明白她為何這般激動，但也十分耐心地解釋：「儲元上神前幾日也受了重傷，調息不上，即將閉關，特請我在閉關前去問診。我答應了那邊，只要姑娘一醒轉便赴約。」

一掐算時日，爾爾變了臉色。

她不是已經提醒過儲元上神不去十方雲海了嗎？怎麼還會受傷閉關？雖然是推遲了幾日，可這麼一來，他還是會趕不上救太和仙師。

「我隨你一起去。」爾爾抬頭。

坎汎是想拒絕的，他去看診，身邊跟個小姑娘做什麼。

可她神情太嚴肅了，嚴肅到他也不好拒絕，只能點頭。

兩天過去，九霄上什麼變化也沒有，爾爾坐在坎汎的行雲上路過十方雲海，隱隱察覺到了遺留在這裡的離燁的氣息。

心裡突然生出一種無力感。

她那麼興致勃勃地上九霄，那麼費盡心思地想改變太和仙門的命數，怎麼兜兜轉轉，又回到了原處？

難不成只能認命？

景象飛速倒退，行雲很快就在儲元上神的仙居面前停下。爾爾下來的時候崴到了腳，頭一回沒喊疼，咬著牙一瘸一拐地就跟著坎汎進了門。

一道傷從儲元的左肩拉到右肋，傷口翻開，觸目驚心。

爾爾進去還沒來得及行禮，眼眶就紅了。

弒鳳刀留下的傷口常常難以癒合並且帶有灼燒之感，也就儲元上神這麼慈祥的人，還能強忍著疼，笑瞇瞇地看著她。

「恢復得不錯。」他道。

這話怎麼也不該他對她說啊，爾爾有些茫然，還是舌靈鳥在旁邊解釋：「姑娘重傷將墜九霄之時，儲元上神拉了您一把，也正是如此，才被離燁上神所傷。」

「……」這是什麼情況？

爾爾震驚。

在原先的預示夢裡，儲元上神是因為被假冒震桓公門人的仙人請走，才會誤闖起了殺心的離燁的陣法，從而受傷，結果現在，怎麼成了因為救她？

如此一來，害了她師門的，豈不就成了她自己？

心裡一沉，爾爾嘴唇發白。

「天道自有因果。」儲元上神勉強笑著嘆了一口氣，「不知道仙師有沒有同妳說過，知天命者，不可強改因果。」

「他說過。」睜著一雙兔子眼睛，爾爾咬牙，「仙師不止一次說過。」

從她決定要上九霄，太和那老頭子就囉嗦個沒完，說她修為不夠，說她這裡不好那裡不好，根本成不了事。

她知道，他就是怕她把自己賠進去，遭了報應，再不得輪迴。

可是，百年之後如果註定誰都不會再有輪迴，那她遭報應又如何呢，至少還能換回仙門那麼多人的幾十年活頭。

老頭子算不清帳，她算得清。

這個命，她不會認的，給多少麥芽糖都不會認。

「上神要閉關了嗎？」爾爾問。

儲元無可奈何地點了點頭。

「好。」她拱手，朝他再拜了三拜，「請上神賜我一件帶有您仙力的物事。」

這個倒是好辦，儲元順手就將自己的扳指取下來遞給了她。

「這東西不是仙器，靈力有限。」他咳嗽了兩聲，聲音漸低，「許是幫不上什麼忙。」

「無妨。」爾爾將扳指握緊，側頭對坎汎道，「診脈吧，我先走一步。」

儲元皺眉，還想再說什麼，但張口就湧出血來，坎汎連忙扶住他，行針止血。

上丙宮著了一場大火，燒過之後，只剩下了冰冷的黑石，別的什麼也沒有了。

離燁坐在王座的陰影裡，沉默地捏著那塊水月鏡花。

他覺得很清淨，沒有雞鴨鵝驢，沒有人上躥下跳，這種寧靜真是讓他覺得久違了。

他早該這麼做，也不知道是什麼迷了心竅，才拖到現在。

不過也挺好，坎澤的結元他捏碎了，人他也扔出去了，往後又可以專心修煉，再不需要想些亂七八糟的東西。

這才是他該有的心境。

只是。

離燁憮憮地想，他扔得好像不夠遠，也不知道那小東西會不會突然就又躥回來了。

第32章　好像都變簡單了

不放心地揮手在上丙宮四周變出一片荊棘，離燁斜眼打量片刻，又多變了一片泥沼。

泥沼上浮結界，鬼神都難躍。

放心地收回手，他垂眼哼了一聲。

其實大可以直接將她同坎澤的結元一起捏碎，是他太善良了，才會選擇留她一命，白給自己添這麼些麻煩。

不過她能在這麼短的時間裡將坎澤壓制住，也幫了他不小的忙，只要今後她再不來礙他的眼，隨她要去禍害誰，都無妨。

「上神。」燭焱從黑暗裡踏出來，輕聲道，「下頭已經準備好了。」

收斂心神，離燁問：「無人察覺？」

「倒是有。」燭焱聳了聳肩，「不過無傷大雅，以他的本事，關不住那扇門。」

嗤笑一聲，他沒再問，只看向門外，安靜地等著。

太和仙門位於人間之上，九霄之下，地臨仙山靈海，四季都是百花盛開。雖說其間靈氣沒有九霄上的精純，但也足夠凡人修仙吐納。

所以這裡時常會有凡人飛升上九霄，一旦成了，便有名牌掛在仙門旁的望天峰上，以供後來人瞻仰。

顏茶就正帶著一群後生站在望天峰前，指著最新的那塊名牌道：「這是咱們仙門裡剛飛升的小師妹，為人聰明伶俐，頗有仙骨。」

後生們抬眼看過去，一見著名諱，便都笑了。

顏茶有些惱：「笑什麼，名字能掛在此處之人，豈是爾等能笑的。」

「不是我等冒犯，顏師姐。」有人捂著嘴道，「旁的飛升前輩也就罷了，這位小師妹誰不知道是出了名的好吃懶做一事無成？若不是仙師私心，她哪能在您前頭飛升。」

「是啊，她走的時候連一朵行雲都沒有，順手就牽了後院的驢上天去，叫人看見，還不知如何笑話咱們仙門。」

修仙之人，大多都仰慕強者，若有人憑著旁門左道在他們前頭飛升，那指定落不下什麼好話，顏茶能理解他們的想法，可還是忍不住來了火氣。

「仙師要是能隨便送人上九霄，那你們還修煉做什麼？都去求仙師不就好了？」胸口起伏，她冷著臉道，「不思己身，反惡意揣測他人，就這般德性，再過百年也掛不上望天峰。」

後生裡仍有不忿之人：「她若修為服眾，又怎會讓人有揣測之機。」

顏茶怒而抬手，那後生卻梗著脖子道：「言我所想，並無過錯，師姐若是想包庇護短挾私報復，那只管來。」

這話說得，她動了手便是包庇護短挾私報復？顏茶氣得哆嗦，恨不得引天雷來打這混帳小子。

念頭剛起，一道電光便從天而降，嘭地砸向了說話之人。

平地一聲雷爆，人群中央突然光芒大盛，刺目的白光裡傳出刺耳的慘叫，逼得眾人都紛紛抬袖遮擋，後退躲避。

顏茶愕然地看了一眼自己的手。

她沒捏訣啊？怎麼雷就落下來了，難道她已經不知不覺地修煉成了用神識就能催動仙術的無量神功？

光芒漸漸弱下去，眾人戒備地瞇眼朝那地方一看——

有個姑娘一臉茫然地坐在地上，與他們回視。

方才那喋喋不休的後生身上沒半點傷，卻是驚嚇過度，翻著白眼倒在她身邊。以她為中心的半丈地面已經龜裂，隱隱有火光飄在四周。

「顏師姐。」她軟軟地喊了一聲，委屈巴巴地伸出手。

顏茶怔了好半晌才有了反應，連忙撥開人群將她扶起來：「妳怎麼回來了？」

抱著她的胳膊蹭了蹭，爾爾悶聲道：「回來有事，原想從正門威風凜凜地進來的，結果肚子實在太餓，沒力氣，到這兒就落下來了。」

顏茶：「……」

哭笑不得地摸了摸她的頭，她十分溫柔地道：「跟師姐回去，師姐給妳做點心。」

與方才那凶巴巴的模樣完全不同，顏茶每次看見爾爾，都是又耐心又體貼的。

於是在場沒見過這位姑娘的人，也都十分默契地回頭看了一眼望天峰上最新的名牌。

這位傳說裡最沒出息的師妹，終於還是被趕下九霄了嗎。

沒再理會他們，顏茶帶著爾爾徑直回了仙門，路上一邊走一邊打量她：「怎麼瘦了這麼多，臉色也不太好。」

被離燁上神那麼凶殘地對待爾爾都沒哭，人生嘛，總是要經歷些挫折的，她本也不是上天享福去的，更何況離燁上神是外人，沒道理一直寵著她，她不覺得有什麼好傷心的。

可是，就顏師姐這麼簡單的一句關心，爾爾突然覺得鼻尖泛酸。

「沒事。」她甕聲甕氣地道，「九霄上盛行窈窕之美，我吃得少了些。」

顏茶皺眉：「有人欺負妳？」

「沒有沒有。」爾爾擺手，咧嘴笑了笑，「九霄上的人都很好，我結識了不少很厲害的上神，沒有人欺負我。」

怕她擔心，爾爾小嘴叭叭地就開始說乾天上神如何好看，震桓公的靈獸如何威風，還有會說心聲的舌靈鳥，和慈祥的儲元。

關於離燁，爾爾半個字也沒提。

顏茶聽著聽著總算鬆了眉：「妳沒受傷便是好的，這次回來能住多久？」

「看仙師什麼時候出關。」提起這件事，爾爾神情嚴肅了些，「師姐，我能替仙師守關嗎？」

拉著她進仙居坐下，顏茶略有為難：「守關弟子是早就甄選好的。」

「總有輪換頂替之人吧？」爾爾拽了拽她的衣袖，「師姐，我在九霄上長進了不少，足以替仙師守關。」

說是這麼說，可小師妹的能力如何，她這個當師姐的自然最清楚，就算她願意讓她去，同門其他人定是要出來阻攔的。

為難地思量半晌，顏茶道：「妳既然回來了，便跟著門中師兄弟先修煉幾日，若能得大師兄點頭，說不定就有機會。」

提起大師兄，爾爾垮了臉。

孟還師兄其實很寵她，願意替她擋天劫，願意給她買好吃的，可唯獨修煉之事，師兄從不肯虛誇，她笨就是笨，不會就是不會，每年的查課，不管她怎麼央求，他都不會替她打掩護。要得到大師兄的認可，屬實需要費點功夫。

爾爾捏了捏袖子裡的玉扳指，長長地嘆了口氣。

顏茶拍了拍她的背：「別擔心，仙師修為甚高，就算無人守關，也不會出大岔子，妳且安心休息。」

「……」沉默地看著地面，爾爾有點沮喪。

上天為什麼會讓她這樣的小廢物有預知天命的能力呢，是讓她知道什麼叫天命難違嗎，若是大師兄或者顏師姐有這樣的能力，那仙師一定會平安無事，不像她，連守關都難。

顏師姐高興地去做點心了，爾爾看了看這熟悉的小屋，順手拿起桌上放著的道法卷。

在上九霄之前她學的也是這個，當時被太和仙師按在牆角背口訣，著實下了好一番苦工，但也只領悟到皮毛。

如今再隨手翻開兩頁，爾爾突然覺得這上頭寫的東西也挺簡單，比起燒心灼肺的火道仙法，這些基礎法訣實在是簡易輕鬆。

她下意識地就跟著再練了練。

迴圈順暢，吐納有盈餘，一個周天下來，爾爾自己都覺得意外。

仙門裡道法化繁為簡了？

她拿起另一本，疑惑地又看了看。

還真是變簡單了。

跟著比劃了兩下，爾爾委屈地扔開書卷，憑什麼她在仙門裡的時候，修煉的東西那麼難，花好幾個月都不能看懂一冊，而她走後的卷宗就這麼簡單易懂，兩個卷冊一看就會。

好不公平哦。

氣憤地捏訣打坐，爾爾入定，吐納起仙門裡許久未見的熟悉靈氣。

霎時，整個仙門似乎都在腳下，她能聽見田裡的牛蹄踏水聲，能看見望天峰上迎客松的枝尖，也能察覺到主山裡大師兄舞劍帶出來的殺氣。

爾爾有點意外，怔愣片刻之後，下意識地看向仙師閉關的洞穴。

數十道結界封鎖，十八個師兄鎮守各處。

從外面看，是怎麼也不會出岔子的，畢竟只要有人闖關，守關弟子一定會預警，仙師也會提前從入定裡醒來，不至於走火入魔。

可是，太和仙師很不安，帶著山野雲霧的仙氣迴盪在洞穴上空，似乎在徘徊。

爾爾被這種絕望又惶恐的氣息驚得回了神。

顏師姐正好回來，手裡端了兩盤雲煙小酥，笑著放在她面前：「嘗嘗，這可是大師兄都說好吃的東西。」

睫毛顫了顫，爾爾垂眼掩飾住慌張，拿起小酥咬了一口：「嗯，好好吃哦！」

「妳喜歡就好。」顏師姐欣喜地坐下，看了看她的臉，「怎麼出汗了？」

抬袖將額頭上的冷汗胡亂一抹，爾爾含糊地道：「趕路太急，有些熱。」

「那便好生休息，明日再知會大師兄。」笑瞇瞇地捏起手絹替她擦了擦臉，顏茶感慨道，「爾爾也是大姑娘了，當年來仙門的時候，分明還只到我的腰。」

面前的小姑娘，已經出落得亭亭玉立，小巧的臉蛋怎麼看怎麼討人喜歡。

「在九霄上有沒有遇見心儀的神君？」她忍不住問。

一口小酥卡在喉嚨裡，爾爾猛地咳嗽起來。

第33章　我沒有那麼厲害

心儀的神君？

那是別的漂亮女仙才需要去思量的問題，她這樣又弱又笨的小仙，活下來尚且不易，哪有功夫去想這些。

況且，九霄上也沒幾個好神仙。

五臟六腑又湧上來些灼燒的疼痛之感，爾爾不舒服地皺眉，搖了搖腦袋：「沒有。」

顏茶略微失望，不過想想也好：「大師兄飛升在即，往後上了九霄，能幫著照應妳一二。」

爾爾咬著點心頷首，目光飄啊飄地又飄去了門外。

留給她的機會好像不多了。

太和仙門有晨鐘和暮鐘兩個教習時辰，每每鐘響，門中弟子都會往蘭若臺彙聚，聆聽道法。

要是在以前，爾爾是斷然不會出現在晨鐘之時的，她的小被窩實在又香又軟，不可能那麼早起來學那些枯燥乏味的東西。

但現在。

晨鐘剛響第一聲，一道瘦小的身影就端端正正地坐在了第一排最正中的蒲團上。

代課的太常仙師瞇著眼看了她許久，卷了卷手裡的書冊，撚著白鬍子道：「誰家的小娃娃走錯地界了？」

爾爾笑瞇瞇地望著他：「仙師安好。」

一千年的修為傍身，再小也不是個娃娃，太常坐直了身子，認真地看了看她身上的仙氣，正想說話，就聽得後頭趕來的學子詫異不已：「爾爾仙人已經飛升，怎的還來這裡。」

尾音帶了些古怪的揶揄，聽得人不太舒坦。

爾爾沒生氣，她知道自己提前飛升一定會惹很多人不快，畢竟她弱小嘛，德不配位，被人戳脊梁骨是尋常事，她來這兒也不是為了拌嘴的。

所以一片古怪的氣氛裡，她還是乖巧地坐著，殷切地等著太常傳道。

太常有些意外地看了她一眼。

修習仙法的，大多骨子裡都有傲氣，覺得自己與眾不同，竟會有人容得旁人在自己面前挑釁而不動怒？

多看了她兩眼，太常瞧著人快坐滿，便開始教習守界術。

「近日太和仙師閉關，爾等皆要勤加修煉，以替上頭那些守關的師兄師姐分憂。」太常抬手，數百書卷騰空而起，有序地落在門人盤坐的蒲團前。

爾爾十分認真地翻閱起來。

守界術以守為主，自然要求足夠強的仙力以壓陣眼，太常見眾人都專心修習，便將一塊守陣石隨手放在了最前頭的檯子上。

腦袋大的石頭，泛著幽藍色的光，表面密密麻麻全是符文，看著有點嚇人。

太常仙師搬得輕輕鬆鬆，眾人也就都沒當回事，修煉了一個時辰之後，聽說考驗只是要將石頭搬起來放到另一處石臺，大家都不由地噓了幾聲。

「這有何難。」很快有人走上前。

爾爾豔羨地看著這些高大威猛的修仙人，正想誇讚幾句，就見他們一掌下去，守陣石紋絲不動。

嗯？

四周響起質疑聲，臺邊站著的門人有些臉紅，重新跨步站好，雙手凝聚仙力。濃厚的仙力肉眼可見地浮在胳膊上，任誰看了都要暗嘆一聲厲害。

結果全力去搬，守陣石還是紋絲不動。

爾爾臉色變了。

她就說嘛，太常太和兩位仙師是出了名嚴厲，哪裡會給什麼輕鬆的考驗，這石頭上的符咒多半加了千鈞的力道，小仙們哪裡搬得動。

身強力壯的門人一個個敗下陣來，先前還胸有成竹的幾個人在嘗試了幾次之後也灰頭土臉地投降認輸。

太常捏著鬍鬚看著，目光瞥見旁邊那小仙，輕笑一聲開口：「妳上來試試。」

左右看了看，確定仙師喊的是她，爾爾有些尷尬：「我還沒他們厲害呢，他們都搬不動，我能有什麼辦法。」

太常挑眉：「老夫覺得妳可以。」

就因為她是飛升過的？爾爾乾笑，無可奈何地站起身，很清晰地聽見了身後的嗤笑。

耳後起了一層顫慄，她更心虛了兩分，站在守陣石前頭，不確定地伸手戳了戳。

「妳若是搬動此物。」太常道，「等顏茶他們休息之時，便可以去替他們守陣。」

！

突然來了精神，爾爾立馬搓好手，左手化火為力，右手以水為媒，兩廂齊出，水火激烈的衝撞之力正好打在守陣石上。

嘭地一聲響，守陣石飛落而出，堪堪落在了另一處石臺邊上。

就……這樣？

收回手，爾爾自己都有點不敢相信，忍不住咚咚咚跑過去，又伸手掂了掂那守陣石。

這麼輕，別是給她放水所以掉包了吧？

下頭的人也有同樣的疑惑，有不服氣的，當場就起身道：「讓我再試試。」

爾爾點頭，十分順手地拿起守陣石往他懷裡一放。

面前輕鬆伸手準備接的人砰地一聲被砸進了地裡，灰塵喧囂而上，嚇得她後退了兩步。

「怎麼可能。」

「唐師兄功力再不濟也高於她，她都搬得動，唐師兄自然該搬得動。」

眾人都不太服氣：「太常，這石頭是不是有什麼問題？」

「自然。」太常點頭，「石頭上有老夫設下的千鈞符。」
幾個恍然，又指了指爾爾：「那她怎麼……」
「她仙力純厚，與老夫伯仲之間。」太常輕笑，了然地看了爾爾一眼，「自然是能破符的。」
此言一出，整個蘭若臺一片死寂。
爾爾瞠目結舌地看著太常，下意識地搖頭：「您不用偏私於我，我幾斤幾兩自己心裡清楚，哪能與前輩伯仲。」
「老夫與妳可熟識？」太常問。
第一次來晨課的爾爾慚愧地搖了搖頭。
「那老夫為何要偏私於妳。」太常道，「仙門之中向來以強者為尊，妳強，老夫才會替妳說話。」
爾爾覺得這個人在安慰她，她怎麼可能強，明明隨時都能被人捏死。
不過太常認可她是好事，爾爾也不打算拆自己的臺，厚臉皮聽著好了，只要能讓她去守陣。
「妳隨他們去用膳吧。」太常道，「等晚些時候顏茶回來，老夫自會與她細說。」
「多謝太常。」爾爾連忙拱手。
四周的人都還有些沒回過神，隨著人群渾渾噩噩地到了用膳的地方，才有人反應過來，七嘴八舌地開始議論。
有人信了太常的話，也有人懷疑這又是一次開後門，眾說紛紜。心腸壞一點的，甚至偷摸用仙法去試探。

爾爾走在回仙居的路上，就感覺身後不斷有冷冽的東西飛過來，跟在大佬身邊久了，她反應也快，七扭八扭地躲開大半，剩下避無可避的，就用防禦結界擋掉。

這只是基本的生存手段，爾爾覺得很尋常，但不知道為什麼，仙門裡對她的議論聲更大了，悉悉索索的，吵得她腦仁疼。

她不禁有些懷念幾百年前的太和仙門，那時候門人少，只有一群疼她的師兄師姐，還沒有收來這麼多的後生，師兄師姐從來不嫌她弱小，也從來不拿古怪的語氣議論她。

嘆一口氣，爾爾在仙居裡坐下，正想倒杯茶水，就聽得一個熟悉的聲音道：「爾爾仙人，聽字如面。」

舌靈鳥撲騰著翅膀飛落在她面前的桌上，黑芝麻一樣的眼睛似乎又朝她翻了翻，紅色的嘴殼裡吐出坎汎的語氣來：「貴門恐有變數，還請仙人多加提防。」

爾爾笑著逮住它的翅膀，伸手撓了撓它毛茸茸的肚子：「要是沒變數，我作何急著趕回來？」

舌靈鳥掙扎了一番，無果，然後就半瞇著眼享受起來，順帶吐出一句：「大變數。」

褐色的爪子一抬，一枚黑色的小丸子落在了她手心。

爾爾拿起來看了看，正想說仙鳥不可以隨地大小便，就聽得舌靈鳥道：「驅邪丸，吃掉。」

爾爾：「……」

她懷疑這隻鳥想捉弄她。

迎上她不信任的目光，舌靈鳥喳喳喳地叫起來，撲騰著翅膀道：「有用！」

「能有什麼用?」爾爾戳了戳它的腦殼，「這太和仙門雖不比九霄戒備森嚴，但也是天地靈氣彙聚之地，妖邪哪能靠近?仙門就算有變，也是仙師自己的劫難。」

舌靈鳥氣得想啄她，看看她這白白嫩嫩的小手，又忍了忍，掙脫開就往回飛。

愛吃不吃吧，牠只是一隻鳥而已，才不要管那麼多。

孤零零的藥丸留在了掌心，爾爾琢磨半晌，還是先收了起來。

雖然她真的覺得仙門不可能有妖邪，但還是留著吧。

太和仙師的氣息越來越不穩定，守關回來的師兄們臉色也越來越凝重，顏茶忙裡忙外地安排好人手之後，看了看坐在最前頭的孟師兄，還是過去將名冊遞了。

孟晚是最早察覺到仙師不對勁的，可他不敢往外說，怕引起門中恐慌，只能自己勤加修煉，全力守關，見許多師弟都頂不住要休息，心裡本就焦躁，再一掃名單，他當即就站了起來。

「胡鬧什麼?」指著爾爾的名字，他皺眉看向顏茶，「眼下什麼情況妳還不清楚?傷著她怎麼辦?」

顏茶一個哆嗦，聲音都放輕了：「師妹自己要來的，太常也已經允了。」

捏了捏名冊，孟晚搖頭：「她那一份我替她守。」

食指摩挲過乾涸的墨蹟，他嘆了口氣，語調終於是柔軟了些：「好不容易回來，讓她多睡幾個好覺，吃些好吃的。」

第34章　他的氣息

顏茶還想再說什麼，孟晚抬手，直接擋了她後頭的話，將名冊往她手裡一塞，便繼續帶人回去守關。

太和仙師已有萬年仙齡，往常閉關修煉都未曾出岔子，也不需要他們這般費心費力。

可這一回，孟晚也想不明白是怎麼了，從昨日起仙師的氣息就十分不安定，今日清晨守關，更是連陣眼都晃動了。雖說只晃了片刻便歸於原位，但肯定事出有因。

正是三界多戰亂的時候，太和仙門若是出了問題，必定波及凡間和九霄，所以無論如何也得撐到仙師平安出關。

騰雲回到關門，孟晚看了一眼洞穴上空遊動的神尾魚。

神尾魚吃邪祟之氣，吃得越多，鱗片越紅。這幾條神尾剛來的時候只是淺粉色，如今卻已經紅得耀眼。

「大師兄。」有人疲憊地退下來朝他拱手，「西面人手不足。」

回過神，孟晚神色凝重地朝西面去。

「大師兄。」路上又有人喊他，「東邊也有兩人不支，且神尾魚盤旋不去，恐有變數。」

「主關口似是被衝撞，陣眼不穩。」

孟晚：「……」

他已經半個月沒闔眼，就算是會分身術，好像也顧不到這麼多地方。

正為難，他突然聽得身後有人道：「大師兄為何總喜歡為難自己。」

微微一怔，他回頭。

爾爾滿臉唏噓地看著他，手裡還捏著顏茶寫的名冊。

「我回來就是要幫忙，誰要吃什麼好吃的。」

眉梢微微一抬，孟晚認認真真地將她從頭到尾打量一遍，然後頷首：「有長進。」

「是吧？」笑嘻嘻地接過他手裡的守關符，爾爾道，「我能幫上忙，你別看不起人。」

說罷，抬腳就要上前。

孟晚伸手便攔住了她。

「小師妹。」他語重心長地道，「仙師此次閉關許是有劫數，若是出了岔子，我等都會被殃及。」

爾爾莫名其妙地看著他：「我知道，但是你們都不怕，我怕什麼。」

「妳不一樣。」

「哪裡不一樣？」她有些不服氣，「不都是凡人修仙，我雖是笨了點，但也通過了太常的考驗，你不能老覺得我什麼都做不好。」

「不是……」孟晚皺眉，欲言又止。

爾爾扯了裙擺就往地上一坐：「我不管，我要守關！」

他失笑：「又撒潑？」

順著他的話就踢了踢裙子，爾爾認真地點頭：「不給守我就賴這兒不起來。」

頗為無奈地扶額，孟晚還想再勸她兩句，可旁邊又有師弟急匆匆地道：「師兄，正門的關要守不住了。」

神色一變，他也來不及再與她多說，扭頭就朝正門疾行。

爾爾跳起來就跟了上去。

尋常仙人閉關，多是外界有擾，所以需要人守關，可這回的異動，竟都來自太和仙師自己。

爾爾一進關口就察覺到了更為濃烈的不安氣息，仙師好像是被什麼東西困擾，正在痛苦地掙扎，強大的仙氣衝撞著他自己設下的結界，一旦衝破，讓迴圈的仙力外洩，那麼輕者走火入魔，重者魂飛魄散。

她是夢見過這個場景的，只是當真身臨其境，爾爾還是免不得雙腿打顫。

各位師兄很快將自己的仙力注入結界，交替守關，爾爾左右看了看，偷偷挪去離洞口最近的地方，深吸一口氣之後，也將手放了上去。

耳邊響起巨石從水面沉入的聲音，爾爾清晰地看見自己身上純白的仙力擴散到整個結界上，接著，她就聽見了太和仙師的聲音。

【不可……】

【這是大罪孽……】

【不可……】

分外嘶啞的聲音在山洞最深處一遍遍的呢喃，那些本該迴圈於他周身的仙力眼下竟都被傾注向了另一個虛無的空間。

爾爾下意識地搖頭。

怪不得仙師這麼厲害的人會灰飛煙滅，他這壓根是不要命的做法，怎麼能把自己的仙力都給出去？

眼瞧著結界內越來越亂，爾爾定神，拿出儲元給的扳指，往結界裡一遞。

閉關之人戒心極重，只會接受最信任之人的幫助，雖然爾爾不知道為什麼仙師連大師兄也不信卻信十幾年才見一次的儲元，但扳指一落進去，結界上緊繃的氣息真的鬆了那麼一瞬。

趁著這時候，爾爾飛快地將自己身上的仙力傳了進去。

只要阻止他渡仙力，那以仙師的強大，必定能緩過來。

仙力化出她的一魄，踉踉蹌蹌地跌進了山洞。爾爾不太習慣以魄行走，差點摔在仙師跟前。

聽見聲響，太和艱難地掀開了眼皮。

「是妳。」渾濁的眼珠裡神色分外複雜，太和看著她，像是想笑，又有些悲憫，「果真是天命難違。」

莫名的，爾爾覺得仙師好像什麼都知道，可他不肯多說，只長嘆一口氣，朝她擺了擺手：「既然不可違，妳也不必再試，這是老夫的劫數。」

什麼劫數不劫數的，爾爾才不聽，她上前就拉住了太和的手，沉聲道：「現在收手跟我走，大家都不會有事。」

太和近乎悲愴地笑了一聲。

「說妳是個不爭氣的，妳也真不爭氣，都活了幾百年了，怎的還不懂什麼叫因果。」他搖頭，指了指自己面前那一塊虛空。

「老夫豈是死於固執？老夫是死於這扇不該被打開的門，就算今日不死，此門一開，天地終將毀於一旦，屆時哪個大家不會有事？」

瞳孔猛地一縮，爾爾震驚地看向他。

仙師竟然料到自己會死，也料得到百年後發生之事？

像是知道她心裡的驚嘆，太和垂了垂皺巴巴的眼皮，輕哼一聲道：「小娃娃。」

「快走吧。」

雪白的長鬍鬚像掃把一樣朝她揮了揮，爾爾扭身躲開，還是不甘心地在他身邊坐下。

「您現在走，至少能多活幾十年。」她嘟囔，「幾十年耶，在人間就是一輩子了，可以等到仙門裡的桃子樹結好多次果，可以等到您養的烏龜下蛋，也可以等到師兄師姐飛升。」

掰著指頭給他算，爾爾十分不理解地道：「能賴活著，為什麼要赴死？」

太和的手動了一瞬。

就這一瞬，面前虛空之境裡便湧出一大片死怨，張牙舞爪地在整個山洞裡衝撞。

眼神一沉，太和渾身金光暴漲，將她護在裡頭，不受侵蝕。

長嘆一口氣，他道：「可瞧見了？」

爾爾抱著腦袋縮在一旁，神色複雜地點了點頭。

開弓沒有回頭箭，仙師就算現在放手，那門沒有人堵，仙門也必定遭殃。

不過，這死怨好生熟悉。

瞧了瞧四周烏黑的氣息，爾爾沉默半晌，突然問：「是不是門闔上了，您就能全身而退？」

身上的光越來越黯淡，太和低笑：「傻孩子，若這門是那麼好闔上的，老夫又何至於此。」

冥路大門，關的是地府裡過了十八層地獄之後的死怨，它們難以煉化，凶殘無比，且數量極多。

他不知道是誰將這扇門打開的，但他第一個發現，已經傾盡了全力，卻也只能將門堵住，無法讓其合攏。

爾爾試探地將小爪子也伸了過來。

太和眼疾手快，白鬍子「唰」地就打了過去，怒目道：「妳湊什麼熱鬧。」

「我試試啊。」指尖動了動，爾爾道，「來都來了。」

「……」這是什麼集市裡的玩意兒嗎，還要來試？太和簡直是氣不打一處來，怒道，「妳真是我嫡傳弟子裡最笨的一個，隨便妳哪個師兄師姐在此處，也知道該快些走，妳攪合什麼，有什麼好攪合的！」

「妳知道冥府的煞氣對仙氣的衝撞有多厲害？知道這門背後是什麼東西？年幼無知也就罷了，都活了幾百年，怎的還這麼糊塗！」

越說嗓門越大，太和眼眸都有些泛紅：「妳這個蠢樣子，老夫走了之後，也不知道孟晚他們能不能兜得住妳。」

爾爾十分淡定地聽著老頭子的唾罵，甚至拿起他的長鬍子給他擦了擦眼角。

「他們兜不住的。」她彎了彎眼，「所以仙師還是留下吧。」

話音落，手飛快地就覆在了他的手背上。

太和一驚，慌忙想掙開她，卻突然察覺到一股溫暖又強大的仙力，像溫泉一樣自她手心湧出，匯入他身上脈絡，又流向那片虛空。

「妳……」他詫異。

爾爾只當他在生氣，一邊幫忙一邊道：「仙師是知道我的，不好好修煉，靈氣一直不充沛，怕吃苦，還愛睡懶覺，所以在我精疲力盡之前，您鬆手吧。」

說是這麼說，可她身上的仙力一直穩定又厚重，源源不斷地傳過來，給他緩了一口氣。

而且，也不知是怎麼回事，她這股水火交雜、一點也不純粹的仙力，竟讓門中死怨退避了幾分，大大減少了堵住死怨需要的消耗。

太和不由地側頭看了她一眼。

原本已經要重新打開的冥路大門，突然又往回攏了幾寸。

九霄之上。

燭焱驚訝地看了片刻，連忙往上丙宮稟告。

彼時離燁正坐在高高的宮簷上，面無表情地看著四周的荊棘。

「要關上了？」他抬了抬眼皮：「太和修為大進了？」

「非也。」燭焱偷看他一眼，努力保持鎮定地道，「是有人幫忙。」

「儲元？」離燁皺眉，「他應該分身乏術。」

燭焱賠笑，傾身問了一句：「上神今日心情可好？」

突然問這個做什麼？離燁有些煩，什麼心情不心情的，每日不都是一樣？這麼多天過去了，沒有人來上丙宮打擾他，他覺得很高興，真的，荊棘真好用，什麼妖魔鬼怪都能攔住。

只是，眼看著天氣越來越冷，這荊棘也是怪遮光的，等下一次出太陽的時候就撤掉吧。

焦躁地扯了扯衣襟，他略為不悅地道：「說正事。」

這事就得他心情好的時候說啊，燭焱嘆息，猶豫半晌，還是道：「爾爾仙人回太和仙門了，眼下估摸著正在太和仙人身側，冥路大門裡的死怨察覺到了您的氣息，皆在退避，是以太和才有關門之機。」

「……」

四周空氣突然涼了兩分，燭焱察覺到不妙，立馬拱手道：「小仙這便去處理。」

「站住。」

離燁起身，目光陰冷地看向遠處：「他們仙門人多勢眾，你一個人，去了也不一定攔得住。」

「那？」燭焱看向他。

第35章　我可沒原諒妳

離燁不是會輕易下九霄之人，九霄上的天地靈氣他尚嫌不夠純淨濃厚，更莫說九霄之下，以這位上神高傲的性子，寧願費十倍的功夫去開冥路之門直達九霄，也不會紆尊降貴去那烏煙瘴氣之地。

所以燭焱覺得，上神可能是想讓他多帶些人去。

然而，他揣著手在旁邊等了半晌，也沒等來離燁的手令。

「上神？」他疑惑。

「你先回去吧。」面前這人背過身，略為不適地動了動肩，「下辛宮也堆了不少雜事。」

嗯？下辛宮冗務繁雜不假，可眼下冥路大門顯然是頭等要事，若不派他去，還有何人能勝任？

燭焱神色複雜地看了他片刻，也不敢多問，一步三回頭地往外走，心想上神該不是有了別的心腹吧。

離燁自然是沒有別的心腹的，他在上丙宮已經待了好多天，除了燭焱誰也沒見過。

他只是覺得，燭焱太弱了，這麼重要的事情，還是他親自來比較好，穩妥又省事。

九霄離太和仙門不遠，離燁的行雲眨眼就到，並且落地姿勢十分優雅，沒有也絕不可能像某個人一樣半途失力墜下去。

雲靴踩上仙門前地上的枯葉，離燁側眸，嫌棄地抬袖拂了拂面前的空氣，繡著金烏花紋的衣擺掃過金色的防御結界，一點也沒驚動各處地就跨了進去。

太和一閉關，這凡人仙門裡的仙氣就薄弱得可憐，四下之人都是肉體凡胎，一捏就死。靄色的眼眸緩緩地動著將這些人掃了個遍，他不屑，抬步往人多的地方走。

原以為找到太和閉關之地還需要費些功夫，可太和危在旦夕，這些沒見識的門人都慌了手腳，愁眉苦臉地往一個方向趕，輕巧地就暴露了關口。

離燁慢悠悠地踩著地上的枯葉往前走。

孟晚正慶幸仙師的氣息終於平靜了，冷不防卻聽見了一道詭異的腳步聲。

沙，沙，沙。

在一眾急匆匆趕路的門客中，這道聲音格外明顯，聽得他莫名背後發涼，下意識就抽回守關的仙力，拔出長劍。

「師兄？」旁邊的人吃力地皺眉。

「有客人來了。」神色凝重，孟晚道，「你們守好，我去迎客。」

最裡頭的魂不在身的爾爾耳朵動了動。

孟晚沒察覺，提劍行至半山腰，便見一群人神情戒備地圍著一抹紅色的影子，而那影子似乎沒什麼戰意，還在優哉遊哉地踩著青石板往山上走。

「上神留步。」他上前拱手，「家師在此修煉，不便見客。」

離燁抬眸看了他一眼。

還未飛升，修為卻已至化境，倒比其他人瞧著舒服。

於是他停下步子，嗓音低沉地問：「若我非要見他，當如何。」

此話一出，一股難以言喻的威壓霎時壓頂，孟晚有些喘不過氣。

來者不善，這等強大的仙力，憑他自己絕對攔不住。

但是，他還是捏了捏劍柄，往前踏了半步。

離燁輕笑，似乎在嘲諷他這架勢，一雙手懶散地揣著，連訣也懶得捏，九天神火便平地而起，化出一條蛟龍。

遠處洞穴上空遊蕩著的六條神尾魚突然像是嗅到了什麼美味一般，透明的紅尾一搖，紛紛躥來了蛟龍身側，貪婪地吸食上頭的妖魔之氣。

「這……」顏茶不安地捏了捏自己的法器，「這到底是神是魔？」

「神。」孟晚篤定地答。

但可惜，這位上神自甘墮落，修了魔道。也就意味著，他沒有神的慈悲，今日一場腥風血雨，在所難免。

騰飛的蛟龍突然將最近的一條神尾魚咬住，透紅的魚猛烈掙扎，發出淒慘的嘯叫，火龍從容地將其吃掉，周身盤旋的黑氣突然更濃郁了兩分。

在場的門人都看得白了臉。

離燁漫不經心地抬步繼續往前，所有人都被他嚇得跟著後退，只有孟晚深吸一口氣，提劍迎了上去。

「得罪。」他拱手，然後出招。

清絕的仙氣化開劍形，一柄雪白的冰劍奪空而出，呼嘯著橫攔於火龍之前。

離熚沒出手，只繼續往前走，身後的火龍卻是長嘯一聲，毫不留情地將冰劍從中間咬斷。

喀地一聲脆響，天上落下無數冰錐。

顏茶上前兩步扶住孟晚，焦急地低聲道：「攔不住，快退開。」

這人都留了情面還如此恐怖，再硬扛下去，師兄非得折在此處不可。

孟晚也知道這個道理，他的修為與這人相比便是螢火與日月。可是，他若退了，仙師怎麼辦？師弟師妹怎麼辦？

咬牙撐了一口氣，他持劍對準了離熚的肉身。

離熚沒看他，打算隨手一揮將他扔去不周山。

然而，他的袖風剛起，後頭就突然躥上來一道影子，猛地將孟晚推開。

「快跑！」

火紅的衣袖窒在半空，離熚怔愣片刻，看向來人，臉色一點點地沉了下去。

爾爾聽見火龍的嘯叫就知道大事不妙，儘管還有一魄困在洞穴之中，她也還是衝了出來。

只是，少一魄讓她的五感不甚清晰，眼前彷彿蒙了一層霧，只能隱約看見幾個身形，也是完全憑著小動物對危險的直覺推開了大師兄。

捂著心口喘氣，她抬頭看向那抹紅色：「離熚上神怎麼來這兒了。」

她笑，「有事您吩咐就是，與咱們這些晚輩計較什麼。」

咱們，晚輩。

離熚十分不爽地想，這是在嘲諷他活得久，是個老人家了是嗎。

雖然重點不該是這個，但大佬很不高興，步子緩緩落到她面前，低頭居高臨下地看著這張依舊笑得傻裡傻氣的臉：「我為何會來，妳不清楚？」

一開始是不清楚的，但方才太和仙師說她身上仙力特殊，爾爾才想起那熟悉的死怨和離熚的關係。

她能幫上仙師的忙，多半是托了離熚的福。

只是，眼下大佬看起來太危險，她哪能承認，只能裝傻恍然道：「小仙明白了，上神以前常聽小仙說太和仙門美不勝收，眼下定是有了空閒，特來一觀。」

彷彿兩人之間什麼也沒發生過一般，爾爾伸手往前，東摸西摸地找到他的手臂，熟稔地一抱：「來者是客，上神既然想看美景，小仙自當作陪。」

瞥一眼她沒有焦距的雙眸，離熚皺眉，很想當即甩開她，告訴她他們倆早就恩斷義絕了，誰允許她還這麼摟摟抱抱的。

可是，她的懷抱又溫暖又軟和，往他手臂上一貼，沉甸甸的，像是把他從無邊的冷清天際拽回了踏實的地面。

離熚嘴角動了動，皺眉瞪她半晌，終於還是輕哼一聲別開頭：「用不著妳作陪。」

她分明怕他怕得要死，整個身子都在輕顫，哪裡像是想陪他的樣子。

能不顫嗎，就是他把自己傷得五臟六腑到現在還疼，也是他差點把自己扔下九霄，要不是仙門危在旦夕，爾爾一定躲他躲個十萬八千里。

可是眼下，感受著四周籠罩著的殺氣，她還是十分識時務地道：「這裡地勢複雜，上神難免走茬，還請隨小仙來。」

說著，拽著他的胳膊就想離開這座山。

然而，拽了一下，沒拽動。

心裡咯噔一聲，爾爾僵硬了身子。

她太自以為是了，離燁來此定是想殺太和仙師、開冥路大門，她憑什麼覺得自己隨便三言兩語就能打消他這個念頭？

想起他那強大的仙力和毫無人性的殺戮欲望，爾爾顫得更厲害了，連帶著身子也冰涼了兩分。

離燁是想繼續上山的，可身邊抱著他的這個人抖得實在厲害，本來就瘦弱，眼下更像沒了根的蘆葦，隨時都能折過去似的。

眉峰高攏，他伸手將她攏過來，按住她顫抖的肩，沉聲道：「妳們仙門沒給妳吃飽飯？」

「吃，吃飽了呀。」

「那妳抖什麼？冷？」

「不不不冷，我沒沒沒抖。」她滿是驚恐地擺手，想掙開他。

離燁垂眸，白她一眼，冷聲道：「這裡看起來也不像妳說的那麼風景宜人。」

？

！

察覺到大佬話語裡的鬆動，爾爾立馬表情一亮，又拽了他一把：「這兒當然不好看了，您要去西側峰。」

帶著試探的力道，輕巧地拽動了離燁的步子。

爾爾快要喜極而泣了，背在身後的小手瘋狂朝師兄師姐打手勢，然後吃力地拽著大佬轉身，往山下走。

四周人都看傻了。

那位上神明顯是有殺心的，竟就被小師妹這麼糊弄走了？

孟晚直起身，十分不安地看向顏茶，後者茫然地搖頭，表示她也不知道。

不過，只要這位上神不上山，給他們一些時間，那便是天大的好事。

離燁也知道，做事若不果決，必節外生枝，若是燭焱這般行事，定要被他掛在荊棘林上痛罵。

可是。

大佬想，老子是最厲害的，沒有人能把老子掛上荊棘林。

那散散步也無妨。

他還是很討厭這個小東西，沒有半點要原諒她的意思，是她先無恥地抱上來的，與他沒什麼關係。

這麼一想就舒坦多了。

鬆了眉宇，他斜眼看向自己的胳膊：「妳還打算抱到什麼時候？」

爾爾正在走神，冷不防被他一提醒，立馬鬆開了手。

山風捲過來，方才溫暖的地方眨眼就被吹涼。

垂墜感消失，離燁煩躁地抽回手。

第36章　想不想吃烤玉米

爾爾有點尷尬。

她能清晰察覺到大佬對自己的厭惡和抵觸，可眼下這情況，人家再不待見她，她也只能厚著臉皮杵在他跟前，小心翼翼地問：「要不要去鏡山走走？」

「不去。」

「可好看了，山石全都像打磨過的銅鏡，過處景象迷幻，山花生於雲間，樹木映於水底，多是別處瞧不見的東西。」她賣力地比劃，然後拽了拽他的衣袖。

離燁沒再吭聲，一張臉懨懨的，像是對什麼都不感興趣。

可是，她一拽，他的步子就跟著動了動。

微微挑眉，爾爾又拽了一下。

離燁周身的煞氣十分嚇人，彷彿下一瞬就要大開殺戒，可她只要稍微用點力氣，他就跟著她邁開了步子。

這是什麼意思？爾爾滿頭問號，屏氣凝神地拽著他的衣袖一點點往鏡山走，生怕他突然發怒改變主意。

然而，直到她踩上鏡山的石階，旁邊這人也沒有什麼異動，只有令人呼吸困難的氣息一直縈繞在周圍，讓她有些侷促。

「您往下看，能看見天。」她訕訕地指了指地上的鏡石。

離燁跟著低頭，不屑地哼了一聲。

「不稀奇嗎？」爾爾撓了撓頭，「可是我初來仙門的時候，最喜歡這裡了，人間再富貴，也不會把鏡子鋪得漫山遍野。您看那邊的紅楓雪松，在別處也就那樣，可在這裡，漂亮得像夢裡的仙樹一般。」

火樹銀花，水天一色，天然而就的鏡像沒有人間的匠氣，渾然成景，如夢似幻。

她忍不住砸了咂嘴。

「當時我修為不夠，仙師特地將我送來這兒，讓我戰勝一道幻影，只有幻影認輸，我才能進太和仙門。」

懷念地看了一眼半山腰的鏡湖，爾爾抬著下巴努了努：「就在那裡。」

順著她的目光看過去，離燁淡然道：「此處之鏡照天地萬物，人行其上，便會照見自身心魔，且心魔依山水而生，會比自身強上三倍有餘。」

說著，他懷疑地看向她：「妳竟然打得過自己的心魔？」

爾爾老實地搖頭：「打不過。」

打不過還進了仙門修道？離燁神色很複雜，這人該不會又用了什麼手段，走了後門吧。

「不是。」瞧他眼神不對勁，爾爾連忙擺手：「仙師當時只說讓那幻影認輸，可沒說一定要戰勝啊，我與它在這幻境之中玩了三日，三日之後它說它自己去認輸，讓我早點回去。」

離燁：？

人的心魔大多是貪嗔痴俱全，怎麼可能如此體貼良善？

「我沒撒謊。」爾爾腦袋直搖，拉著他坐上行雲，一邊飄行一邊指給他看，「應該在那邊，它是整座鏡山唯一存活下來的影子，我還給它在這兒修了個小屋，每逢人間佳節，我還拿吃的來看它。」

這太荒謬了，離燁不想相信，哪有人能與自己的心魔和解的。

可是，順著她指的方向看過去，他真的看見了一座小屋，屋前百花盛開，花叢裡站著一個和她長得一模一樣的人。

行雲戛然而止。

爾爾正目光熱切地看著下頭，想看清自己的心魔所處的位置，好召喚它。然而剛瞧見一抹影子，她就察覺到了大佬的戒備。

「妳想做什麼。」他問。

知道瞞不住，爾爾扭頭，索性坦蕩地道：「我太弱了，不是您的對手，您若對仙門有屠戮之心，我攔不住，但我太喜歡我的仙師和師兄師姐了，所以想拉上它一起試試。」

一個爾爾不行，那四個呢？總要盡力了才甘心。

她的眼眸乾淨清亮，雖然少了些焦距，但依舊帶著些執拗和勇氣朝他望過來，像剛生出角的羊犢，奶裡奶氣地想與他頂一頂。

離燁看得低笑。

「不自量力。」他道，「再生十個心魔，妳也打不過我。」

「那……」爾爾皺了皺鼻尖，「那怎麼辦？」

還問起他來了？

離燁很想嘲笑她兩句，可也不知怎麼的，心思在肚子裡打幾個轉，他說出來的竟是：「問我做什麼，不是與辛無要好得很，去問他便是。」

辛無？

爾爾有點茫然：「我何時與他要好了？」

嗤笑兩聲，離燁拂袖帶她往回走：「又何必掩飾。」

「我要真與辛無上神要好，那還掩飾什麼，肯定徑直去找他幫忙了。」揉了揉被風吹紅的鼻尖，爾爾十分遺憾地回頭看著越來越遠的心魔影子，「就是因為與他不熟，才連通七經八絡都不敢輕易麻煩他。」

要不然，她現在便是上仙，她的心魔也不至於被他看扁成這樣。

離燁臉色不太好看，靄色的眸子垂下來，隱隱有雷霆之勢：「就這麼想通七經八絡？」

「是啊，乾天上神說了，我是修仙的好苗子，只要七經八絡一通，必定日進千里。」沮喪地坐回行雲裡，爾爾哀怨地看他一眼，「也怪我沒這個命，經脈沒通就算了，還差點把小命一併交代在上頭。」

離燁：「……」

心頭的無名火慢慢小下去，大佬渾噩了多日的腦袋裡終於有了一絲清明。

「妳。」他瞇了瞇眼，「是因為乾天的話，才想這麼做的？」

爾爾點頭。

心裡微微一跳，離燁抿唇：「那妳知不知道，七經八絡怎麼通？」

「經絡嘛，不就跟修煉一樣。」爾爾用看傻子的眼神看向他，「您不是助小仙通過兩個穴道，還讓小仙提前招來了天劫。」

「……」

離燁移開了目光，緩緩伸手，捏了捏自己的眉心。

四周的突然吹來了清冽的風，將一直圍繞著的煞氣吹散，爾爾只覺得空氣瞬間清新不少，連忙張著嘴大大地呼吸了兩口。

然後她就聽見大佬語氣古怪地問：「妳身上的傷，不疼了？」

微微一怔，爾爾抬頭看向他。

五感的下降讓她看不清他臉上的表情，只能看見一道熟悉的輪廓，情緒難以分辨。

茫然地收回目光，她低頭小聲道：「疼啊，自從結識上神，我沒有一天是好過的。」

修煉疼，吐納疼，天劫疼，被他打傷也疼。

「……那妳看見我還不快躲。」他語氣又凶了兩分。

肩膀一縮，爾爾往行雲邊上挪了挪，一個不注意，手撐空了，整個人霎時往雲下一跌。

離燁略微慌亂地將她撈了回來，寬大的手按著她的腦袋，往自己懷裡死命按了按。

真是，也不知道為什麼膽子這麼小，一點也受不得驚嚇。

他沒察覺到自己指尖有點顫抖，也不知道自己這突然心虛的情緒是從何而來，只將人捂著，任憑她掙扎也沒鬆開。

爾爾快嚇死了。

貼在大佬胸前，她更明顯地察覺到了大佬對她的殺意，大概是凝著什麼，他在極力忍耐，忍得手都微微發抖。炙熱的焰火之氣高漲，逼得她差點斷了呼吸。

她想逃跑，可力氣完全沒有他大。

在即將被悶死的前一瞬，爾爾終於艱難地吐出一個字：「疼。」

按著她的手僵了僵，然後飛快鬆開了。

爾爾仰頭，大口大口地喘息，眼前一片混沌，只感覺好像有什麼東西在擋著她。

離得太近了，她下意識用嘴唇蹭了蹭。

溫熱的觸感，帶著甜軟急促的氣息，像羽毛一樣擦過他唇畔。

離燁一僵，不可置信地低頭看她。

她好像沒有察覺到自己做了什麼，茫然地看著面前模糊的一片淺粉色，發了許久的愣才問：「上神要回去動手了嗎。」

深吸兩口氣，他低低地應了一聲。

他已經給了足夠長的時間，只要太和那老頭子還有點腦子，便該知道撤退，留他一條命，也算他的慈悲。

但冥路之門，他一定要打開。

「那，那你放我下去吧。」她眉尖皺起來，「我要去找大師兄。」

離熚冷笑：「妳師兄尚未飛升，找他有什麼用。」

她不說話了，委委屈屈地撇了撇嘴。

他都能猜到她肯定在心裡罵他。

離熚很是不舒坦：「這破仙門到底有什麼好的，就算沒了，妳也能回上丙宮。」

最後半句吐得有些含含糊糊，好像被風吹亂了一般。

離熚覺得這是他能做的最大的讓步了，既然前頭有誤會，那她回來也無妨。

然而，懷裡這個人好像並不想買帳，身子掙扎了兩下，眼眶也紅了。

「做什麼。」他冷漠地道，「活了幾百年，也該知道哭鬧從來解決不了問題。」

誰不知道啊，可她哪裡忍得住？鼻尖一酸，淚花就湧了上來。

她好氣自己弱哦，要是再強一點，是不是就不會被即將毀她仙門的人困在這裡動彈不得？給師兄師姐們看見，還以為她背叛投敵了呢。

越想越委屈，爾爾扁嘴埋頭。

胸襟被什麼東西打溼了，涼颼颼的。

離熚臉上烏雲臨城，粗口都到嘴邊了，又硬生生咽了回去。

「妳知不知道什麼叫大局為重？」他問。

「能做上神之人，都是不會徇私，因小誤大的。」

「是太和阻我在前，我來，只是讓本該發生之事繼續發生，妳明白嗎。」

行雲散去，雲靴踩上地面，離燁還有很多教訓想說。

可是，瞥一眼懷裡哭得死去活來卻還無聲無息的小東西，他頭疼地閉了閉眼，終於還是把教訓都咽回去，無可奈何地嘆了口氣。

「想不想吃烤玉米。」他問。

第37章　你好煩哦

陰霾籠罩在整個太和仙門的上空，門中後生皆守在關外空地，面如土色。

孟晚定定地看著天際，等了許久也不見動靜。

正快絕望之時，終於有光自天邊亮起，像流火一般朝這邊劃來。

「回來了回來了！」幾個師弟激動地喊。

孟晚起身上前，正好迎到落地的大片行雲，顏茶趺趺撞撞地從行雲上下來，白著唇替後頭的人開路。

離燁上神乃九霄十門掌權之一，若有歹心，憑他們定是護不住仙師的，再加上儲元上神閉關，他們實在是走投無路，只能闖天門關，求來震氏和乾氏的幾位上神。

這樣做的代價自然慘重，孟晚已經做好了準備，只是他沒想到，這麼多位上神一落地，神色皆不輕鬆。

「是離燁的氣息。」震桓公牽著靈獸，十分頭疼，「我就說他有異心，你還不信。」

乾天站在他身側，輕輕撚了撚空氣裡的煞氣，無奈地嘆息：「我只是更願往好處想。」

「想什麼？想他離燁能老老實實放下恩怨平和度日？」震桓公鐵青了臉，「你若早信我，直接拿下他，坎澤也不會遭他毒手。」

「當時並無證據，如何拿下他？」

「那現在自該有證據了。」震桓公劈手指著前頭。

乾天與其餘幾位上神一併往前看，卻發現四周只有離燁的氣息，不見他蹤跡。

震桓公冷哼，鬆開手裡的韁繩，守棟神獸長嘯而出，後頭幾位上神立馬跟上。

這回說什麼也不能再讓離燁脫了身去！

然而。

半柱香之後，守棟神獸帶著一眾上神一起，呆愣在了一處山洞門口。

寬敞明亮的洞穴，裡頭一堆柴火燒得正旺，傳說中欲屠戮太和仙門的離燁上神此時正捏著一根穿著玉米的樹枝，面無表情地坐在火邊看著他們。

「有事？」他抬眼。

爾爾眼睛上的紅腫還沒消退，倒已經啃了大半個玉米了，兩隻手抱著玉米棒，嘴裡還嚼著，聽見動靜，傻裡傻氣地扭頭。

震桓公養的神獸怎麼還是這麼凶，齜牙咧嘴的，還衝她手裡的烤玉米掉哈喇子。

下意識地往離燁身邊縮了縮，她抱起玉米又啃了一口，給了牠一個沒門的眼神。

乾天愕然。

「上神您這是……」他看了看四周，「生了什麼雅興，竟跑來此處烤這俗物吃？」

想起他幹的好事，離燁抬頭，認認真真地打量了他一會兒，然後輕笑：「怎麼，九霄又出新天規了？」

莫名覺得背脊發涼，乾天下意識退了半步，然後拱手：「倒不是，只是上神身分尊貴，突然來這地界，難免引起誤會，已經有受驚嚇的小仙闖了天門關告狀，言說上神你欲害太和仙師。」

收回目光，離熚將玉米翻了個面，沒有再答話。

他這個模樣不像要害人，可在這兒不走，誰知道會不會突然發難？震桓公有些急了，上前兩步問爾爾：「這不是妳的仙門麼，妳來說說。」

乍然被點名，爾爾嚇得打了個嗝：「說，說什麼。」

離熚側頭，火紅的袖口抬起來，極輕極慢地擦了擦她嘴邊的玉米渣：「有什麼說什麼便是。」

靄色的眼眸溫柔地掃過她的臉，他抿唇，食指一抬就將她落下來的鬢髮別回了耳後。

爾爾：「……」

這樣溫柔的大佬，比生氣的大佬還可怕上千百倍。

直接求救的話，她可能會被他給捏死，可要是不求救，這群上神走了，太和仙師就真沒救了。

雖然她不知道方才大佬為什麼突然停下來帶她吃烤玉米，但他身上的殺氣沒消失，也就是沒有甘休之意，她總不能替他遮掩。

眼珠子滴溜溜直轉，爾爾低頭又啃了一口玉米，咽下去之後，正色朝震桓公道：「您幾位誤會了，離熚上神來此，非是要害人，而是為救人。」

「救人？」震桓公顯然不信。

離熚也側眸，微微瞇眼。

「是啊，救人。」面不紅心不跳，爾爾一本正經地道，「太和仙師閉關不順，有走火入魔之兆，離燁上神於九霄之上有感，念及仙師慈悲，所以特來相助。」

這些話分開都能明白意思，可在前頭加上「離燁上神」四個字。

震桓公寧死也不會相信。

他皺眉看著爾爾，沉聲道：「妳這話可能會累及仙門上下數百性命，自是不該胡言。」

「我哪有胡言。」面前這人突然站起來，似是有些生氣，「上神若是不信，便隨著一起去瞧瞧，看看離燁上神到底是救人還是害人。」

離燁坐在火堆邊，面無表情地將烤好的玉米取下來握在手裡。

說她膽子小，算計起他來倒是又準又狠。

他很想說其實就震桓公和乾天這幾個人，哪怕他當著他們的面殺了太和，他們也沒人攔得住。

只是，如此一來，他開冥路大門之事便會傳遍整個九霄，驚動天道卦人，平添幾道阻力。

眼皮半垂，離燁有些不高興。

震桓公對爾爾的說辭是完全不信的，可站在後頭的乾天看著她和一旁的離燁，倒像是明白了什麼，上前拉了拉他的衣袖。

「便跟著去瞧瞧也不妨什麼事。」乾天道，「總歸也已經叨擾了這仙門的寧靜。」

震桓公不情不願，很想就在這地方動手，將離燁拿下。

但乾天暗暗朝他搖了搖頭。

惡氣難出，震桓公一巴掌拍在守棟神獸的腦袋上，怒喝：「你是神獸又不是狗，盯著人家玉米流什麼口水，走了！」

守棟嗷嗚一聲，分外委屈地垂下尾巴，綠幽幽的眼瞥了瞥離燁手裡的玉米，然後低下頭，跟著震桓公出了洞穴。

眾神紛紛開始往外走，爾爾也想抬步，但餘光瞥見大佬坐在原處沒動。

心裡一沉，她停下步子，硬著頭皮轉過身來看向他。

「上神。」

離燁眼含嘲諷地回視。

偷偷咽了口唾沫，爾爾道：「只要您放過仙師，小仙願意以命換命。」

她總歸又弱又沒用，若能換來仙師平安，以後的結局說不定就此更改，也算她完成了自己的使命。

心裡本還有些怒意，一聽這話，離燁又茫然了。

「妳不想活？」

「想。」她飛快點頭，「哪有人不想活的。」

那還這麼輕命？

離燁嫌棄地看了她片刻，很是不能理解。

在他看來，她這條命可比太和那老頭子鮮活有趣得多。

拂開衣角邊的草木灰，他站起身，嗓音低沉：「我要妳的命有什麼用。」

說罷，抬步開始往外走。

爾爾嚇得汗毛都豎起來了，連忙跟上他身側，焦急地道：「我的命也是命啊，您不是想吸食死怨嗎，那把我掐死，我肯定特別怨，特別好吃，總比讓太和仙師灰飛煙滅之後什麼也吃不著好。」

「再說了，仙師都活了上萬年了，又老又塞牙，哪有我這樣的小仙鮮嫩可口。」

也不知是想到了什麼，她說著說著自己咽了口唾沫。

離燁：「……」

這傻子是對他有什麼誤解？他開冥路之門是要引死怨之力上九霄為他所用，不是要吃著好吃。

誰會為了一口吃的這麼大動干戈！

再者說。

瞥她一眼，他冷哼。

她這二兩肉，風一吹都能倒，有什麼吃頭。

咕嚕。

有誰的喉結幾不可察地上下滾了一個來回。

離燁沉著臉，踩上外頭的行雲就走。

爾爾連滾帶爬地跟了上去。

已經快要合攏的冥路大門又被蜂擁而上的死怨撕開一條口子，太和精疲力盡地喘著氣，看了片刻，還是竭盡全身仙力，欲堵決口。

就在此時，他察覺到一道極為蠻橫的仙力要闖他的閉關洞穴。

眼下已經沒有多餘的仙力用來抵抗外敵，太和認命地放行，只緊緊盯著前頭那一塊虛空。

嗒，嗒，嗒。

有人慢悠悠地踩著步子朝他靠近。

耳後起了一層涼意，太和微微轉動眼珠，看向來者。

「是……你……」

離燁從容地在他身邊的石頭上坐下，拿起手裡的玉米，優雅地開始剝。

「你大可不必管這閒事。」他道。

捏著的拳頭更緊兩分，太和聲音沙啞：「若是旁人走這邪道，老夫都可以不管。但他不行，他若動邪念，便是眾生災難。」

靄色的眸子靜靜地看著他，離燁突然輕笑：「你也知道當年發生了什麼。」

「老夫不知。」

撚了一粒玉米放在嘴裡，離燁的神情突然冷漠：「我還沒說是什麼事。」

「……」呼吸一窒，太和狼狽地別開眼。

「我原想，你們既然都不願意說，那我便自己去查，你儘管死在這裡，我不在意。」修長的手指又掰下一粒玉米，離燁有些懨懨地垂眼打量，「可你引來升仙的那個小東西，真是煩死人了。」

不讓他動手就算了，還要讓他來救人，他怎麼救？把自己打開的冥路之門又踹上？

瞥一眼虛空之境裡的那道門縫，離燁臉色難看極了。

太和沉默。

他有些意外地打量了這位上神兩眼，覺得自己可能太過勞累，所以出現了幻聽。

這種冷漠高傲的上神，怎麼可能突然說著說著就有了他那小徒兒一般的撒潑模樣？

第38章　抱抱

其實一看見來的是他，太和就已經有了準備，離燁此人偏執陰鷙，既然都親自來了這裡，那他斷然是沒有活路的。

可是，眼下是什麼狀況，他一個以萬物為芻狗的上神，怎麼會記恨一個沒出息的小仙？而且，記恨得還頗深。

「這地界向來以導人修仙揚名，你既做仙師，便該先教她九霄尊卑，像她那樣的小仙，斷不可在上神面前放肆。」

離燁冷著臉看向他：「你為何不教？」

眼皮顫了顫，太和瞥一眼還剩一絲光的冥路大門，咬牙閉眼：「她生來尊貴，卻不曾與人論過尊卑，既是如此，上神也不該用尊卑壓她。」

道理他都知道，可一想到自己拿個小仙都沒辦法，離燁就慪得慌。

「尊卑也就罷，九霄上的規矩你也不教。」

哪怕提一嘴七經八絡是個什麼東西呢，他也不至於誤會她。

「還有神仙該有的風骨，九霄上十個仙門，哪一處的神仙動不動就哭？」他想想就皺眉，「有失體統，也不是回回都管用，若遇見個心狠手辣的，她哭破天也是個死。」

太和詫異地看了他一眼。

離燁沒察覺他的目光，他靠在石頭上踢了踢自己繡著金烏花紋的長袍，惱火又無奈地嘆了口氣。

要他自己關上這扇門，他不樂意，可再這麼繼續下去，太和便會精疲力竭而亡，這老頭子還真跟爾爾是一個倔脾氣，明知道自己的仙力不夠，卻不肯見好就收。

「上神近來，變化不少。」

沉默良久，太和終於開口。

面前這人不明所以地看向他，太和難得地朝他笑了笑，卻沒有繼續說。

離燁是生於天地初開的第一道火的神仙，他有無上的神力和尊貴的地位，卻沒有人的情感，天道卦人說他本性為善，可在眾人眼裡，他是嗜血而狂躁的，從來沒有誰從他身上感受到一絲人性，所有上神都在擔心他會突然變成刺向蒼生的刀。

可眼下，太和突然覺得，事情其實也未必一定會那麼糟糕。

四周的結界突然有了波動，像有什麼東西撞上來，激起了一圈漣漪。

太和回神探視，卻發現是乾天上神正在闖關，他的仙力所剩無幾，結界其實是很好破的，但自離燁踏入，這結界彷彿變成了鐵石所砌，強大如乾天，也打不開一條口子。

他略為慌張地看了離燁一眼。

離燁盯著結界上蕩開的波紋，像是想到了什麼，神色突然溫和了下來。

他將沒吃完的烤玉米放進了袖袋，側過眼眸來恭敬地道：「仙師辛苦，歇會兒吧。」

倒吸一口涼氣，太和想搖頭，可還不等他搖一個來回，這人就伸過手來，輕輕鬆鬆地將那塊虛空給接了過去。

與此同時，一道更強的仙氣從結界外襲來，方才還剛硬無比的結界，突然自己打開了一道口子，乾天的仙氣毫無防備地撞進來，劃出一道霞色的光，恰好落進了離燁手裡的虛空之境。

強大的煞氣衝撞讓外頭的乾天一嗆，差點當場吐血。

「仙師修為雖厚，但也難以與那修了幾萬年的乾天上神相提並論。」隨手將虛空往旁邊一放，離燁起身，袖袍一揮就將他捆住往外帶。

「這裡交給乾天上神，仙師便安心出關養傷。」

險些被自己長長的白鬍子給絆倒，太和踉蹌兩步，不敢置信地回頭看。

有乾天的仙力維繫，冥路大門的確在逐漸闔上。

可是，這非一朝一夕之功，乾天上神又不明白發生了何事，一個勁地往裡頭注入仙力，恐會傷身。

離燁上神應該是知道這一點的，但他看起來很從容，帶著他走出結界，甚至在路過乾天肉身之側時，很體貼地將他一掌拍進了結界之中。

「事關九霄大局，還是上神親自去解決，以免後患。」

震桓公就在旁邊站著，以為他要害人，連忙驚呼一聲跟著乾天進了結界洞穴，剩下的上神們如臨大敵，紛紛戒備地看著他。

「仙師！」

爾爾從人群後頭擠上來，跌跌撞撞地撲到了太和跟前。

她上下打量一圈，又伸手探了探仙師的脈搏。

比起在夢境裡探見的冰涼刺骨，眼下仙師的脈搏尚有活氣，雖然虛弱，但沒什麼大事。

憋了許久的一口氣終於長喘出去，爾爾腿軟地跌坐回地上，怔愣了片刻之後，眼眶又有點紅了。

仙師竟然真的能活下來，真是太好了。

是不是就是說，她也能改變命數，往後大家的結局，有可能是幸福美滿的？

身上的束縛鬆開，太和輕咳兩聲，剛想回她兩句話，卻感覺身邊氣息不太對勁。

他僵硬地用餘光瞥了一眼。

離燁就站在他身側，臉上清清冷冷沒什麼表情，甚至沒看地上跌坐著的人一眼。

但他不太高興，兀自站著，周身都是低氣壓。

意識到了點什麼，太和虛弱地道：「多虧了離燁上神相救。」

他這一說，爾爾才想起旁邊還有一位大佬，連忙抹了臉站起來，雙手合十一個勁地朝他拜：「多謝上神！」

離燁高冷地哼了一聲，將頭別到旁邊。

爾爾跟著他轉了個方向，笑瞇瞇地繼續作揖：「我就知道上神心地良善，是個頂好頂好的神仙。」

他的心地從來沒有良善過，今日救人，也不過是權衡利弊，做了別的選擇。

哼地將頭扭到另一邊，離燁不爽地想，他不救人，就不是個頂好頂好的神仙了？

面前這小東西咚咚咚地又跑到他眼皮子底下，朝他笑出一排小白牙。

白她一眼，離燁拂袖：「無趣，走了。」

一聽這話，爾爾心裡大鬆，當即就想跪下來喊一聲恭送上神。

然而，面前這人背過身招來行雲，卻沒立馬邁上去，像是在等著誰。

一個激靈，爾爾後退了半步。

不是吧，還真要她回上丙宮當牛做馬以命抵命？人家話本裡寫的大俠，都是不拘小節，不受小恩小惠的，這位大佬怎麼這麼計較！

太和也有些意外，身子被幾個徒弟扶住，他看了一眼臉擰成一團的小徒兒，又看了看等得有些焦躁的離燁，思忖片刻便道：「老夫剛出關，待客是有心無力，但上神也不必著急走，仙門後生甚多，上神只管差使。」

誰會有閒心在這烏煙瘴氣的地方多待？離燁嫌棄地回頭。

然後就看見某個蠢笨的小東西正搓著小手衝他嘿嘿傻笑。

她許久沒回仙門了，哪裡捨得立馬走。

瞧見她眼裡的意思，離燁漠然地道：「我還有別的事要忙。」

那您就先走唄。

——話都到嘴邊了，強烈的求生欲讓爾爾硬生生把它吞了回去。

她回頭看看滿眼擔憂的師兄師姐，又看看耐心即將告罄的大佬，終於還是嘆了口氣，耷拉了腦袋有氣無力地跟著他踩上行雲。

「師妹。」孟晚在後頭喊了一聲。

爾爾回頭，委屈地朝他擺了擺手：「早日飛升，我在九霄上等你。」

離燁看了她一眼，又看了看遠處那分外焦急的清秀郎君，嘴角抿了抿。

四周的景象飛快倒退，爾爾甚至還沒來得及跟顏茶師姐揮手，行雲就已經飛出了老遠。

她哀怨地嘆了口氣。

「怎麼。」離燁面無表情地看著前方的雲霧，「跟我回去很不高興？」

「沒有。」識趣地跪坐好，爾爾道，「多謝上神高抬貴手。」

「不必這般虛情假意。」他冷哼，「妳若是捨不得妳那師兄，現在跳下去也來得及。」

開什麼玩笑，行雲飛得這麼高這麼快，她這個修為，跳下去還有命在嗎。

瞥了一眼行雲下白茫茫的一片，爾爾縮回頭，十分誠懇地道：「小仙還是跟著上神吧。」

面前這人看起來很不高興，一張臉陰沉沉的，像冬日裡即將下雨的天。

爾爾有些納悶地望著他：「上神生得這般俊俏好看，為何總不肯笑？」

「……」這話誇得實在太自然，離燁都沒法罵她阿諛奉承，只瞪她一眼，「有妳那師兄好看？」

「自然。」她莫名其妙地撓頭，「師兄與您有什麼好比的。」

眼裡的神色鬆了兩分，離燁低頭看她：「我有這麼好？」

「上神修為極高，行動如雷霆閃電，自是凡人無法企及的。若是放在凡間，便是閨閣小姐們搶破腦袋也想嫁的人家。」

唇角弧度微抬了些，離燁故作嚴肅：「妳不必說這些討我開心。」

這麼膚淺的誇讚，他活了幾萬年了還沒聽膩嗎，還能聽開心？爾爾不以為然，雖然他喜怒無常，實在不好伺候，但會招姑娘喜歡是真的。

旁邊響起衣料摩挲的聲音，爾爾側頭，發現離燁頭一回在行雲上坐了下來，高大的身子如玉山將傾，逼得她無空處能坐，只能勉強擠在他身前。

熟悉的氣息席捲上來，他伸手，將她攬至胸口，借力似的將下巴放在了她的頭頂。

爾爾瞪大了眼。

這動作太親暱了，若是以前尚算自然，可兩人都已經恩斷義絕過一回，乍然再如此，她身上當即起了一層顫慄。

「上，上神？」

「累了。」離燁閉眼，聲音低沉倦懶。

像是映證他的話一般，行雲的速度也慢了下來，飄飄蕩蕩的，不知何時才能回到上丙宮。

尷尬地動了動身子，爾爾忍不住腹誹，上神真的好喜歡抱她哦，是因為她太矮了，抱起來像小孩子一樣舒服嗎。

虧得她沒什麼非分之想，換做別的女仙，還不得誤會了去？

第39章　朽木不可雕

若說第一回上九霄她還抱著極大的僥倖，那這第二回，爾爾就很清楚了，離燁上神極難親近，哪怕你撒潑打諢死乞白賴地與他套好了近乎，他也會因為一時生氣而置你於死地。

所以她也就省了狗腿子的勁兒了，老老實實一坐，充當一個沒有感情的抱枕。

她不說話，大佬也悶不吭聲，行雲上一片寂靜，只餘風從耳畔嘯過，聽著都冷清。

離燁有點不太自在。

他都習慣了這小東西嘰嘰喳喳說個沒完了，驟然這麼安靜，他心裡堵得慌。

是方才說話語氣太重，嚇得她真不敢再開口了？

那他要不要說兩句給她個臺階下？

可他是上神，憑什麼要他給臺階，他都放了太和一條生路，她做什麼不能多讓他兩步。

下頷線條緊了緊，他高傲地哼了一聲。

懷裡的人僵了僵，微微扭頭瞥他一眼，然後想掙開他。

「……」

真是個極其沒有耐心的小仙！

硬生生將這一口傲氣咽回來，離燁黑著臉按住她。

爾爾本還想掙扎，可身後突然湧來一片精純的靈氣，彷彿大雨入旱地一般滋潤，只要她靠近一點，它們就飛快地朝她身上湧。

如此純淨的靈氣，應該是已經被煉化過，大佬竟不自己吃掉，還一直留著？

爾爾詫異地回頭看他。

離燁的神情有些古怪，瞧著有些無措的模樣，卻還是凶巴巴地瞪她一眼，伸手將她的腦袋轉回原來的方向。

「不是說自從結識我，沒一天是好過的麼。」他沉聲道。

心裡一驚，爾爾以為他要秋後算帳，連忙想找補兩句。

結果她還沒開口，大佬就接著道：「以後不會了。」

「啊？」有點沒反應過來，爾爾茫然地看著前頭飄蕩的雲霧。

身後的人似是惱了，沒再重複，只將她按回懷裡。

洶湧的靈氣源源不斷地流進她的經脈，爾爾像只被撓著下巴的貓咪，舒坦地瞇起了眼，五臟六腑裡灼痛的感覺漸漸淡去，乾涸的丹田也重新有了仙力，她這幾天遭的罪，短短一個時辰之內好像就都不存在了。

「上神這是何意？」爾爾不解，覺得他好像在道歉，可轉念一想，他有什麼可道歉的，畢竟包庇坎澤的是她，壞他好事的也是她，依照大佬的性子，該一巴掌劈死她才對。

離燁也不明白自己在做什麼，但他感覺自己要是不這麼做，這小東西就再不會像從前那樣同他親近了。

「好些了？」他板著臉問。

懷裡的人點頭，一雙眼滴溜溜地盯著他瞧。

略為狼狽地移開眼，離燁抬袖蓋在她臉上：「回去了。」

原本眨眼便到的路程，行雲愣是飄蕩了一個時辰有餘，爾爾很想問大佬是不是受傷了才虛弱成這樣，哪怕是自己飛都該早到了。

然而行雲一落到上丙宮門口，她還沒來得及把頭上蓋著的袖子掀開，整個人就被大佬拎進了懷裡揣著。

我長腿了！

——爾爾很想這麼喊，可下一瞬，她察覺到了周圍的異動。

上丙宮向來清冷，除了燭焱不會有旁人拜訪，但眼下四周氣息雜亂，顯然是不止一個人在門口守著。

「上神。」燭焱的聲音隔著衣料傳來，顯得有些沉悶。

爾爾察覺到大佬似乎有些不耐煩，揣著她徑直往裡走：「計畫有變。」

「怎麼會，區區一個太和，哪裡關得了冥路大門。」一個陌生的聲音，帶著些不服氣。

離燁停下了步子。

那聲音戛然而止，四周的氣息都是一滯，接著爾爾就聽見燭焱惶恐地道：「上神息怒。」

「門是我開的，不需要給你們交代。」低沉的聲音在耳邊炸響，爾爾暈乎乎地聽著，只覺得四周氣氛凝重，唯一安全的地方，可能只有她這個位置。

於是她死死地抓住了離燁的衣襟。

身前一緊，離燁心裡剛起的怒意莫名就散了，他低頭白了那團東西一眼，然後繼續抬步往宮殿裡走：「諸位若有本事，就去當著乾天那群人的面開冥路大門，離燁在此叩謝。」

燭焱拱手，順從地退到一側，給他讓開路。身後其餘神仙雖有不忿，但也只能跟著讓開。

冥路大門一旦開了，對他們而言都是好事，能攪弄九霄局面，亦能從中獲利，所以他們盼著離燁出頭，好坐享其成，卻不曾想這事會如此輕易擱淺。

眼睜睜看著上丙宮的大門在他們眼前闔上，離风臉色難看地問燭焱：「好歹我等都是長老，他就連個藉口也不願想來敷衍？」

燭焱微笑：「上神的確不用敷衍我等，畢竟開那大門，我等未曾出半分力氣。」

「可是，是他自己想復仇的。」離风指了指天邊，「這等忤逆天地之事，我二話沒說來幫他，他也不給個說法？」

燭焱嘆了口氣。

他們的聲音不小，離燁自然能聽見，只是他兀自回到王座上坐下，壓根沒什麼反應。

爾爾扒拉半晌才將他那寬大的衣袖從腦袋上摘下去，聽了聽外頭的動靜，她突然覺得自己可能不小心又做了一件了不起的事。

冥路大門一旦開了會如何？九霄大亂，與冥界宣戰，人間遭殃，太和仙門覆滅……這些都還不是最重要的。

最重要的是，離煒會徹底走火入魔，開始濫殺無辜。

而現在，門沒開，大佬身上依舊還有殘存的善意，雖然眼前這張臉看起來也頗有殺念，但他還在忍。

歪著腦袋看了看他緊繃的臉，爾爾沒有立馬跳下王座，反倒是伸手，輕輕拍了拍他的肩。

「上神沒有做錯。」她道。

離煒正想把那幾個聒噪的人處理了，手裡的神火都已經躥出了火舌，一聽這話，他怔了怔。

「沒有做錯？」不可置信地看著她，他冷笑，「妳哪知什麼是對，什麼是錯。」

「天地間哪有對錯之分，不過都是看己身的利益。」爾爾攤手，「您不開那扇門對您有利，那便就是對的。」

聽著好像有點道理，但是，「不開那扇門，對我有何好處？」

十分鄭重地伸手指向自己的鼻尖，爾爾道：「留下了一個十分有用的人供您差遣。」

「……」

這算哪門子好處。

看見他臉上的嫌棄，爾爾扁嘴捏了捏自己的裙帶：「雖然現在看起來還不是特別有用，但這次回去仙門，我又學會了不少東西，假以時日，必成大器。」

還自己誇上自己了。

離燁哼笑，單手攬著她，將神火收了回去。

「他們吵得很煩。」他撩著眼皮睨著她道，「妳若能讓我得兩分清淨，我便算妳有用。」

這還不簡單？爾爾當即捏訣：「天地隨我意，水門靈界生！」

話音落，水如瀑布一般從上丙宮的房檐上落下，生成一道極為厚實的結界。

外頭的動靜瞬間消失，她得意地拍了拍手，扭頭看他，乖巧地等著被誇。

離燁有點意外。

上一次將她扔出去的時候，她身上的靈力還雜亂無章，眼下再看，竟能自如地運用水道仙術了。

捏著她的脈搏探了探，離燁眼眸微動。

奇怪，怎麼會在這麼短的時間裡修為精進這麼大一截？

「妳。」他疑惑地問，「吃了什麼靈丹妙藥？」

「嗯？」爾爾不解，「能吃什麼靈丹妙藥。」

她在上丙宮裡吃的，他是都知道的，別的麼，也就一顆坎汎給的辟邪用的丹藥，吃下去一點感覺也沒有。

不過大佬竟然這麼說，那是不是意味著她真的變厲害了？

興奮地跳下王座，爾爾捏訣。

霎時，空曠的宮殿裡出現了華貴無比的金箍浴桶，五顏六色的輕紗從各處房梁上垂落，吹拂得纏綿悱惻。

比起她第一次變出來的小木盆，這簡直是天大的進步。

爾爾驚喜地看了看自己的手心，又回頭看他：「我是不是飛升上仙了？」

哪有落下九霄一趟，反而還飛升的？離燁想不明白，可看她實在高興，便也順著點了點頭。

大殿裡響起一聲歡呼，他坐在王座上，就看見那小東西跟瘋了一樣上躥下跳，抱著輕紗打滾，又歡天喜地地滾回了他跟前。

「上神有什麼要吩咐的嗎？」她雙眸泛光地問，「無論什麼，小仙都可以試試！」

「有。」

「什麼？」她興奮地湊上前。

離燁慵懶地將身子前傾，靄色的眼眸掃過她的臉，定定地落在她的嘴唇上。

「讓我睡個好覺。」他低聲道。

這等語氣，這等姿態，但凡是個人，都該明白這活了幾萬年的鐵樹要開花了，識相的立馬抱大腿，保管後半輩子無憂無慮，小命周全。

然而，爾爾沒往別的地方想，大佬是什麼？冷血無情的上神，人家會紆尊降貴的調戲她這種小仙？

不會的！

所以真相只有一個——大佬想讓她趕走門外那群人，讓他睡覺也沒有後顧之憂。

「包在我身上！」爾爾當即起身。

差點被她的腦袋撞到臉，離燁抽身後退，不明所以地看著她那雄赳赳氣昂昂的背影，等意識到她想做什麼的時候，他閉眼，伸手狠狠地抹了把臉。

朽木不可雕也！

第40章　大佬的身世

有什麼辦法能讓一個小傻子變聰明呢。

坐在王座上，離燁沉默地思考了良久，最後得出的結論是——他聰明就行了，這小傻子已經沒救了。

沒救的小傻子一蹦一跳地出了結界，正好迎上燭焱那張若有所思的臉。

「爾爾仙人。」他招手。

四周嘰哩呱啦說著話的人都停了下來，爾爾順勢走過去拱手：「上丙宮清淨之地，還望各位仙人小聲些。」

這些人雖然怕離燁，但卻不會輕易給個小仙顏面，離风看她兩眼，正準備發作，卻突然被燭焱側身擋了擋。

「已是要散了。」他笑。

身後眾人都有些不快，但看上丙宮已經落了結界，燭焱又有勸退之意，幾人互看一番，還是拂袖轉身往外走。

燭焱笑瞇瞇地看著爾爾：「仙人一路辛苦。」

坐的大佬的行雲，她哪裡會辛苦，不過人家這麼客氣，爾爾也就跟著還上一禮。

兩人站得近了，燭焱很快就發現了她身上的不對。

「這……」他挑眉失笑，「怪不得上神最近只吐納調息卻不繼續修煉。」

那麼多寶貴的靈氣，竟是給她攢的？

爾爾有點不好意思地撓頭：「上神大方。」

也就對她大方，這麼多年了，別說給人靈氣，旁的神仙就連近他身都難。

原以為上次趕走她，兩人緣分便已盡，卻沒想到冷漠如離燁，竟寧肯放了冥路大門不開，也要把人帶回來。

燭焱不由地重新打量了爾爾一番，然後嘆了口氣。

「近來門中事務頗多，仙人要多加小心。」

嗯？爾爾很是好奇：「小心什麼？」

欲言又止，燭焱看了後頭的結界一眼。

這話說一半也太難受了，爾爾拉著他站遠些，眨巴著眼道：「你小聲說，我不告訴別人。」

「因著坎氏掌權人的意外失蹤，九霄上眾多仙門都對上神頗為不滿，離門已經有許多神仙意外被摧毀結元，就連上神自己，也遇著了多次殺陣。」燭焱無奈地嘆息，「再這樣下去，就算他沒有反骨，也要被逼出反骨來。」

爾爾神色複雜地看著他，心想殺了坎澤的的確是離燁啊，這副受害者的口氣是怎麼回事？

瞥見她的表情，燭焱搖頭：「坎澤之死，是他咎由自取。」

「不是因為仙術恰好剋制離氏？」一個沒忍住，她說出了心裡話。

燭焱微微一噎，然後認真地想了想：「非要這麼說，也對，但坎澤若不在幾萬年前參與謀害上神生母炘姬，上神也不會下這麼狠的手。」

「等會。」爾爾聽得直皺眉，「生母？」

離燁上神不是生於天地的上古神仙麼，哪裡來的生母？

「那是天卦道人編纂來騙上神的。」燭焱垂眼，「上神生於火焰之中，乃炘姬以自身神格煉化，本該脫離九霄十門，做無上之神。但卦人有掌控九霄之心，不願旁人分羹，便誘騙炘姬上了誅神臺，聯合一群心懷鬼胎的神仙，將她置於了死地。」

「上神是炘姬臨死前用結元硬生生保下來的，被蒙在鼓裡了幾萬年，要不是母子之間尚有靈息，上神恐怕一輩子也不會察覺到天卦道人的陰謀。」

燭焱負手，幽幽地看向天邊：「畢竟現在這地方，是他說了算。」

爾爾震驚地瞪圓了眼。

什麼情況，大佬殺人竟是為了復仇？那坎澤是害了炘姬的人之一？

如此一想，她突然明白大佬為什麼拚命地想找鏡花水月的鑰匙，鏡花水月能載神仙過往，幾萬年前這件寶貝多半是在誅神臺上，所以坎澤才會以它為餌對離燁布下殺陣，他賭的就是離燁一定想知道真相。

那麼，看過鏡花水月之後的離燁要開冥路之門，是不是就是說，害了炘姬的，真的是天道卦人？

可是，天道卦人耶，九霄的領主，天地的至聖，怎麼會是這麼一個陰險狡詐的小人？

「很難相信吧？」燭焱問。

老實地點頭，爾爾皺了一張臉：「這不是一個小仙該知道的事。」

她只是一個八百歲的孩子啊！

捂著腦袋搖了搖，爾爾與燭焱作別：「我回去了，真君慢走。」

燭焱還想再說點什麼，可這人腿雖然短，跑起來卻是飛快，噠吧噠吧的眨眼就消失在了結界後頭，讓他一腔的話都噎在喉嚨裡，站在原地愣了半晌。

重新跨進上丙宮的大門，離燁已經在王座上撐著額角閉上了眼。

爾爾放輕了步子，躡手躡腳地走到他身邊，剛想伸手在他面前晃一晃，手腕就被人給捏住了。

「沒睡著。」他聲音低啞地道。

要是之前，大魔王沒睡著，那她立馬就滾遠點，免得惹他不高興自己遭殃。可聽了燭焱的話，爾爾突然覺得有點心軟。

幾萬年活在仇恨之中的日子不好過吧，怪不得想要的東西只是睡個好覺。

眼神莫名地柔和下來，爾爾乖巧地貼近他，揉了揉他放在自己手腕上的手：「外面已經不吵啦。」

指尖微動，離燁疑惑地掀起眼皮。

方才還冒著傻氣的小東西，出去一趟回來竟帶了一股子聰明勁兒，柔軟的小手將他冰涼的手背捂暖，又扯下他的手用力往旁邊拽：「去睡覺。」
覺得不太對勁，離燁拉住了她：「燭焱給妳說什麼了？」
「沒什麼啊，隨便聊了會兒天。」移開目光，爾爾一邊拽他一邊嘀咕，「我變的床沒有你變的寬大，但也很軟和的，以前在人間我母后就愛用絲絨給我做被子，到了九霄，哪怕仙師崇尚節儉，師姐也給我做了三床讓我蓋，您來試試。」
「……」不情不願地被按上床榻，離燁抬眼看她，總覺得她身上那股子對他的抵抗意味好像淡了不少。
「不記恨我了？」他問。
爾爾眨眼，有些心虛地轉了轉眼珠子：「我記恨起人來，很明顯嗎？」
太明顯了好嗎。
離燁想冷哼，硬生生忍了回去，只抿了抿嘴角。
打從在太和仙門重逢她就對他充滿了戒備，哪怕也低頭，也討好，但始終像隔著什麼東西，眼下不知發生了什麼，她眼裡的介懷散了大半，整個人又變得溫暖又軟乎。
「先前……我覺得您是塊捂不熱的石頭。」撇了撇嘴，爾爾道，「我分明對您一直沒有惡意，但您很吝嗇對我的讚揚和誇獎，一遇見事，下手更是不留情面。」
這樣一個人，她想不記恨也難啊。
捏著被子的手緊了緊，離燁想說話，又不知道該怎麼說，一張臉頓時又沉了下去。

「不過我方才想明白了。」爾爾拍手，「我是被寵著長大的，所以會覺得愛一個人就是要誇他，認可他，尊重他。上神您不同，這幾萬年您一個人生活，弱肉強食慣了，難免嚴苛，我總不能還像孩子似的要您哄著。」

成長環境決定性格，她被很多人愛著，所以懂得愛人，大佬這麼殘酷的身世，還存著善意已經是難得，有時候殘忍一些，也是因為沒人教他溫柔。

她不該跟他賭氣的，反正賭到最後贏的也不會是她。

如果，如果大佬以後的行為真的只是因為想復仇，那爾爾覺得，一切都還有機會，只要有人能教會他分寸，教給他憐憫和愛，那也許天地能存，萬物都還有救。

定定地看著他，爾爾打氣似的握了握拳。

離燁方才還沉臉，然而面前這人表情實在太豐富了，看得他不明所以，聽了半晌只聽明白一個意思。

她在說他們兩人不是一個世界的，所以會有誤會，她會試著學會理解他的冷漠和嚴苛。

笑話，他堂堂上神，用得著她來理解？

囉哩囉嗦的，像個小老太太。

不屑地別開頭，離燁看了一會兒床帳上的花紋，眼角餘光又控制不住地往床邊瞥了瞥。

她依舊坐在他身邊，伸手替他掖了掖被子，嘴裡叨叨咕咕的，已經從他饒過太和仙門，說到了她師姐冬日裡用烤紅薯叫她起床。

不知道為什麼，分明是一個普普通通的仙門，比不上九霄裡的任何一門華貴繁榮，可從她嘴裡說出來，莫名就鮮活又有趣。

聽了好半晌，離燁終於忍不住伸手，將她拉進自己懷裡。

唾沫橫飛的小嘴一僵，爾爾瞪大了眼看著他，耳根立馬就紅了：「上神這這這。」

就算神仙不講男女之防，可這麼坦然地躺在一起，也實在有點……

面前這人疑惑地低眼看她，那自然的神色，彷彿在做一件無比正常的事情，襯得她的慌張格外的沒必要。

定了定神，爾爾委婉地道：「若是在人間，只有互相喜歡的人才會如此。」

「妳不喜歡我？」他納悶。

「……」

這是什麼問題？爾爾瞪圓了眼。

說喜歡吧，那是不可能的，可要說不喜歡，她沒那個膽子。

看了看他緊繃的下頷線，爾爾咽了口唾沫，含糊地搖了搖頭。

輕哼一聲，離燁按了按她的腦勺：「那就可以了。」

什麼就可以了！爾爾齜牙，很想咬他一口，但這人輕輕鬆了口氣，那如釋重負一般的嘆息聲止住了她的動作。

「睡醒之後。」他道，「別再叫我上神了。」

第41章　打雷咯

「那叫什麼？」爾爾不解，「師父？」

不太樂意地嘖了一聲，離燁伸手往她頭頂輕輕一點。

爾爾的眼皮瞬間沉重得像墜了兩塊巨石，打了個軟綿綿的呵欠之後，她順從地進入了夢鄉。

「離燁。」有個聲音在夢境裡說。

「是離燁。」

爾爾仰頭看著天，乖乖地跟著唸：「離燁大佬。」

有點不太敢喊，爾爾摸了摸自己的鼻尖，小聲嘟囔：「離燁上神。」

「……」

手指按上她的唇瓣，離燁低頭看著她，認真地教：「火為離，華光最耀之處生燁。」

「離燁。」她沉沉地睡著，嘴裡含糊地吐出兩個字，又軟又綿。

指尖顫了顫，他飛快地移開了眼神，輕咳一聲。

「就這麼喊。」

懷裡的人閉著雙眼，小手抵在他胸口，像一塊香甜的小蛋糕，乖乖地重複他教給的稱謂。

離燁，離燁。

好久沒有人這麼溫柔地喚他，大佬十分滿意地聽著，拇指摩挲她的髮頂，沒忍住又將存著的靈氣灌給她些，將她身上那些亂七八糟衝撞的仙氣都壓住，五行八卦，只以火為尊。

燭焱剛離開上丙宮沒多遠就聽見天邊隱隱有雷響。

怎麼回事？他駐足回看，驚愕地發現竟是一場千年的劫。

上神自是不可能還渡千年天劫的，整個上丙宮，也就爾爾仙人還有機會。

可是，她不久前才渡過一次，怎麼可能這麼快就迎來第二次？

稍微一想，燭焱的額角忍不住跳了起來。

要是沒記錯，那位上神之前說過，修煉絕不能走捷徑，他也絕不會幫任何人飛升，一定要遵從天道，踏實修煉。

也是他說的，每個人都有每個人的命數，生死由天，不可逆轉。

結果現在是怎麼的，誰都沒觸犯的條例，上神自己碰了？

若只是幫攜一二就罷，看他這架勢，擺明是上心了。

倒吸一口涼氣，燭焱扭身就往回走，想趕回去勸上兩句。

然而，天劫到得比他快得多，巨大的雷轟地將上丙宮擊成一道黑色的剪影，雷暴四落，還是同上一回一樣猛烈。

止住步子，燭焱皺眉抬頭。

若說先前的天劫有別的原因才那麼來勢洶洶，那這一回的天劫又是為何遠超千年修為該有的程度？

以爾爾仙人的修為來說，這樣大的天雷，是無論如何也輪不到她的。

還來不及細想，燭焱就發現上丙宮四周起了一道屏障。

耀眼的火紅色哪怕在雷電之中也分外醒目，尊貴的金烏花紋擴大在整個屏障之上，十分不講道理地把天雷統統頂住。

要說第一次天劫之時的離燁還只是一時善心，那這一次，燭焱就能肯定了。

他動了不該動的心思。

愛護徒弟如乾天上神，也絕不會用自己的屏障替徒弟擋天劫，更別說裡頭渡劫那個是被他親自逐出過仙門、早已不算他徒弟的人。

為什麼呢。

困惑地看向天際的雷電，燭焱十分擔憂地搖了搖頭。

爾爾原本是睡得很好的，夢裡草長鶯飛，可不知為什麼天邊突然響起了雷聲，嚇得她一抖，整個人霎時醒了過來。

睜開眼，面前是離燁繡著金色花紋的衣襟。

「打雷了嗎？」她問。

離燁攬著她，似乎睡得正好，聞言含糊地應了一聲，將被褥扯上來蓋住她：「春雷，無妨，繼續睡。」

這怎麼睡得著？爾爾皺眉，上回渡劫那麼疼，她現在聽見打雷都害怕。

下意識地往他懷裡縮了縮，爾爾睜著眼聽著頭頂的響動，身體緊繃。

離燁睜開眼，低頭看她：「有我在，天地穿了這雷也落不到妳身上。」

「騙人。」爾爾撇嘴，「上回您也在我身邊，雷還是落在我身上了。」

「那不一樣。」

「有什麼不一樣？」

那時候她還只是個外人。

離燁抿唇，沒把這句話往外說。

懷裡這人一副機靈鬼的模樣，仰頭看了他一會兒，雙手一張，突然穿過他的手臂下側，將他整個人死死抱住。

「……」

心口一震，他喉頭動了動。

「做……什麼？」

爾爾笑得老奸巨猾：「這樣抱著，若是雷落下來，您也跑不掉。」

他這麼高的修為，哪裡會讓自己吃虧，所以抱著他是最安全的。

被自己聰明到了，爾爾得意地吧砸了一下嘴。

喉結幾滾，還是滾回了衣襟裡，離燁半闔了眼，輕哼一聲按著她的後頸：「瞎算計。」

話是這麼說，可頭頂的屏障莫名就薄了兩分。

巨大的雷聲嘩地在頭頂炸開，爾爾一個哆嗦，立馬將腦袋也埋進他懷裡。

溫熱的呼吸熨燙在衣料上，不一會兒就滲到了肌理，離燁眼裡晦色流動，下意識地後退了半寸。

懷裡的人像是受了什麼驚嚇似的，立馬緊跟他移了移，小手死死地扣在他腰後，生怕他跑了一般。

離燁突然笑了。

胸腔的震動對抱著的人來說太明顯了，爾爾很是鬱悶地問：「怕雷好笑嗎？」

大佬沒有回答她，只側了側身子，讓她抱得更舒坦一點。

順勢就收緊了手，爾爾哼聲道：「以前在太和仙門我是不太怕打雷的，顏茶師姐比較怕，每到這個時候她就來找我一起睡，給我講故事。」

「為什麼是怕打雷的人講故事？」離燁挑眉。

微微一噎，爾爾羞惱地道：「就，就是因為怕打雷，講故事就不怕了啊。」

恍然地點頭，他輕笑：「那妳現在講吧。」

「小孩子才聽故事。」她嘀咕。

「嗯，講。」

「……」八萬歲的小孩子，您不會覺得過分了些嗎！

腹誹半晌，爾爾還是老實地開了口。

以前母后哄她睡覺就常說些民間趣聞，什麼賣糖人的故事、小兔子的故事，爾爾隨便撿來幾個，像模像樣地說上幾句。

本以為大佬這樣的人物，聽一會兒就會不耐煩，沒想到他竟然聽得很專心，甚至還問：「後來呢？」

神色複雜地仰頭，她道：「後來當然是小兔子回到洞穴裡找到了同伴。」

面前這人眼眸明顯地亮了兩分。

爾爾覺得稀罕：「您以前沒聽過這些東西？」

自然是沒聽過，但大佬覺得承認的話十分沒顏面，於是他板著臉道：「都聽膩了。」

那這一副被感動到的模樣是怎麼回事啊！

哭笑不得，爾爾大著膽子伸手摸了摸他的腦袋。

「善良的小兔子都能找到自己的夥伴。」

嫌棄地看著她的手，離燁冷聲道：「厲害的兔子不需要夥伴。」

嘴硬得很，頭髮摸起來倒是軟軟的，不像她想像中那麼刺撓。

忍不住伸手又摸了摸，爾爾滿足地眯眼。

不會傷害她的大佬真是可靠又可愛，雖然怎麼看也是一頭老虎，跟兔子沒關係，但他要是善良的話，是可以做夥伴的。

任由她的手在自己腦袋上放肆，離燁斜眼一瞥，嗓音低沉：「再講一個。」

「不是聽膩了嗎。」

「讓妳講就講，別廢話。」

「哦。」

天雷陣陣，落在屏障上像飛濺的鐵水一般火花四起，方圓五十里之內群仙退避，氣氛凝重。

然而屏障之下，一大一小的兩道身影依偎在一起，燭光盈盈，輕紗嫋嫋，嘰哩咕嚕的故事聲構成了另一個世界，安謐又祥和。

天劫過後，四周開始逐漸恢復之前的模樣，有路過的仙人看著各處的瘡痍，唏噓地議論：「這是誰家上神又渡劫了？」

「上丙宮吧？」

「那位應該還有些年頭才對。」

「誰知道呢，這麼大的天劫，也只能是他的了。」

「誒，這不是太上老君嗎，這麼早，忙著往何處去？」

太上老君拿著一堆物事行色匆匆，聞言倒搭理了一句：「去替上丙宮遞名冊，有個小仙要飛升上仙了。」

小仙飛升上仙？眾人皆驚，議論聲更大，艮門的艮塵仙人忍不住跟上前道：「據我所知，那位小仙剛飛升不久，哪能這麼快飛升上仙，老君是不是看錯了？」

「沒有，修為夠了。」太上老君看了看手裡的名冊，又笑，「能在上丙宮裡做小仙，本也是一份機緣。」

他這話是順應天道的，沒什麼毛病，但聽在別人耳裡就不同了。

在座多少神仙修煉了許久也還沒飛升，一個初來乍到的，憑什麼突然插隊？

艮塵回去將此事與艮門其他人說了，當即就有人動身，將太上老君攔在了天門之外。

「此事要從長計議才是。」艮圪嚴肅地道，「按照天規，遞名帖飛升之前總得先服眾，這位小仙咱們連面也沒見過，不合規矩。」

艮圪是艮氏仙門的掌權人，太上老君也不好拂他顏面，只能停下步子道：「離燁上神說她修為足夠。」

「修為這東西，只要動心思，總能有。」艮圪搖頭，「想飛升上仙，光修為夠了怎麼成。」

「這……」太上老君也無言以對。

離燁上神讓他去遞名冊，顯然就是偏袒那小仙，真要拉出來受眾人審視，那小仙哪能夠格？

可這麼多年了，他難得跟他開次口，若辦不成，也怪難交代的。

僵在天門之外，太上老君嘆了口氣。

第42章　逛天門

一覺睡醒，爾爾覺得神清氣爽，舉起手想伸個懶腰，卻不小心碰到了人。

她一怔，茫然地仰頭，黑不溜丟的眼瞳正好撞進一雙靄色的眸子裡。

「睡醒就打人？」他低啞著嗓子問。

臉上莫名一紅，爾爾低頭看了看，發現自己還窩在人家懷裡，兩人身上氣息相融，親昵得不像話。

她連忙蠕動著身子退後，扯過被子蓋住自己半張臉，只剩眼睛露在外頭，不好意思地眨著。

旁邊這人斜她一眼，掀開被子下了床，右手一抬，身上就換了一身新的紅袍。

「哇。」爾爾不由地讚嘆，「好看！」

這話很受用，離燁抬了抬下巴，翻手扔給她一個仙果：「起來，要出門。」

「去哪兒？」她叼住仙果，一邊問一邊起身穿鞋。

「隨便逛逛。」他含糊地道。

大早上起床出去隨便逛？爾爾看他一眼，想問您是不是太閒了些，可這一看，她才發現大佬繫著的髮帶散了，墨黑的長髮凌亂地披著，頗為不妥。

吭哧一口咬住仙果，爾爾將手在身上擦了擦，站起來朝他示意：「蹲下來些。」

離燁不解地低頭。

「再矮點。」她吃力地動了動指尖。

嫌棄地看著她的手指，離燁問：「這還不夠矮？」

爾爾炸毛了：「我是說請您再矮點，不是說我自己矮，我矮也沒吃你家大米，要你呱！」

情緒太激動，最後一個字都變了音，聽得離燁當即失笑。

面前這人氣得臉都鼓了，腳下還在偷偷往上踮，看起來真的對自己的個頭十分在意。

無法，離燁低頭，將半個身子都朝她低下來。

「沒事長那麼高幹什麼。」她惱羞成怒地嘟囔，然後憑空取出一把篦子，替他將頭髮攏好束起。

離燁悶不吭聲地看著，任由她擺弄。

要是燭焱進來瞧見，一定會驚掉下巴，他何時對人這麼低過頭。

況且，不就是頭髮麼，隨意捏個訣就是了，哪用這麼麻煩。

可是，面前這人真是十分執著，小短腿踮得晃晃，手上的動作俐落又輕柔，將墨髮挽進髮冠，又變出一根金簪替他簪上。

他忍不住就想伸手攬她的腰。

然而，手剛伸出去，面前這人就已經收拾妥當，滿意地往後退了半步。

橫在半空的手立馬繞了一個圈，自然地撫了撫鬢髮，離燁站直身子，輕咳一聲別開頭：「多事。」

不誇她也罷，怎麼還嫌棄上了？爾爾撇嘴，不過倒也漸漸習慣了他的口不對心，捏訣給自己換了身衣裳，她一蹦一跳地就往外走：「咱們要去哪兒？」

「天門。」

嘎？

歡快的腳步一滯，爾爾僵硬著臉轉向他，眼含驚恐。

大佬的閒逛都是要去天門這麼刺激的嗎，那可是相當於人間的紫禁城，百里之內戒嚴、誤闖皆斬之地，為什麼他提起來只是一副說飯後要去散步的模樣？

下意識地搖頭，爾爾背抵著大門往後縮了幾寸：「今日瞧著天氣也不好，要不咱們……」

話沒落音，整個身子就被人拎起來，半抱半拖地跨出了大門。

臉一垮，爾爾使勁掰著他箍在自己腰上的手：「您自己去就成了，我去多礙事啊。」

「我這身分也不合適，萬一頂不住天門附近的靈壓，那多可怕。」

「上神，大佬……」

眼看著踏上行雲了，她終於沒忍住嘶吼：「離燁！」

步子一頓，他嘴角輕抿，頓了好一會兒，才又拎起長袍前擺跨上行雲，心情極好地應：「嗯。」

爾爾：「……」

她都這麼生氣了，大佬究竟在高興什麼？

將她放上行雲，離燁抬眼遠眺：「妳不是想做上仙？」

「說是這麼說，但……」話接到一半，爾爾突然意識到了點什麼，將後頭的話咽了回去。

她愕然地抬頭看了看他，又捏訣運氣，將自己的經脈探視一番。

「嘶——」不看不知道，她的仙力什麼時候這麼渾厚了？

雖然原有的各門仙力被壓制有些不適，但那股純淨的火道仙力實在太強悍，不管她捏什麼訣，似乎都是輕輕鬆鬆遊刃有餘。

伸手接住自己差點掉地上的下巴，爾爾震驚得手直哆嗦：「您要我直接飛升？」

「不想？」他側眼。

「倒也不是不想，但我這七經八絡都未通，光憑滿穴滿竅的仙力，能做上仙？」爾爾很懷疑地戳了戳自己的手心。

衣袍被風吹起，劃成了天上的朝霞，離燁懶散地拂開面前慢悠悠的雲，曼聲道：「自古神仙生於信仰，妳若自己都不信自己，那便真的成不了。」

眼神微動，爾爾順著他的目光看向前頭。

天門在九霄十門之上，四周雖無人形守衛，但靈壓懾人，一旦有人撞過界線，便是個屍骨無存的下場，是以天卦道人在天門前修瞭望天臺，供要拜會的仙人停留。

爾爾跟著離燁落上望天臺的時候，上面已經站了不少的神仙，似乎在爭論什麼，略顯嘈雜，好幾個神仙面紅耳赤，看起來與人間朝堂上的大臣略似，倒給了她幾分親近之感。

人的天性就是愛湊熱鬧，她當即就想上去聽兩耳朵，結果爭得最凶的那位神仙扭頭往她這邊一看，霎時住了嘴。

他對面的神仙還想再說，順著他的目光看過來，當即也瞪圓了眼。

望仙臺上逐漸安靜下來，爾爾左右看了看，以為他們是畏懼離燁大佬，剛準備往他身後站，就突然覺得身子一輕。

太上老君甩著拂塵，將她招了過去。

她身子剛飄到一半，後頭就傳來了熟悉的氣息。

「做什麼。」離燁不悅地問。

往前飄的趨勢戛然而止，爾爾被架在半空，不知所措地看了看他們。

太上老君撚著鬍鬚嘆息：「總是要服眾的。」

臉色微變，離燁瞥向旁邊。

艮圪站在最邊上，一副事不關己的模樣，撞見他的眼神，倒是笑了：「看我作何，上神神通廣大，若非要當著這麼多人的面徇私舞弊，在下也不會出面阻攔。天門就在後頭，只管帶著她去便是。」

第43章　作弊

此話一出，望仙臺上更是安靜得掉根針都聽得見。

爾爾扭過頭，發現離燁臉色極為難看，另一邊太上老君的神情也有些凝重，兩人力道都沒有鬆，像拔河似的將她拉在中間。周圍的神仙都皺眉看著她，活像她是什麼禍國妖姬。

後知後覺的，爾爾想明白了是怎麼回事，當即一扭身，從這兩道爭執的仙力裡掙脫出來，堪堪落地。

「總也該讓我說句話吧。」她攤手。

太上老君皺眉。

他是為離燁著想的，畢竟是在天門之外，讓那小仙自己出來承擔，總比他與其他門主直接起衝突來得好。

他也想過，這小仙定然實力不濟，大不了他偷摸放水，總會給離燁一個交代。

結果離燁不肯放手，不但不放，還大有當真要徇私舞弊之意。

正著急呢，拂塵上的仙力突然就是一鬆。

愕然低頭，太上老君這才發現，方才一直沒放在眼裡的小仙，運用起仙力來竟如此自如靈活。

眾人修仙，多是吐納天地靈氣化為純淨靈力，再儲進經脈穴道，慢慢煉化使用。若有旁人相助，儲存靈力是極為簡單之事，但讓靈氣隨訣而動則需要修煉數年，是以艮圪上神才諷刺說光是修為夠了也不行。

這小仙身上純淨的火道靈力擺明是離燁所贈，但太上老君沒想明白的是，她怎麼能用得這麼輕巧，彷彿已經煉化過數百年一般。

覺得可能是自己眼花，他又將拂塵甩過去，想拉她一把。

雪白的拂塵又長又軟，像極了太和的白鬍子，爾爾沒忍住伸手去接，順手捋了捋。

沒有太和仙師的鬍鬚手感好。

嫌棄地鬆手，她看向捏著拂塵的人，認真地道：「老君吩咐一聲小仙便過去，倒是不必如此。」

說著，乖乖就站到了望仙臺正中央的圓盤上。

離燁有些不悅，一雙眼靄色沉沉，略有戾氣地嘖了一聲。

爾爾聽見了，回頭朝他擺擺手：「我自己試試。」

不是他說的麼，神仙生於信仰，總要先相信自己才行。

「九霄天規，小仙飛升上仙，當醒補天石，撞無壽鐘。」太上老君撚著鬍子道，「今眾神恰好都在，妳若真想飛升，便上前一試，若是成了，名碟當即便可入天門，若是不成，也算給各位上神遞了名姓。」

補天石吸食靈力，若靈力充沛到能將其點亮，便證修為已達上仙之境。無壽鐘非蠻力可動，需要極強的掌控力，才能催動靈力注入撞鐘木，一撞長壽千年。

「莫要覺得我等在為難妳。」艮圪冷淡地看向她，又越過她看向後頭的離熚，「他也是過了這兩關，才得封上神。」

爾爾有點意外，這種考驗不是她這種凡人修仙才需要經歷的嗎？大佬出身即有神格，做什麼也要來這一遭？

而且，艮圪上神說這句話的語氣，高高在上，帶了些輕蔑，聽得她很不舒坦。看不起她就算了，大佬這麼厲害，做什麼要被這件事擠對。

心裡生了點火氣，爾爾勉強壓了壓，笑問：「我若過了，才只是個上仙，為何離熚上神直接封了神？」

艮圪一頓，冷淡地垂眼：「修為有高低，妳是仙是神，它們會告訴妳。」

「總該讓小仙明白它們遇見上神是何種反應，也好有個盼頭。」十分乖巧地朝艮圪拱手，爾爾語氣誠懇，「請上神指教。」

艮圪：「……」

九霄十門的掌權人皆是神格出身，除了離熚一開始不被接受，需要考驗，其餘眾神，誰用得著這樣的把戲？他張口就想拒絕。

然而，圓盤上站著那小仙滿眼都是期盼，在他開口之前就指著他身上的東西驚呼了一聲：「八寶葫蘆耶！」

「這等仙器都能輕易掛在腰間，這位上神真是我輩效習之楷模！」

雙手捧心，爾爾邁著小碎步跑到他跟前，深深朝他鞠了一躬：「今日就算過不去這考驗，能得上神這樣的大人物指教，也不枉我來上一場。」

「……」

艮圪愣住了，他沒想到這個小仙膽子會這麼大，竟敢對他提出這樣的要求，更沒想到的是，她話音一落，四周的神仙也都朝他看了過來。

眾目睽睽，其中不乏看好戲的，艮圪拒絕的話就在嘴邊，卻怎麼也沒好意思吐出來。

他抬手，想把爾爾拂開，可面前這人竟先他一步讓開路，拱手作請。

艮圪的手僵在了半空。

太上老君一直沒出聲打斷，到這個時候卻是慢悠悠開了口：「雖是有些冒失，但她初來乍到，未曾見過上神本事，好奇也是情理之中。」

「怎麼不讓離燁再去試一次。」艮圪黑著臉咬牙，「左右他都熟悉了。」

「上神玩笑。」太上老君搖頭，「幾萬年前離燁上神差點毀了天門。」

放到現在，那天門肯定更保不住，誰敢讓他去試？

惱怒地拂袖，艮圪很想當場走人，但這麼多門人看著，他若走了，豈不是成了笑話。但若不走……

目光落在面前那張笑得燦爛的小臉上，艮圪勉強扯了扯嘴角，咬著牙道：「指教也無妨，妳好生看著，千萬要過了才是。」

若是過不了，他當即就拿太上老君手裡的名碟去告離燁個私授仙位越俎代庖之罪。聽明白了他的話裡話，爾爾低頭讓路，稍稍捏緊了拳頭。

離燁站在不遠處看著她。

他是有心要給她開後門的，可現在，他突然覺得袖手旁觀也許會有意外收穫。

望仙臺上亮起了褐色的仙光，一道仙力劈下去，懸掛在天門一側的補天石微微一晃，接著便亮了起來。

「三成亮，為上仙，五成亮，為真君，十成亮，為上神。」一點點加大靈力注入，艮圪瞥著後頭的爾爾，「妳可看清楚些。」

爾爾一本正經地望著補天石，見它慢慢亮到整個石體都變成透綠色，不由地感嘆了一聲。

接著，她聽見了無壽鐘的聲響。

噹——噹——噹——

清脆有力，聲音綿長。

大概是想掙回些顏面，艮圪絲毫沒有保留，源源不斷的仙力朝兩個仙物注入，霎時天門方圓百里皆聞鐘鳴。

可這樣做的後果就是他手上青筋暴起，鼻息也因為經脈過負而沉重起來。

爾爾暗自掐算自己擁有的仙力，隱隱有些擔心。

鐘鳴持續了一炷香，還是後頭艮氏仙門的門人看不下去了，上前來給了臺階：「這便夠她長見識了。」

艮圪當即收了手，臉色蒼白地捏訣調息。

幾個門人上前想攙扶，被他一把揮開，他定了定神，看向爾爾道：「妳可得小心了。」

看熱鬧看得正起勁的太上老君被這句話驚得回了神。

「大意了。」他擺手，「仙物上會有上神的仙力殘留，爾爾仙人眼下再去，極易被反噬。」

靈力混雜本就於仙體有害，艮圪又是強大的上神，他留下的靈力一時半會兒消散不了，爾爾就算原本是能通過考驗的，如此一來也沒辦法上前。

「怎麼。」艮圪皺眉，「我尚且能紆尊降貴陪妳這個小仙胡鬧，妳竟要打退堂鼓？」

「沒有。」爾爾搖頭，朝太上老君拱手，「小仙願意一試。」

太上老君無措地看向離燁。

離燁冷冷地看著他，沒說話，只伸手化出一方調息陣備在一側。

這態度，是允了爾爾去試了，可太上老君看他那眼神，總覺得背脊發涼。

「那就……試試吧。」他猶豫地道。

爾爾點頭，重新回到望仙臺的圓盤中央，深吸一口氣，學著艮圪方才的模樣，運送靈力注入補天石。

果然，剛一碰見石頭，就有一股強大的仙力反朝她衝來。

爾爾沒慌，飛快地回想在太和仙門學過的土道仙術，挑了一支最簡單的，捏訣調動起身上殘存的土道仙力，將其作為承接口，將反衝過來的仙力統統接住。

幸虧，幸虧她之前沒出息，學什麼都不厲害，所以什麼都學過，這法子竟真的能將反噬仙力吸納進自己的穴道，緩衝之後，留做己用。

旁邊的人看著，只覺得補天石一直沒亮，她給出去的那道靈力也單薄，可眨眼間，爾爾一直仙力匱乏的天鼎穴就有了豐厚的靈力儲備。

「不夠格。」艮圪看著那補天石，冷聲下了判定。

然而，他剛說完這三個字，面前的仙光突然大盛。

褐色的光，是艮門的仙力彰顯，飛騰翻轉地撲上補天石，霎時將石頭點到了三成亮。

艮圪瞳孔猛縮。

這怎麼可能，她身上分明都是火道靈力，怎麼可能用與他一模一樣的仙力喚醒補天石。

不僅補天石亮了，旁邊的無壽鐘竟也響了一聲。

噹——

褐色的仙光在望仙臺上炸開，逼得所有神仙都抬袖擋眼。

離燁站在光裡沒動，靄色的眸子一眨不眨地望著那認真捏訣的小東西，唇角忍不住往上抬了兩分。

真聰明。

用艮圪的靈力去試驗，自然是能通過考驗的，是艮圪太蠢，以為留下仙力能反噬她，卻沒想到這個小東西本就是五行雜修。

並且，他直到現在還沒意識到這褐色的仙光就是他自己的，看著她那眼神，活像是發現了艮門下一代接班人。

愚蠢。

他看得透徹，但也只有大佬有這樣的眼力，所有神仙包括太上老君，都震驚於這強大的土道靈力。

爾爾艱難地將黴脹的經脈捋順，眼眸滴溜溜地打量周圍，見沒人跳出來說她作弊，便偷偷舒了口氣。

噹——噹——噹——

無壽鐘響得分外歡快，響滿了上仙需要的二十下。

爾爾及時住了手。

她揉了揉發酸的手腕，站在原地回頭朝艮圪問：「這也不夠格嗎？」

艮圪定定地看著她，一改之前的輕蔑和刁難，大步上前來想探她的脈搏。

一道火紅的影子凌厲地攔住了他的去路。

「做什麼。」離燁居高臨下地看著他，眼裡滿是譏誚，「不服氣？」

下意識地後退兩大步，艮圪臉上青了又紫：「我又不會傷她，只是看看。」

理解地點頭，離燁站著沒動，手裡不知何時已經捏上了弒鳳刀，耀目的神火逼得艮圪再退兩步。

真是不講理！艮圪咬牙，側過身子看向後頭的爾爾：「這位小仙可曾投過我艮氏仙門？」

「不曾。」爾爾搖頭，「我一直在離門。」

「那妳可有改投仙門的想法？」艮圪問。

這麼直接的嗎？大佬還提著刀站在他面前呢。爾爾略為不好意思地撓了撓眉梢：「聽您這意思，試驗是通過了。」

艮圪沉默，看了後頭其他人一眼。

各門今日都有來湊熱鬧的，看到這裡也都明白離燁這不算徇私，倒是他們幾位上神顯得咄咄逼人，實在是沒什麼顏面，也羞於開口應聲。

還是默認了吧。

太上老君笑著上前，將想提刀動手的離燁攔了一把。

「喜事，這是喜事，就莫要動怒了。」他低聲勸，「如此一來，你這徒兒便是名正言順的上仙。」

「不是我徒兒。」離燁皺眉。

「好好好，總歸是你的人。」太上老君擺手。

看他一眼，離燁收回了刀：「各位今日都要拜會天卦道人？」

「不是。」眾人搖頭。

都是來看熱鬧的。

這句話沒敢說，但察覺到熱鬧已經結束，上神有趕人之意，識趣的神仙們立馬騰雲駕霧走了大半。

艮圪還是有些不甘心，看著爾爾欲言又止，太上老君瞧了離燁一眼，連忙將他半拉半請地帶走。

望仙臺上逐漸恢復了寧靜，爾爾定定地站著，直到最後一位神仙離開了視野，她才吐出一口氣，精疲力盡地跌坐到地上。

「嚇死我了。」她聲音都在顫，「還以為會被發現。」

離燁輕哼，慢悠悠在她身側半跪，用膝蓋抵著她的背：「是他們蠢。」

有了著力點，爾爾立馬靠了上去，舒服地嘆了口氣，小聲嘀咕：「得抓緊修煉了，這樣偷奸耍滑可不是什麼長久之計。」

瞥她一眼，離燁道：「妳重新撞一次無壽鐘。」

「哈？」爾爾嚇得瞪眼，「不是都通過了嗎？我好累哦，您瞧瞧這手，都累得抬不起來了。」

軟綿綿的爪子在他面前晃了晃，又脫力般地跌墜下去。

離燁垂眼，寬厚的手一合，將她的手腕接在半空。

第44章　信妳自己

爾爾一怔，不解地側眸，就見他抓著自己的手對準無壽鐘的方向，低沉的聲音在她耳側炸響：「試試。」

「……」她懷疑大佬是想羞辱她。

這有什麼好試的，肯定撞不響啊，雖然她也知道借艮圪仙力這事很無恥，但也是被逼無奈，總不好在那麼多人面前給他丟人。

好不容易過了這關，大家心照不宣嘛，何必擺檯面上這麼難看。

幽怨地看向他，爾爾想插科打諢糊弄過去。

結果一轉頭，她對上他的眼神。

這雙靄色的瞳孔頭一次這麼溫柔，充滿了信任和鼓勵，定定地看著她，彷彿只要她一動手，無壽鐘就一定能響起來一樣。

爾爾有點不能理解，扯著嘴角想笑，可多看一會兒，她又覺得笑不出來了。

他是認真的。

指尖無意識地顫了顫，爾爾抿唇，將目光轉向天門一側。

沉重漆黑的古鐘懸在那兒，像一座無法逾越的城池，可身後有人抵著她的背，溫暖又堅毅，讓她想退都沒地方退。

猶豫地張開手指，爾爾化出了一道火光。

「全力以赴。」離燁捏著她的手，淡然地道，「怕什麼。」

當然是怕自己力竭而亡啊，爾爾腹誹，撞無壽鐘又不是什麼輕鬆的事，萬一用盡全身仙力都沒撞響，那不是虧了嗎。

小心翼翼地將仙力加到七成，爾爾出手了。

火光化鳳，長嘯而出，一頭猛撞上無壽鐘的撞鐘木。

木頭晃了晃，堪堪挨到鐘面。

離燁瞇眼：「這是妳的全力？」

「不是，可……」

他不悅地看向她：「就算現在力竭死在我面前，我也能把妳從幽冥帶回來。」

同樣的，再不用全力，順手將她塞去幽冥歷練也是輕而易舉。

「……」

話都說這個份上了，爾爾撇嘴，乾脆豁出去，將一身靈力盡數傾倒而出，撒氣似的注入撞鐘木。

噹——

清越的鐘聲震得她一個激靈。

噹——

離燁收回了扶著她手腕的手，下頷微抬，輕哼了一聲。

噹——

爾爾傻眼了。

她她她什麼時候這麼厲害，火道的靈力都能撞響無壽鐘了？

雖然只有幾聲，可也是響了，按照天規，她是真真正正地夠格飛升上仙。

「誒……」興奮又有點不知所措，爾爾扭頭望向身後的人，眼睛直眨。

離燁白了她一眼：「我從來不徇私舞弊。」

說她能飛升，那便就是能飛升。

她經脈裡阻塞不少，很影響靈氣的吸納，導致她修煉慢，可她運用靈力的本事十分強悍，只要給她足夠多的靈力，上仙又算得了什麼。

這是給她靈力的時候離燁發現的祕密，不過這話他只會心裡想想，不會說給她聽，她這樣特殊的體質，若是心術不正，很容易走上邪門歪道。

腿有些麻，他動了動，低聲招呼她：「起來，準備走了。」

小東西點點頭，還有些沒回過神，手緊緊抓著他的衣袖，坐在地上一動不動。

「離燁。」她茫然地問，「你是不是幫了我了？」

「此話怎講。」他挑眉。

「我這樣的小仙，怎麼可能撞得了無壽鐘。」她抬頭，眉毛耷拉成一個八字，委屈兮兮地望向他，

「方才你抓著我的手，是不是偷偷幫我了？」

「就這麼看不起妳自己？」離燁嗤笑，伸手捏住她手腕上的脈搏，食指輕輕點了點，「八百年，妳沒少修煉仙術功法。」

有幾條經脈，甚至比真君階的人也不差。

「可是，我一直很弱。」她皺眉，嘀嘀咕咕地道，「在仙門裡，我連比我小五百歲的後生都打不過，天劫也需要師兄師姐護著，功課也是最差的。」

越說聲音越小，眸子裡剛亮起的光搖搖欲墜，又快熄了。

離燁不悅，一把將她撈起來，捏著她的腰將她拉向自己。

俊逸的輪廓突然在眼前放大，爾爾瞳孔微縮，下意識地想後退。

「別動。」他低喝，雙目定定地看著她，然後伸手，指尖朝向無壽鐘。

咚——

沉悶的巨響在天門外炸開，整個天門都跟著晃了晃，守界的靈氣被驚醒，四處亂竄，連帶著望仙臺都跟著震動，仙燈碎，玉欄斷，像是要從中間裂開。

爾爾嚇得抓緊了他。

「看仔細。」離燁不耐煩地道，「我方才若是幫妳，便該是這樣的聲音。」

「……」這也太狠了。

瑟瑟發抖地點頭，爾爾替他撣了撣肩上不存在的灰，又伸手將翎羽抻平：「息怒。」

「我沒生氣。」他冷哼。

這不叫生氣叫什麼？爾爾撇嘴，可轉念一想，大佬這算是在給她信心，讓她相信自己嗎？

說實話，今日若是就那麼走了，她一定會心裡有愧，覺得自己是靠著艮圪的仙力才飛升的上神，這麼一試，心裡懸著的石頭反而是落了下去。

她看向他，想張口說聲謝謝，可離燁大佬突然低頭，下巴正好抵在她的頭頂。

咚——咚——

無壽鐘還在不停地響，爾爾縮在離燁懷裡，突然察覺到了前所未有的安心和踏實，周遭的一切嘈雜好像都化為了虛無，只有自己的小心臟，跟著無壽鐘一聲一聲地跳著。

咚——咚——

伸手按著心口，爾爾不太適應地動了動。

離燁。

腦海裡不知道為什麼跳出這兩個字，她一怔，心想自己膽子已經這麼大了嗎，敢隨時隨地這麼隨心所欲地喊大佬名諱了？

「離燁！」

耳邊也響起這兩個字，並且由遠及近，帶著十成十的怒氣。

一個激靈，爾爾回過神。

不是她想的，是真的有人在喊他。

她扭頭，發現天邊劃來一道光，光影越來越清晰，不消片刻就露出了震桓公那張怒氣衝衝的臉。

大佬聽見了，當即鬆開了她。

周身一冷，爾爾連忙落地站好，看向氣勢洶洶衝過來的人。

「你幹的好事！」踏上望仙臺，震桓公徑直衝到了他們跟前，寬大的袖子一甩，便甩出兩個圓滾滾的琉璃瓶。

琉璃瓶通體晶瑩，裡頭裝著兩個蜷縮的人影，幾乎只要一眼，爾爾就認出了其中一個。

「大師兄！」她白了臉。

第45章 一魄

不久之前還見過的孟晚師兄，此時只剩一魄裝在琉璃瓶裡，如初生嬰兒一般蜷縮著，身上衣衫破損，常用的佩劍也斷成兩截，陪在他身側。

爾爾伸出手，那瓶子晃晃悠悠地就落到了她手心。

「怎麼會這樣？」

震桓公怒視離燁：「妳問他。」

脖子僵了僵，爾爾緩緩轉頭，看向身邊站著的人。

大佬的眼神不太友善，伸手一招，另一枚琉璃瓶就落到了他手裡。

「修煉不精。」他看著裡頭乾天的一魄，態度冷淡，「區區死怨，竟能將他逼到這個份上。」

區區？震桓公暴跳如雷：「冥路大門是什麼東西你不會不知道，你違背天規私開此門，逼得乾天不得不以魂魄為祭才勉強將其關上，竟還說風涼話？正好前頭就是天門，你同我去見天道卦人，咱們好生理論一番！」

離燁嗤笑，抬眼看他：「你有證據證明那門是我開的？」

微微一噎，震桓公黑了臉：「除了你還有誰。」

這是大家都心知肚明的事，可真要放去天道卦人面前，那便是要講實打實證據的，震桓公也知道這句話站不住，越說聲音越小。

離燁就是這一點最可恨，總不留任何把柄，讓人拿他沒辦法。

他瞪眼看向他，想再斥他兩句，卻發現這人好像有些心不在焉，眼眸半闔著，餘光瞥著旁邊的人。

爾爾站在他旁邊，正緊張地打量琉璃瓶裡的魂魄。

看起來是受了重傷，好在師兄修煉已經有成，離了這一魄尚能活命，只是，若不將這一魄養好，師兄恐怕會像她先前一樣五感下降，影響之後的修煉。

可是，她現在的本事，堪堪才夠自保，怎麼才能給師兄養魂魄？

猶豫良久，爾爾看了大佬一眼。

不知為何，大佬好像心情極差，一張臉烏雲密布，森冷得她到了嘴邊的求助立馬咽了回去，改成了軟軟的一句：「他們還有救嗎？」

「與我何干？」離燁冷著臉轉過身子，看著震桓公示意天門的方向，「走。」

「做什麼？」震桓公沒好氣地別開頭，「當務之急自然是先救這兩魄，至於追究，等他們恢復過來再去也不遲。」

「不是你說要面見天道卦人？」

「等會再去。」耳根有點臊得慌，震桓公橫裡橫氣地看向爾爾，「妳說呢？」

爾爾抱著琉璃瓶，神色凝重地點頭。

離燁很想譏誚地瞥她一眼，可想起之前，他硬生生忍了一口氣，只語氣不太好地道：「你們愛救便救。」

說罷，拂袖就要走。

然而手甩到一半，突然被一股綿軟的力道接住。

一隻冰涼的小手拽住他的食指，忐忑地撚了撚，帶著點猶豫，又帶著點不好意思。

離燁微頓，神色緩和不少，側眼回眸。

身邊這小東西一手抱著琉璃瓶，一手拽著他，似是想皺眉，又鬆開了，頗為小心地問：「您要去哪兒呀。」

「還能去哪兒。」他抿唇，「回上丙宮。」

「那……」她眼眸直眨，摩挲著琉璃瓶道，「那我們去上丙宮救人？」

這意圖太明顯了，震桓公都有點看不下去，離燁這樣冷血的人，求他也沒用啊，他哪會救人，更何況是礙了他事的兩個……

「想我幫忙？」

還沒腹誹完，面前的人就開口了。

震桓公看著他那輕蔑的神色，簡直要看不下去。

可下一瞬，這人眉頭鬆開，竟是朝爾爾的方向彎下了身子：「求我。」

震桓公：「？」

這是什麼調戲良家閨女的情形，他是不是最近修煉把眼睛給修壞了，離燁這種木頭，怎麼能說出這種話的！

更震驚的是，爾爾仙人彷彿得到了天大的機會一般，眼眸都亮了，立馬晃著他的手道：「求您啦，幫幫忙吧！」

震桓公：「……」

還不如把眼睛修壞算了。

離燁顯然是不情願幫忙的，鼻息裡哼了一聲，半撩開眼皮白了她懷裡的琉璃瓶一眼。可爾爾知道，他既然開了這個口，就一定會心軟。

於是她拽著他的手就往外走：「在咱們人間，升官發財都是需要慶賀送禮的，恰好我剛剛飛升，便厚著臉皮同上神您討一份賀禮，也不用費多少工夫，您教教我怎麼把這魂魄養好，我自己動手。」

身後這人沉著嗓子道：「多大的交情，要費靈力救他。」

「先前要不是師兄護著我渡天劫，我可能都沒命上九霄來。」爾爾嘟囔，「這可是極大的交情。」

離燁：「……」

那他同她也有很大的交情，上萬年的大天劫，可比那些個幾百年的小天劫交情大得多。

可惜這笨蛋不知道。

不爽地悶了一口氣，他招出行雲，回頭睨了震桓公一眼：「不走？」

震桓公杵在原地，已經快成了一座石雕。

他覺得面前這個離燁很陌生，雖然長得一模一樣，可他完全不認識，該被千刀萬剮的離燁是冰冷又陰鷙的，眼前這位因為雞毛蒜皮的小事在賭氣的是誰啊！

要不是他身上的仙力還是一樣的給人壓迫感，震桓公幾乎就要撲上去撕他的臉了。

「走……」他有氣無力地回。

養魂魄十分麻煩，需要水道仙術打底，再以強大的靈力灌溉，坎澤一沒了之後，坎氏日漸沒落，如今已經是閉門休養，鮮有門客出來走動，要找人幫忙很是困難。

震桓公也沒真的指望離燁幫忙，去上丙宮的路上，他給幾位交好的上神遞了消息，無論如何也不能讓乾天再元氣大傷了。

好幾隻傳音鳥從耳邊飛過去，翅膀撲搧，動靜極大，然而離燁竟沒什麼反應。

他正面無表情地看著琉璃瓶裡的孟晚。

爾爾被他看得發毛，下意識將琉璃瓶往自己袖子裡揣：「師兄當日在仙門阻攔您，也只是為了保護仙師，倒是不必如此記恨吧。」

「在妳眼裡，我就是這麼小心眼的人。」他垂眼，「知道了。」

「沒有沒有沒有。」爾爾連忙擺手，「您一向大度，哪會小心眼，人常說相由心生，就您這般的豐神俊朗，胸襟定是廣闊無垠。」

第46章　心很軟哦

「再編。」他漠然收袖。

爾爾瞪眼，連連搖頭：「說實話怎麼能叫編。」

能容她活這麼久，的確比她想像中要心胸寬廣很多啊，再說了，他大可以不救孟晚師兄的，畢竟真的與他沒什麼干係，既然肯鬆口，那便是善意未泯。

爾爾滿眼星光地望向他。

離燁被瞧得有些不自在，輕咳一聲轉開頭，心想誰稀罕她這點誇讚不成。

盯著遠處縹緲的雲看了好一會兒，他沒忍住，餘光又朝她瞥過去。

這人依舊還望著他，眼眸亮晶晶的，像落進湖裡的寶珠，撞見他的餘光，她挑眉，甜甜地咧開嘴。

「……」

有什麼好笑的！

耳根發熱，離燁死抿了唇，遙遙看見上丙宮的宮簷穿雲而出，他立馬加快了速度，流火一般地衝回大殿。

爾爾被他的行雲抖得差點沒站穩，跌跌撞撞地落在上丙宮門口，堪堪扶住大殿的門弦才正住身子。

發生什麼了？她有點茫然。

震桓公跟在後頭落地，神色十分古怪，路過她身邊，難得紆尊降貴地停了下來。

「他在妳跟前一直這個德性？」他問。

爾爾立馬擺手：「不關我的事，我方才也沒說什麼。」

誰要追究她了！震桓公皺眉，想再問，可看這小仙傻了吧唧的模樣，又覺得問不出什麼來。

離燁怎麼會為這樣的人動凡心，不可能不可能，怎麼想都是他多慮了。

困惑地拂袖，震桓公抬步跨進了大門。

離燁沒上王座，而是去了屏風後頭，震桓公站在前殿，很不能理解地盯著那一堆花裡胡哨的擺設看了許久，然後扭頭對爾爾道：「沒多少工夫能耽誤，妳去叫他出來。」

「好。」也沒多想，爾爾扭頭就跟著走去了屏風後頭。

大佬背對著她坐在茶桌邊，正悠然地倒著茶，聽見她的腳步聲也沒回頭，只道：「累得很。」

沒力氣，想休息，不想幫忙。

這抵觸的情緒明顯得有些可愛，爾爾失笑，走過去乖順地給他捶肩：「要不您直接告訴我怎麼養魄，也不耽誤您休息。」

「不想說話。」

「那就比劃比劃。」她將手伸到他面前，靈活地動了動手指。

這動作有些滑稽，離燁瞥得嘴角微勾，又嚴肅地將笑意壓下去。

「養魄需要法器做基底，妳師兄這樣的修為好辦，去上丙宮的倉庫裡隨意撿個什麼來便是。」他嫌棄地道，「也就乾天麻煩些。」

爾爾恍然，扭頭就想去找法器，結果剛轉身，手腕就被他抓住了。

「急什麼。」他皺眉。

「震桓公說不能再耽誤了呀。」

離燁冷哼，下巴有意無意地點了點桌上放著的燈檯。

爾爾順著看過去，驟然發現這燈檯身上泛著一層柔光，竟也是個法器。

「人命短暫，向來如燭火蠟臺。」他道，「這個最合適。」

嘴上說不想幫忙，結果連東西都準備好了？爾爾訝異地拿過燭臺看了一眼，又看了看他。

大佬的眉目生得太剛硬，可是心怎麼這麼軟吶？

「多謝。」她握緊燭臺，順手將袖子裡的琉璃瓶拿了出來。

這人坐著沒動，自顧自地抿著茶。

可當她剛要動手把師兄的一魄轉到燭臺裡的時候，大佬不甚滿意地嘖了一聲。

眉梢一動，爾爾立馬謙虛恭順地轉頭，低著身子笑問：「這該怎麼轉呀？」

「這都不會？」

「小仙愚鈍，還請上神指教。」她瞇著眼笑。

不情不願地將燭臺接過去，離燁動手，以神火為引，乾淨俐落地將孟晚的一魄化作火光，點在燈芯之上。

「用靈力做燈油，養到他能燃三寸高的焰火，便可以驅還肉身。」

爾爾滿眼新奇地看著，聞言立馬將自己身上的靈力傾洩出來，揉成濃醇的燈油。

她這傾盡所有的架勢，看得離燁十分不順眼，但他沒吭聲，只冷眼瞧著。

撞過無壽鐘，她身上的靈力本就不剩多少，再供做燈油，一張小臉瞬間變得慘白，不過她倒是開心，左摸摸右掏掏，將經脈裡殘存的靈力都全給了出去。

給完之後，站也站不穩，搖搖晃晃地跌坐到旁邊的凳子上。

「這樣是不是就成了？」她高興地問。

離燁不太想理她，臉都轉向了另一邊，可她靈力枯竭，頭暈眼花的，他一個不注意她就要往地上栽。

伸手將她撈過來，他惡狠狠地道：「沒成，明日也需要燈油，後日也需要燈油，妳這點靈力，養不了他的魄。」

這話幾乎是貼在她耳側咬著牙說出來的，爾爾輕輕一顫，臉頰上都跟著起了顫慄。

「你……」她眼神恍惚地道，「別老這麼凶。」

她還沒見過他真凶起來是什麼模樣呢。

不耐煩地攏了攏她的外袍，離燁想把她拎起來揣被子裡去，可就在這時，外頭的震桓公終於是等不下去了，氣沖沖地就越過屏風。

「你們到底在……」

幹什麼。

後頭三個字沒吐出來，變成了突然緊縮的瞳孔。

瞳孔裡的兩個倒影曖昧又旖旎，看得他後退了三大步。

這光天化日朗朗乾坤的，離燁竟把人家女仙往床榻上壓！

不知廉恥！不守天規！

「放開她！」他怒喝。

離燁正想給小東西蓋被子，冷不防聽見這話，臉色當即一沉。

「放開誰？」他抬眼。

「你還問！」震桓公紅了臉，原地跺腳，「都未結仙侶，你哪能如此敗壞人家名聲。」

爾爾頭暈眼花地躺著，只聽見有人咆哮，卻聽不清他說的是什麼，隱約聽見名聲，倒有些意外。

修仙之人，不是不講人間規矩的麼，大佬一直與她很是親近，若講名聲，那她可就罪孽深重了。

在她的想法裡，大佬和她在一起，大佬才是吃虧的那一方。

於是，哪怕有些不太清醒，爾爾也羞愧地往被子裡縮了縮。

離燁瞧見了，臉色更是不好看，揮手起身，弒鳳刀長嘯一聲便落在了他掌心。

「等等。」意識到自己不是來管閒事的，震桓公連忙抬手止住爭端，「先救人，乾天這一魄可比那凡人的傷重，你不念別的，也該念他三萬年前幫過你一回。」

第47章　不被接納的人

「幫過我？」

眼含譏誚，離燁將刀尖抵在大理石的地面上，輕輕劃了劃。

刺耳的刮擦聲直透天靈蓋，震桓公臉色一變，立馬捏訣護住心神，皺眉道：「我說的有錯？當時整個九霄，只有他替你說了一句好話。」

嗯？當時？

爾爾好奇地露出半個耳朵。

然而震桓公卻沒有要接著往下說的意思，只道：「你若不幫，我便是沒有證據，也要去天道卦人面前告上一狀。」

天道卦人統管九霄之事，若告到他跟前，便是要開天牢，因結元來審。

爾爾一聽這話就覺得不妙，扭頭往外一看，果然，大佬眼裡起了殺意，弒鳳刀上的焰火也更烈了。

她咬牙掀開被子坐起來，一把抓住他的手。

「告就告，誰怕誰。」清亮的嗓門在床榻上響起。

離燁剛要發火，就被她喊得一愣。

爾爾的小模樣看起來比他還生氣，細眉倒豎，雙眼圓瞪，一手拉著他往後帶，一手叉著腰，站在床沿邊，氣勢洶洶地道：「求人也沒個求人的態度，兩三句話還威脅上了？莫說上神本是願救的，他就算真的袖手旁觀，也並無過錯，你抬天道卦人出來是想嚇唬誰！」

震桓公被她吼得沒反應過來：「妳……」

「我什麼我，我說錯了嗎？乾天一魄傷重，眼下最快能救他的只有離燁，你不但不感謝，還拉舊帳說人情，誰聽了舒坦。」

「在我們凡間，你這樣說話是會被流放的！」

震桓公：「……」

他看著爾爾那凶巴巴的神情，後知後覺地反應過來了。

離燁那臭脾氣，一向是吃軟不吃硬，按照先前的經驗，他這話說出去，離燁是一定會與他動手的，生死尚且難言，更別說救人。

不過道理是懂，但震桓公還是忍不住：「我又沒說錯。」

爾爾瞇眼，氣哼哼地將大佬往後頭一推，然後雙手捏訣。

黃紅色的焰火噴湧而出，像浪潮一般向震桓公衝去，他手裡的琉璃瓶被焰火捲走，輕輕放在桌上，然後整個人咚地被扔出了上丙宮大門。

「大膽小仙！」他暴怒。

「我是上仙！」爾爾啪地將門闔上。

大殿裡的焰火很快化成煙霧散開，爾爾一身的氣勢也在門關上之後漸漸弱了下去。

她有點後怕地縮了縮脖子，對著門無聲地道了個歉。

大佬其實也沒那麼暴躁的，但你們不要惹他嘛，有話好好說，大佬也不會動不動就殺人。

更重要的是，這是上丙宮誒，真的動起手來，震桓公便與坎澤是一個下場。她已經目擊過一次慘案現場，再不想看第二次了。

僵著脖子慢慢回頭，爾爾已經做好了承接離燁餘怒的準備。

然而，令人意外的是，離燁站在床榻邊，手裡的弒鳳刀竟已經收了，身上氣息平靜，眼神也還算和善。

「妳這麼生氣做什麼。」他問。

她不生氣能行嗎，那樣的情形，勸他別動怒是已經來不及了，只有比他還生氣，才是最好的辦法。

心裡唸叨，爾爾心虛地眨眼，撓著頭走過去：「是不是以下犯上了？他若是找我報復，您可得護著我些。」

面前這人哼了一聲，餘光瞥向桌上放著的琉璃瓶。

意識到他是想救人的，爾爾眼眸微動，連忙問：「鏡花水月可還在您手裡？」

「怎麼。」

「也沒怎麼，就是……您看，拿鑰匙我也有一丟丟功勞對不對？」食指和拇指捏出一條縫，她咧嘴笑，「也借我看看唄，太和仙師有些過往，我還挺想知道的。」

這等寶物，在別處應該是放在陣法裡供起來的，可在離燁手裡，就跟凡間的鏡子沒什麼兩樣，隨手就從袖袋裡取出來扔給了她。

「別看太久，傷神。」

「好嘞！」

借著這個理由，爾爾退出了屏風，走去了大殿的另一個角落，將那一方空間完全留給他。

離燁目送她的背影消失在屏風外，然後將目光落回琉璃瓶上，神色頗為不屑。

但站了片刻之後，他還是拂袖，在桌邊坐了下來。

一道火紅的結界悄無聲息地在屏風後落下。

爾爾遠遠地看著，覺得心口有點軟。

這人嘴這麼硬，臉那麼凶，怎麼人那麼甜啊。每次都說不救，每次幫忙的也都是他。

乾天的魂魄沒有孟晚師兄那麼好收拾，估計要費些時辰了，爾爾看了看懷裡的水月鏡花。

太和仙師其實沒有什麼過往是她想知道的，這只是個退出來給他臺階下的藉口而已。

但，拿都拿到了，她要不查查他？

她這點底細，離燁肯定早就摸了個清楚，可提及他的事，她總有些茫然。

身子還有點虛，爾爾找了個舒服的角落坐下，將水月鏡花祭起，凝神去找。

前頭的畫面有些是大佬袖袋裡騰雲駕霧時留下的，她仔細往前翻找，過了很久終於翻到了一些舊畫面。

幾萬年前的離燁大佬依舊是高傲冷酷的，但比起現在少了幾分戾氣，多了幾分清寂，哪怕是站在人群裡，看著都有些孤零零的。

原來的爾爾覺得，上神是至高無上的存在，一定會擁有想要的一切，可看著看著，她眉毛就擰成了一團。

關於離燁的畫面其實不多，可每次出現，他都是一個人，幾萬年前的神仙們並不願意接納他，不知多久前的望仙臺上，他甚至猶豫著試圖主動與人說話。

可那人沒有注意到他的主動，與他擦肩而過，留下一片冷風。

離燁張開的嘴就這麼闔了回去。

再往後，有人議論他的可怕，有人質疑他的出身，也終於有人認可了他的強大。

可只要有大佬的地方，周圍十步之內都不會站人。

大佬的修為日漸豐盈，眉目也日漸冷漠。

最後一次出現在畫面裡，是一張充滿仇恨和陰鷙的臉。

「是你。」他對著鏡花水月，冷冷地吐出兩個字。

心裡一顫，爾爾下意識地伸手，想將他的臉揉一揉，可手一碰到幻象，鏡花水月就關閉了。

小小的晶石落回她的膝蓋上，爾爾低頭瞧著，心裡有種說不出的憋悶。

第48章　心地善良真的有用嗎

她以為只有像她這樣弱小的神仙才會被人看不起，沒想到強大如離燁，以前的日子竟然比她還慘，她好歹有師兄師姐護著，而他一路走來，似乎都是一個人。

要是他真的天生暴虐殘害蒼生，爾爾或許還能理解，可她看見的大佬，分明是嘴硬心軟，良善又慈悲的，儘管已經接受了煞氣的侵蝕，儘管神火都已經縈繞了黑氣，可他仍還在神魔邊界，沒有墮落下去。

但這些人一直在推他，一邊推他下幽冥，一邊說他就是天生如此。

爾爾十分不認同地皺起了小臉。

外頭的天色已近日暮，離燁也終於把乾天的一魄從琉璃瓶裡移出，放進了自己的弒鳳刀裡。

弒鳳刀似乎不太高興，刀身嗡鳴不止，直到被自己的主人瞪了一眼，才咯地一聲老實下來，乖乖承載了乾天的魂魄。

收回力道，離燁鬆了口氣，抬手去揉自己的眉心，無意間卻瞥見食指上似乎被什麼東西劃了一條口子。

他身上傷多，這點小傷還不曾放在眼裡過，拇指一撚，傷口就癒合了回去，只剩些隱隱的痛感，並不打緊。

四周的結界開始消退，他連忙繃起臉，恢復成無波無瀾的模樣，準備看她這回要編出什麼好話來。

然而，結界一落下，外頭竟飄來了飯菜的香味兒。

「弄好啦？」她遙遙地問。

原先被他摧毀的灶臺，眼下又在上丙宮外搭了起來，她不知從哪兒摘了豆子，加辣椒與肉絲一起翻炒，沒一會兒就盛進了盤子裡。

「正好，是用晚膳的時辰了。」放下鏟子，她將菜端到桌上放好，又拿了兩個碗，盛滿香軟的米飯，飯剛出鍋，她飛快地放到他跟前，甩著手就捏了捏自己的耳垂。

「好燙哦。」

離燁有些怔忪，靄色的眸子被米飯蒸騰出的霧氣一染，終於帶了點溫度。

「上神是不用一日三餐的。」他啞聲道。

「我知道啊。」提起筷子反過來在桌上杵齊，爾爾夾了肉就裹了米飯塞進嘴裡，鼓著腮幫子道，「所以九霄上的神仙才會不知年月，嘗不到永生的樂趣。」

永生能有什麼樂趣，他嗤笑，卻還是沒忍住，跟她一起拿上筷子，夾了一片青椒。

他動作太快，爾爾張嘴想提醒都沒來得及，只能眼睜睜看他將辣椒吃進嘴裡，然後俊俏的臉一點一點變綠，再變青。

「……」

心虛地遞過去一杯茶，爾爾小聲道：「您倒是吃肉啊，吃那個做什麼，那是增味的。」

咬牙咽下去，離燁抿了一口茶，神色恢復了鎮定：「也能吃。」

您方才的表情不是這麼說的啊！

爾爾很想笑，抿著唇夾了肉放去他碗裡，然後低頭刨飯。

她的吃相很好，不是狼吞虎嚥，卻也是津津有味，看著讓人十分有胃口，離燁很清楚自己是不用吃五穀雜糧的，但有這個人坐在跟前，他毫無察覺地就將碗裡的東西吃了個乾淨。

飯後，爾爾給他變出了一雙精緻的手套。

離燁眼皮當即跳了跳：「做什麼？」

「兩人一起過日子，總不能什麼活兒都我幹，那您多懶……不是，那您多沒參與感啊。」手把手地替他將手套帶上，爾爾狀似苦口婆心，「我做了飯菜，您就洗洗碗，這樣才能更有人味兒。」

離燁沉默，任由她將自己推到門外的灶臺邊，滿眼疑惑：「這樣就能有人味兒？」

爾爾毫不猶豫地點頭。

她是不會直說自己討厭洗碗的，在太和仙門闖了禍，師兄回回都罰她洗碗，這簡直是她的噩夢。

所以，還是推給大佬吧。

離燁皺眉，眼神裡充滿了遲疑，可只僵硬了片刻，他便想動手捏訣。

「用仙術洗出來的碗是沒有靈魂的。」身後那小東西幽幽地道。

「……」幾個碗而已，要什麼靈魂！

眼眸微瞇，他有一瞬很想轉身走人，可餘光瞥見她那興致勃勃的模樣，他又有點不忍心。

算了，不就是洗碗。

打散了手裡的訣，他拎起碗碟，統統扔進了水裡。

滿意地點點頭，爾爾道：「您先洗著，我出去一趟。」

就那麼將震桓公趕出去，他都還不知道離燁救了乾天，萬一惹出更大的亂子就不好了，總要有人去報個信。

「去多久？」他問。

爾爾比出幾個指頭：「三柱香的功夫就成。」

他頷首，算是允了，低頭悶不吭聲地繼續洗碗。

身後傳來騰雲駕霧的聲響，離燁目光平靜地看著水槽裡的瓷盤，沒一會兒，嘴角還是往上揚了揚。

這傻子，都沒發現自己有行雲了，跑得急急忙忙的，一點也不穩重。

不過，她要是發現了，定會更不穩重地繞著他跑圈。

一想起她那滑稽的樣子，離燁覺得手裡髒兮兮的碗都順眼了兩分。

他是不會洗碗的，只會用水一遍遍地淌，可他淌得很認真。

晚月初上，落在他身上一片華光。

艮圪等人趕到上丙宮的時候，瞧見的就是這麼一個畫面。

離燁高大的身子站得筆直，正對著一方小小的水槽，仔細又輕柔地清理著碗碟上的污垢，黑色的手套顯得他有兩分森冷，但他的動作溫和極了，瓷盤放回檯面上，甚至沒聽見什麼聲響。

幾位上神眼神複雜地看了一會兒，以為離燁在練什麼頂級的仙術，可湊近一看，檯子上已經放了一個乾淨淨白生生的盤子，離燁拿著第二個盤子，還打算捏訣引水繼續洗。

他是察覺到外人的氣息了的，但他沒抬頭，彷彿這幾位上神加起來，也不如他手裡那一個普通的碗重要。

艮圪有點不悅。

他大步走上前，抬手朝天一指，便在上丙宮四周落下了隔絕聲息的死界。

「離燁。」後頭的兌刃跟著上前，沉聲道，「你開冥路大門，傷乾天魂魄，也不打算與我等有個交代？」

水槽邊的人沒動，洗好第二個盤子，十分小心地放到檯面上，再拿起第三個碗。

兌刃擰眉，揮手便甩出一道仙力。

鏘——

疊在一起的兩個白生生的盤子被揮到了地上，啪地一聲碎裂四濺。

離燁正準備捏訣引水的動作戛然而止。

身上溫和的氣息漸漸消失，他慢慢地轉身，靄色的眸子帶著深不見底的死氣，定定地看向動手的人。

兌刃是兌氏仙門剛繼任的掌權人，年輕氣盛，又著急出頭，本是仗著今日來的人多，想殺殺離燁的威風，不曾想被他這一看，他手腳都發涼，喉嚨裡剩下的話當即就卡在原處，再吐不出來。

他不知所措地退後半步，剛好踩到地上碎裂的瓷片。

唔。

心裡一驚，兌刃連忙躲開，慌張地看向艮圪。

兩個盤子而已，不至於吧？做錯事的明明是他啊。

艮圪神情凝重，腰間的葫蘆泛出綠光，已經是臨敵之姿。

像是迎合這邊的氣氛一般，月入烏雲，整個天地都暗了下去。

爾爾剛找到震桓公，還沒來得及說話，就被冷風吹得打了個寒顫。

「怎麼回事。」她小聲嘀咕，「方才還有月亮的。」

震桓公正在療傷，看她站在自己面前自言自語，忍不住皺眉：「妳到底有何事要說？」

「哦對。」回過頭，爾爾道，「乾天的魂魄已經無礙了，只要靈氣滋養著，應該比我師兄恢復得還快。」

？？

差點沒坐穩，震桓公扶住自己的蒲團，震驚地看向她：「妳救的？」

「那怎麼可能。」爾爾擺手，「是他用弒鳳刀救的，乾天那樣的上神魂魄，哪裡是我這樣的小仙引得出來的，就算引出來了，我也沒法用弒鳳刀去接呀。」

「……」臉上一陣紅一陣白，震桓公踉蹌起身，抓著她道，「快回去！」

爾爾被他這突如其來的激動嚇了一跳，茫然地問：「回去做什麼？」

「哎呀，走！」沒空多解釋，震桓公拉著她就衝出了大門。

第49章　你們這群神

爾爾的想法一直很簡單，只要大佬開始做善事，只要他一直存有善心，那他就會被眾人慢慢接受，不至於步入魔道。

可是。

當回到上丙宮，看見那一道懸浮著艮氏仙門印記的斷絕結界的時候，她有一種被人敲了一悶棍的感覺。

這種結界，是動殺心才用得上的。

就算離燁好好待在上丙宮，就算他剛剛救了乾天，這些人也沒有半點要放過他的意思。

突然覺得自己蠢透了。

「妳且先聽我說。」震桓公略為慌張地站在她身側道，「我先前就知會了他們來幫忙，後來離開上丙宮，不知乾天那一魄的安危，我便以為他是不救了。」

爾爾轉頭，看著他的眼睛微微帶了血紅：「不救怎麼了？」

不救當然是要討伐的。

——這話都快說出口了，一撞見她的眼神，震桓公下意識地咽了回去。怔愣片刻，他皺眉，含糊地道：「果然是與他在一起久了，妳也真是是非不分。」

「大家都想活命，有什麼是與非之分。」收回目光，爾爾朝那結界走過去，聲音有些啞。

「你是上神，他也是上神，憑什麼你殺人就是對的，他殺人就是錯的。」

眼眸微瞪，震桓公有些生氣：「妳這等小仙，哪裡知道……」

「我知道。」

纖細的手指一根根張開，慢慢按上波光粼粼的結界，爾爾打斷他的話，垂著眼道：「你才是不知道。」

最後一個道字落音，指尖靈力乍出，士道的靈力在艮圪的結界上很順利地擴散遊走，映得她的臉都微微泛光。

下一瞬，遊走的靈力突然凝固，像土裡的樹根一樣蜿蜒滲透在結界上。

哢——

艮圪的結界碎開，裡頭洶湧的殺氣和靈力噴薄而出，捲起一陣狂風，吹得爾爾倒退好幾步，幾乎是趴在地上，才堪堪穩住身形。

霧氣散開，結界裡的情形終於浮現在了眼前。

離燁半跪在上丙宮門口，兩隻手都以詭異的角度垂在身側，他的髮冠散了，碎髮落下來，遮住了半張臉，長長的紅袍逶迤在地上，像焰火，又像血。

心裡一緊，爾爾想也沒想，當即朝他衝了過去，上臺階的時候沒注意，腳尖勾到階梯，幾乎是連滾帶爬地撲到他身前，像母雞護崽子似的張開了雙手。

「你。」她瞪向對面的艮圪，又掃了一眼後頭站著的幾位上神，氣得身子都發抖，「你們欺人太甚！」

離燁怔了怔，靄色的眼眸微微睜大。

他轉了轉頭，像是想看看她，但還不等他看清，這人就激動地擋住了他。

小小的身子，頂在上丙宮前頭，憤怒地朝對面的上神咆哮。

「不是你們說的要遵天規麼，不是你們說的濫殺是罪要受天譴麼，你們現在又是在做什麼，欺負這兒只有他一個人不成！

「就你們會告狀，我也要去告天道卦人，你們欺負他，我是人證！」

話喊得大聲，可尾音裡都帶了哭腔，好像是心疼得不行了，一邊罵一邊跺腳。

原本即將蔓延到瞳孔裡的血色，突然就退散了些。

離燁抿唇，有些不知所措地撚了撚自己袍子上的血。

「妳……妳怎麼進來的？」艮圪回過神，先震驚於這件事，「我的結界，那可是艮門的結界。」

爾爾懶得回答他這個問題，只將手往後伸，摸摸索索地抓到離燁的手，死死地扣住，然後將他護得嚴嚴實實，一雙眼依舊瞪著他們。

幾個上神忍不住竊竊私語起來，艮圪又氣又無奈地捏著八寶葫蘆，劈手指向她身後：「那是個禍害。」

「你才是禍害，你全門都是禍害！」爾爾當即暴跳如雷，「他救了乾天，你們倒是好，趁著他靈力不濟恩將仇報，你們才是禍害！」

乾天得救了？艮圪一怔。

震桓公神色複雜地駕雲過來，貼在他耳側低語幾句。

艮圪：「……」

「你怎麼不早說。」他皺眉。

震桓公攤手：「誰知道他在想什麼，原以為萬不可能救的。」

低咒一聲，艮圪將八寶葫蘆揣回腰間，悶哼道：「那其餘的事便改日再說。」

「給我站住！」看他們這就想走，爾爾惱怒地捏訣，一道水幕當即攔住他們的去路，「闖我離門，傷我上神，若是說走就走，九霄上還有沒有法度可言！」

額角跳了跳，艮圪轉過身怒道：「妳以為他是什麼會吃虧的主！」

懷疑地看了他一會兒，爾爾扭頭看向身後。

離燁安靜地半跪著，身上氣息脆弱又平和，察覺到她的目光，他淡淡地哼了一聲，動了動自己垂著的手。

順著往下一看，爾爾變了臉色。

大佬的手指上開了一道口子，幾條經脈被活生生扯出來，定在了上丙宮門口的地磚上。

要是普通的打鬥，是斷不可能扯出經脈的。

「你們還玩陰的！」爾爾紅了眼。

她就說麼，大佬怎麼可能打不過這群人，原來是中了圈套。

都是九霄十門的掌權人，這群人怎麼這麼不要臉！

心裡悲憤難遏，爾爾只覺得渾身的血都快速躥了起來，衝得她的腦子裡一片空白。

有什麼東西「啵」地一聲被打開了。

艮圪正打算毀掉周圍的水幕，冷不防發現這水竟像瀑布似的，越沖越猛，殺氣也隨之越來越重，一道靈力扔過去，竟被削成碎片，當即反噬回來。

「不妙！」他側身躲避，愕然地抬頭。

這離門的小仙，怎麼連水道的法術也會？

艮氏是不怕坎氏仙術的，可她這仙術來得太猛太急，若不是親眼所見，艮圪幾乎要以為是坎澤在施法。

他剛與離燁打鬥過，本就虛弱，再被這樣的仙術圍困，實在有些驚慌。

「怎麼回事。」兌刃左右看看，「這不是坎澤的氣息嗎，他回來了？」

「沒有，快躲開！」

幾個上神飛速避開身位，然而四周的水瀑越來越急越來越凶，左衝右撞，最後竟將他們堵在了結界裡。

爾爾雙眼通紅，抓著離燁的手挺直了背，自她而起周圍一丈水波不侵，任外頭呼嘯的水浪比火焰還凶惡，她也只僵硬地站著。

眼前是一片沒有盡頭的白色，身體裡是洶湧衝撞的不屬於她的靈力，無邊無際的混沌裡，有人似乎在輕笑。

「這樣會死哦。」

坎澤的聲音縹緲又虛無，從滾滾流動的靈力裡幽幽地傳出來，像一聲扼腕的嘆息。

第50章　很重要的東西

死嗎。

望著混沌的白色，爾爾半闔著眼想。

那真是件可怕的事情，她不喜歡。

可是，她控制不了身上橫衝直撞的靈力，彷彿自己已經只是一個載體，坎澤那強大的靈力沖刷著她的四肢百骸，帶著她的憤怒和衝動，捲起無邊的浪潮，迫切地想要撕碎些什麼才能平息。

白光過曝，光亮得人眼睛都生疼。

呼吸有些急促，爾爾不甚舒服地動了動身子，周身的靈力霎時又暴漲三分，遠處傳來幾聲斥罵和低吼，她聽不太清，只緩緩抬手，想傾洩更多的靈力出去。

然而。

有人從背後抱住了她。

炙熱的靈力觸及她身上的白光，發出滋啦滋啦的響聲，霧氣像山間的雲一樣翻捲騰升，一隻修長的手穿過朦朧虛幻，輕輕落在了她的頭頂。

「好了。」

低沉的聲音，像磬鐘入海，將她不安的情緒全部包裹住。

瞳孔微微緊縮，睫毛也跟著顫了顫，爾爾怔愣地看著前頭的空白，想掙扎，四周卻有一股奇怪的力道，將她身上亂竄的靈力一點點收拾好，分條理順地放回了她的身體裡。

慢慢的，她看清了眼前的景象。

結界之內已經是一片狼藉，眼前海浪退散，地上橫陳著碎裂的法器和石柱燈檯，艮圪等人立在遠處的結界裡，神色看起來十分疲憊。

微微一震，爾爾回過了神。

離燁一隻手還垂墜在地上，另一隻手正環抱著她，紅色的袖袍退到他的手肘，露出一截結實的手腕，隱隱能看見青筋，寬大的紅袍衣擺垂落在地上，像一團火似的將她攏在最中間。

她眨眼，扭過頭想去看他，卻只能看見他下頜的弧線。

察覺到她冷靜了下來，離燁抿唇，眼裡光芒點點，想開口說話，又覺得自己現在這情緒，語氣一定一點也不酷，於是他忍了忍，只伸手碰了碰她額前的碎髮。

有點癢。

縮了縮脖子，爾爾沉默了許久，終於後知後覺地問：「我方才是怎麼了？」

「靈力失控。」離燁垂眸，「妳可還記得許久之前，我曾企圖將妳體內藏著的坎澤結元摧毀。」

提起那事，懷裡這人下意識地皺起了眉，好像還有些耿耿於懷。

心裡一緊，他手臂收攏，將她抱得更緊些。

「我沒下死手，給了他機會。」

坎澤是恨他的，如他也恨著他一樣，寧願自毀結元，也不願為他擺布。

不過坎澤倒是顧念了爾爾，自毀之時，將畢生的修為都留在了她周身穴位裡，如果緩慢引出修煉，她是能破開自身限制，修為大成的。

只可惜她今天失控了，上萬年的靈力洶湧而出，差點殺了她自己。

「妳急什麼。」他十分緩慢地問，目光隨之落在她臉上，一眨不眨，「受傷的是我，又不是妳。」

爾爾還沒想明白坎澤是怎麼回事，一聽這話，臉色又沉了：「他們欺負你。」

瞥了艮圪等人一眼，離燁眼含愉悅：「嗯，與妳何干。」

「我……」張了嘴又僵住，爾爾扭頭瞪他，「你我也算師徒一場，我為你抱不平很奇怪嗎，人家坎淵都知道為師父報仇呢。」

「坎淵仰慕坎澤。」他挑眉，「妳與他一樣？」

哇哦。

爾爾興奮地挑眉，這算是上神的緋聞嗎，坎淵看起來那麼凶，原來是因為喜歡坎澤？可他們是師徒誒，九霄上的神仙都這麼不守陳規的嗎。

好刺激哦！

完全沒注意後面那個問題，爾爾兀自激動了一陣，直到想起這兩人都已經不在了，才惆悵地嘆了口氣。

「我們不會步他們後塵的。」她捏著拳頭，像宣誓似的吐出這句話。

離燁哼笑：「那倒是，誰也殺不了我。」

「不是。」爾爾搖頭，「他倆好歹還是師徒呢，我早就被你逐出師門了。」

離燁：「……」

什麼叫搬起石頭砸自己的腳，什麼叫不是不報時候未到。他有些難堪地別開頭，僵硬地沉默。

那頭的艮圪臉都要綠了。

這麼腥風血雨的場面剛落幕，怎麼這兩個人就開始旁若無人的聊天了？這是筵仙臺嗎？還是什麼茶餘飯後的涼亭，這麼多上神都祭出法器對著他們呢，怎麼好意思聊這些亂七八糟的事情的！

揮手放下結界，他深吸一口氣——

倒不是還要衝上去找死，而是拉過眾神，趁著離燁沒注意，趕緊走。

雲霧嘭地一聲升起，捲著他們的肉身和神魂瞬間消失在了結界之中。

「哎！」爾爾注意到了，細眉倒豎，起身就想去追。

離燁拉住了她。

「妳怎麼比我還著急。」他好笑地道，「剛飛升上仙，就想隻身挑釁五個上神？」

爾爾叉腰，氣得腮幫子都鼓了：「場子得要啊，好歹追著喊一聲『說來就來，說走就走，你當我上丙宮是什麼便宜地界』，那樣場面才不會很尷尬。」

用看傻子的眼神看著她，離燁抬手指了指旁邊。

什麼東西？爾爾茫然地順著看過去。

破碎的結界一點點往四周落下，外頭的光照進來，裡面漂浮著的破碎的神魂輪廓也一點點清晰。斷胳膊斷腿像風箏一樣四處飛著，有的還完整，有的碎成了瓷片狀，雖然只是魂魄體，看不太清楚，但它們很顯然都不是離燁的。

嘴巴緩緩張成一個O形，爾爾收回了即將邁出去的步子。

她終於明白艮圪說的「離燁不會吃虧」是什麼意思了。來的時候太急太氣，她只注意到大佬身上的異常，沒有發現四周的情況。

「下手……是重了點哈？」她乾笑，手指一收，將那些殘魂收攏成一點亮光握進手心，「不過不能怪您，是他們主動上門來生事的。」

離燁理直氣壯地點頭，臉上半點慚愧的神色也沒有。

「盤子。」他說，「我剛洗好，他們摔了。」

盤子？爾爾疑惑地想了一會兒，目光轉到水槽邊，這才看見那一地的碎片。

這是重點嗎，明顯不是啊，盤子才值幾個錢？

她回頭，企圖繼續與他說兩句話，好歹讓他明白什麼時候動手是對的，什麼時候動手是不應當的。

但話還沒說出去，她先意識到了一個問題。

這盤子碎的模樣，跟方才一隻手的神魂碎片……

一模一樣誒！

第51章 有度

張開手看了看神魂的碎片，又看了看不遠處地上的碎盤子，爾爾眼尾顫了顫。

直覺告訴她，這不是巧合，哪有神魂會碎成瓷片狀的。可是，這生死攸關的場面，他怎麼可能還有空計較這種小事。

斟酌一二，她還是直接看向離燁：「這隻手是？」

「兌刃的神魂。」離燁沒好氣地答，「就是他摔我盤子。」

爾爾：「……」

還真就有空計較這種小事。

又好氣又好笑，她在他身邊蹲下來，一邊幫他清理手上的傷口，一邊低聲嘮叨：「盤子摔了還有。」

那不一樣，那是他洗的盤子，她說回來要看的。

他不悅地皺眉，剛想反駁，就見面前這人臉色突然一沉。

「這怎麼弄的。」她看著他手指上的傷口，鼻尖都皺了起來。

離燁以為她嫌血腥，抽手便要將黏在地上的經脈斬斷收回，結果剛抬手，這人就飛撲過來抱住了他，急聲道：「我來弄，你慌什麼！」

「這是蝕金毒。」他勾唇，「藏在裝乾天魂魄的琉璃瓶裡，我不曾注意，便中了。」

蝕金毒能在血脈裡快速擴散，吞噬靈力，他察覺到的時候，整個手臂的經脈已經都是這毒素，還有戰要迎，他能做的就只有將這一部分經脈捨棄。

眼下雖然已經沒人來礙事了，但經脈這東西，又雜又亂，與其花費大量精力將它們重新歸置，不如他直接切斷再修煉，反正他又不是肉體凡胎，沒那麼脆弱。

離燁是這麼想的，但面前這小東西顯然不會同意。

她十分頑固地將他按住之後，就開始祭出靈力替他梳理。

要先將毒素抓住一點點排乾淨，再將脈絡歸整好，這過程漫長又繁複，要是他，不消一炷香就會變出弒鳳刀來。

可她的動作很是小心，生怕弄疼他似的，指腹一點點摩挲著經脈走向，又軟又輕。

莫名覺得癢，離燁不太自在地別開頭：「太慢了。」

「不慢怎麼行，會痛誒。」爾爾頭也不抬，「你放心，我知道輕重的。」

只有她才會怕疼，修煉成上神的人，哪會那麼軟弱。

離燁很想嘲笑她兩句，可低頭看見她微顫的睫毛，他這話又說不出口。

一個時辰之後。

黑色的毒素被沖洗出來，在地上蜿蜒成奇怪的形狀，爾爾瞥了一眼，空出一隻手將他那寬大的紅袍給抱了起來，嫌棄化力地將毒素推開。

然後將整理好的脈絡，一點點送回他的手裡。

「他們這是一早就計劃好了。」她微惱，「先下毒，再圍住上丙宮動手——他們老想告狀，這次咱們去告吧，我做人證。」

手指有些酥麻的感覺，連帶著心口也暖和得很，離燁哼笑，伸手彈了彈她的腦門：「天道卦人不會理妳。」

「那也要試試呀。」爾爾皺臉。

「理妳，然後呢。」轉身往上丙宮裡頭走，離燁拂袖，「他們殺人未遂，而我斬了他們三道神魂。」

真告起來誰被關天牢還不一定。

「……」好像也是哦。

心虛地跟著他踏進門檻，爾爾嘀咕：「這麼說來我及時趕回到底是救你還是救他們。」

答案顯然是後者，他又不會死。

離燁不屑，坐上王座，將弒鳳刀取出來，放在了扶手邊。

爾爾順著看了一眼，頗為糾結。

乾天的一魄還在這兒呢，他們都起殺心了，若還要大佬用靈力供養他，那有些說不過去。可就這麼用他的魂魄祭了弒鳳刀，難免會落人把柄。

「要不……」她猶豫地開口，「你把刀借我，我把他送還給震桓公。」

眼神有些陰沉，離燁抿唇：「為何。」

「乾天是修金道仙術的，蝕金毒肯定不是他放的。」爾爾掰著手分析，「您今日斬了三道神魂，還他們一個乾天的魂魄，似乎也不虧哦。」

可他不喜歡。

離燁沉著臉想，老子又不是什麼大善人，人都打我宮裡來了，我還送魂魄回去？乾天的神魂養弒鳳刀是最好的，就當肥料也無妨。

然而，不等他繼續陰暗地腹誹下去，面前這人就拉住了他的手。

「生氣要有度呀。」她的手指捏著他，軟軟地晃了晃，「人家先冒犯您，您大可以斬他們神魂，這是情理之中，可是再繼續遷怒，便是過度了，過度為惡，惡不利於修煉仙術的。」

「我的仙術已經不用修煉。」他眯眼。

到頂了，這也是他肯接納死怨之氣的原因。

面前這人高高地皺起了眉。

「不行。」她固執地道，「再不用修煉，你也不能為惡。」

離燁：「……」

他為過的惡多了去了，輪得到她來管？這世上哪有什麼對錯，都看他高不高興而已，高興做的就是對，不高興做的就是錯，幾萬年了，他一直這麼過來的，她真是很沒見過世面。

可是。

瞥一眼她這認真又生氣的模樣，他發現自己竟然說不出什麼拒絕的話。

她太軟弱了，稍微大聲點，他都怕把她嚇哭。

不耐地揉了揉眉心，他含糊地嗯了一聲。

「嗯什麼啊。」她跺腳，抓著他的手更用力了些，「聽明白了沒有？」

不爽地睖起眼，離燁很納悶：「妳先前的膽子還沒這麼大。」

「那是自然。」爾爾抬起小下巴，十分得意地道，「你先前對我多凶啊，說殺就殺的。現在不一樣，你一對我好，我就膽子大，我最擅長的就是蹬鼻子上臉。」

有這麼說自己的嗎。

他搖頭，想甩開她，卻又被她連胳膊一起抱住。

沉甸甸的感覺，又暖又軟。

嘴角不自覺地跟著往上勾，離燁輕哼，任由她抱了好一會兒，才慢條斯理地問：「提得動弒鳳刀？」

「笑話，一把刀而已。」

知道他是允了，爾爾高興地蹦了起來，朝自己手心飛快地呸了兩下，便握住了弒鳳刀的刀柄。

弒鳳刀受驚似的嗡鳴了一聲，想掙開她，卻被自己主人的力道悄無聲息地壓住。

它哀哀地動了兩下，像是在求饒，離燁垂眼看著，面無表情。

行吧。

放棄了掙扎，弒鳳刀乖乖地被一個剛飛升的上仙提拎了起來。

這是它自出世以來頭一次被離燁之外的人握住，委屈但不敢動，並且還要聽那上仙沒出息地衝著自己喊。

「你看，我提得動吧！」

Instagram　　Plurk

國家圖書館出版品預行編目資料

不過爾爾（上）/ 白鷺成雙 著 . -- 第一版 . -- 臺北市：未境原創事業有限公司 , 2025.03
面；　公分
ISBN 978-626-99460-1-3(上冊：平裝). --
857.7　　114001087

不過爾爾（上）

作　　者：白鷺成雙
發 行 人：林緻筠
出 版 者：未境原創事業有限公司
發 行 者：未境原創事業有限公司
E-mail：unknownrealm2024@gmail.com
地　　址：台北市中正區重慶南路一段 61 號 8 樓
8F., No.61, Sec. 1, Chongqing S. Rd., Zhongzheng Dist., Taipei City 100, Taiwan
電　　話：(02) 2370-3310　　傳　　真：(02) 2388-1990
印　　刷：京峯數位服務有限公司
律師顧問：廣華律師事務所 張珮琦律師
總 經 銷：聯合發行股份有限公司
地　　址：新北市新店區寶橋路 235 巷 6 弄 6 號 2 樓
電　　話：(02)2917-8022

定　　價：299 元
發行日期：2025 年 03 月第一版